LO POCO *que* SABEMOS

TAMARA IRELAND STONE

LO POCO *que* SABEMOS

Traducción de Georgina Dritsos

Argentina – Chile – Colombia – España
Estados Unidos – México – Perú – Uruguay

Título original: *Little Do We Know*
Editor original: Hyperion, an imprint of Disney Book Group
Traducción: Georgina Dritsos

1.ª edición: marzo 2020

Reservados todos los derechos. Queda rigurosamente prohibida, sin la autorización escrita de los titulares del *copyright*, bajo las sanciones establecidas en las leyes, la reproducción parcial o total de esta obra por cualquier medio o procedimiento, incluidos la reprografía y el tratamiento informático, así como la distribución de ejemplares mediante alquiler o préstamo públicos.

Copyright © 2018 by Tamara Ireland Stone
First Published by Hyperion, an imprint of Disney Book Group
Translation rights arranged by Taryn Fagerness Agency and Sandra Bruna Agencia Literaria, SL
All Rights Reserved
© de la traducción 2020 *by* Georgina Dritsos
© 2020 *by* Ediciones Urano, S.A.U.
Plaza de los Reyes Magos, 8, piso 1.º C y D – 28007 Madrid
www.mundopuck.com

ISBN: 978-84-92918-91-1
E-ISBN: 978-84-17981-23-5
Depósito legal: B-3.676-2020

Fotocomposición: Ediciones Urano, S.A.U.
Impreso por: Rodesa, S.A. – Polígono Industrial San Miguel
Parcelas E7-E8 – 31132 Villatuerta (Navarra)

Impreso en España – *Printed in Spain*

Para mi mejor amiga.
Te echo de menos más de lo que crees.

Has venido aquí para encontrar lo que ya tienes.

—Aforismo Budista

Hannah

Había treinta y seis pasos entre la ventana de la habitación de Emory y la mía.

La primera vez que los contamos teníamos seis años (cuarenta y dos pasos). La segunda vez teníamos doce (treinta y nueve). La última vez teníamos quince. Apretamos nuestras espaldas contra la pared lateral de la casa, entrelazamos los brazos e hicimos talón-punta-talón-punta hasta mi ventana, riendo y tropezando, y comenzando de nuevo. Hasta que lo hicimos bien.

Ese pedazo de césped sabía todo de nosotras. Allí aprendimos a caminar, allí corrimos entre los aspersores en los días calurosos de verano, e hicimos el té para nuestros animales de felpa.

Más mayores, la palabra CÉSPED nos hacía correr a toda velocidad, y cruzar las puertas traseras rumbo a nuestro punto de encuentro justo en el medio. Nos quedábamos allí durante horas mirando las estrellas, hablando de música, de libros y de chicos, y practicando besos en la parte de arriba de nuestros brazos hasta que no podíamos mantener los ojos abiertos o nuestras madres nos hacían volver a la casa. Durante el instituto, cuando teníamos noticias importantes y secretos jugosos, decíamos cosas como: «Sabes que me puedes contar *cualquier* cosa, ¿cierto?». Y así lo sentíamos, profundamente en nuestras almas.

Pero no importa cuánto tiempo dos personas se hayan conocido o cuántas veces hayan dicho esas palabras, hay ciertas cosas que *piensas,* pero nunca debes decirle a tu mejor amiga.

Lo sé, porque un día dije esas cosas.

Y luego Emory dijo esas cosas.

Y esa fue la última vez que alguna de nosotras dio esos treinta y seis pasos.

Emory
Día 273, faltan 164.

Mi madre estaba sola. Me di cuenta por su hombro. Cuando David se quedaba a dormir, estaba al descubierto, con una fina tira de seda rosa o negra asomando a través de las sábanas. Cuando no estaba allí, ella solía dormir con una de las viejas camisetas de bandas de rock de mi padre.

Atravesé la habitación de puntillas y me senté en el borde de su cama, pero no se movió, hasta que puse mi mano en su espalda y la sacudí suavemente.

—Ey, mamá —susurré—. Ya estoy en casa.

Ella gruñó e intentó abrir un ojo.

—Hola, cariño. ¿Cómo ha estado la fiesta?

—Divertida.

Un mechón de mi pelo oscuro cayó sobre mi hombro y ella se estiró y lo puso en su sitio.

—¿Luke te ha traído en coche a casa?

—Sí. —Sentí un poco de culpa pero la ignoré.

—Me gusta —murmuró—. Es un buen chico.

Su cabeza se hundió nuevamente en la almohada y sus ojos se cerraron.

—Sí, lo es. —Estiré el edredón hasta su barbilla y le di un beso en la frente.

Cuando cerré la puerta de su habitación, ya roncaba. Mientras caminaba por el corredor, saqué mi teléfono del bolsillo trasero de mis vaqueros y le mandé un mensaje a Luke:

Buenas noches.

Se nos ocurrió la palabra clave cuando empezamos a salir hace ocho meses y nos pareció genial. Si mi madre hubiera leído mis mensajes —algo que hacía cada cierto tiempo, desde que David la había convencido de que eso era lo que los «buenos padres» hacían— supongo que hubiera soltado un suspiro feliz y me hubiera dicho que le parecía adorable que Luke y yo nos mandáramos mensajes antes de irnos a dormir cada noche.

Cerré la puerta de mi habitación, puse el cerrojo, encendí y apagué el interruptor de la luz varias veces. Luego caminé hacia el armario y busqué en el fondo hasta encontrar la escalera metálica. La llevé hacia la ventana.

Luke ya estaba en posición, junto a la casa de Hannah, justo entre el rosal perfecto de su madre y un enorme arbusto. Una vez que coloqué la escalera, se asomó y se aseguró de que no había moros en la costa y luego salió hacia un haz de luz proveniente de una lámpara de la calle.

Corrió por el césped, con su bufanda verde y blanca volando detrás y su chaqueta de los Halcones de Foothill flameando al viento como un par de alas. Exageró el gesto extendiendo los brazos a ambos lados, moviéndolos como si fuera un pájaro. O un murciélago. O una persona demente.

Mientras subía la escalera, me cubrí la boca para disimular la risa.

—Dios, eres un tonto.

Movió su pierna por encima del alféizar de la ventana, y aterrizó en el suelo con un golpe seco.

—Ella no piensa que sea un cretino. Cree que soy muy sexy.

La sonrisa se borró de mis labios. Al final del césped, podía ver el rostro de Hannah en la esquina de su ventana, entre la cortina y el marco pintado de blanco.

Empecé a decir «ignórala», como hacía siempre, pero luego cambié de parecer. Si insistía en mirarnos, le daríamos algo para que mirara.

Le desenrosqué a Luke la bufanda, le quité la chaqueta y la dejé caer al suelo. Le quité la camiseta por encima de su cabeza.

—¿Qué haces? —preguntó. Pasé las yemas de mis dedos por sus brazos desnudos y su pecho, y luego presioné mi cuerpo contra el suyo, besándolo mientras lo llevaba hacia la ventana. Sus hombros se pegaron al cristal y lo besé aún más fuerte. Él se concentró en pasar sus dedos por mi cabello.

Hannah se estaba muriendo. Podía sentir su reproche y disgusto. Me la imaginaba aferrada con fuerza a su cruz colgante, que le dejaba cuatro cortes en sus dedos mientras rezaba por mi alma y rezaba aún más para que Dios matara a mi novio diabólico que se metía en mi habitación después de mi límite horario. Pero siendo justos, la imagen era exagerada.

Empecé a reírme. No pude evitarlo.

Luke me dio la vuelta, presionó mi espalda contra el cristal y levantó mis manos por encima mi cabeza. Me reí aún más.

—Estás haciendo la telenovela completa —dije.

—Ey, tú has comenzado.

Rodeé su cadera con las piernas y lo acerqué hacia mí.

—Está mirando todo —dijo—. Continúa.

Pero no quería continuar. Quería besar a Luke en serio, no para el show, y ciertamente no para Hannah.

—Creo que ha visto demasiado. —Miré por encima de mi hombro, mandé un beso en su dirección y bajé la persiana.

—¿Alguna vez me dirás que pasó entre vosotras? —preguntó Luke.

—Nop.

No veía el sentido de contárselo. Hannah y yo no nos habíamos dirigido la palabra en más de tres meses. No iba al instituto con nosotros, y entre mis ensayos para la obra escolar y sus prácticas de coro en la iglesia, nuestros caminos rara vez se cruzaban.

No era así como me hubiera gustado que ocurrieran las cosas, pero así eran.

Guie a Luke hacia mi cama y cuando se sentó al borde y separó las piernas, me coloqué entre ellas. Pasé mis dedos por sus rizos oscuros y traté de no pensar en Hannah.

—Bueno, cuando vosotras volváis a hablar, recuérdame que le dé las gracias.

—¿Por qué?

—Hoy me iré a dormir pensando en ese beso.

Eso me hizo sonreír. *Doscientos setenta y tres,* pensé para mí. Solo que no lo pensé para mí, lo dije en voz alta. Luke se echó hacia atrás y me miró.

—¿Qué acabas de decir?

—Nada.

Sentí el rubor en mis mejillas. Deseaba que el cuarto estuviera lo suficientemente oscuro como para que Luke no se diera cuenta.

—¿Por qué has dicho «doscientos setenta y tres»?

—No he dicho eso, he dicho... —Traté de pensar en algo que rimara con *setenta y tres,* pero estaba en blanco.

Luke no lo dejaría pasar. Puso sus manos en mis caderas y me atrajo hacia él.

—Vamos, cuéntame.

—No puedo. Me da vergüenza.

—Soy yo —dijo, mientras desprendía el primer botón de mi blusa.

—¿Qué es? ¿Tienes doscientas setenta y tres pecas? —Besó mi pecho.

—Quizá. —Me reí—. ¿Quieres contarlas?

—No puedo. —Me besó en otro lugar—. Está muy oscuro aquí. Dime.

—No te puedo decir. Creerás que es extraño.

—Por supuesto que sí. Tú eres extraña. En el buen sentido. —Luego sin quitarme los ojos de encima, desprendió otro botón.

—Oh, ese me gusta aún más. —Metí la mano en el bolsillo trasero de mis vaqueros para sacar mi teléfono, abrí mi *app* de notas, bajé hasta el día 273 y escribí:

Tú eres extraña. En el buen sentido.

—De acuerdo, está bien. —Le di mi teléfono.

Luke pasó su dedo por la pantalla, bajando despacio, leyendo cada nota.

—Espera, ¿quién ha dicho todo esto?

—Tú.

—¿En serio?

—Sí. Lo empecé la noche que nos conocimos. Dijiste algo que me hizo reír.

—¿Qué?

Me estiré por encima de su hombro, sujeté el teléfono y fui pasando las entradas con mi dedo hasta llegar arriba de todo, a la primera nota.

Día 1: Creo que estoy en grandes problemas, Emory Kern.

Se rio en voz baja.

—Tenía razón. Sabía que eras divertida.

—Claro. —Sonreí—. Es que después de todas esas chicas aburridas con las que has estado saliendo, no parecías tener una vara muy alta.

Luke señaló la última entrada: día 437.

—¿Por qué termina aquí?
Me encogí de hombros, como si no fuera algo importante.
—Eso es el 20 de agosto.

Ese era el día en el que Luke se iría a la Universidad de Denver, se mudaría a la residencia estudiantil, y con suerte yo estaría haciendo lo mismo en UCLA.

—Oh —dijo. Luego llegó el silencio. Y se hizo incómodo.
Hice un chiste para mejorar los ánimos.

—Entonces, sin presiones, pero más vale que el último día sea malditamente bueno. Te convendría empezar a pensar qué vas a decir ahora mismo.

Volvió a mirar mi colección de citas.

—¿Qué? ¡No puede ser! —Luke comenzó a reírse tan fuerte que tuve que cubrir su boca para disimular el sonido.

—Shh, vas a despertar a mi madre.

Me apartó la mano.

—¿Cómo no te has reído en mi cara con esto, cito: «Estas canciones me hacen sentir como si estuvieras en mis brazos»? Yo *no* pude haber dicho eso.

—Pues sí. Me hiciste una *playlist*, ¿recuerdas? Porque eres tierno. —Lo besé en la nariz.

—Creí que querías decir que esto te avergonzaba a ti, no a mí. —Me miró por debajo de sus largas pestañas, con una sonrisa traviesa en sus labios. Y luego deslizó la pantalla hacia la izquierda. El pequeño botón rojo de borrar apareció al costado junto a los doscientos setenta y tres días de la cuidada colección de los Luke-ismos.

—¡Luke! —Entré en pánico e intenté quitarle el teléfono de las manos, pero era demasiado rápido. Lo sostuvo en el aire, fuera de mi alcance, amenazando con borrar todo de una sola vez.

—Estoy de broma, no haría eso. —Deslizó la pantalla hacia la derecha y el botón rojo desapareció. Luego soltó el teléfono encima del edredón y me besó.

Era el tipo de beso que yo quería cuando estábamos en la ventana: largo y lento, paciente y seductor, suave e impaciente, todo al mismo tiempo. Dios, amaba besarlo. Amaba hacer todo con él, pero besarlo era lo que más amaba.

Me tiró a la cama, se montó a horcajadas sobre mis caderas y empujó suavemente mis hombros contra el colchón.

—Eres la chica más genial que conozco.

Le di un golpe en el brazo.

—Ya tengo mi frase para hoy. No quiero más opciones.

—Me sorprendes. Nunca he salido con alguien que me sorprendiera. —Me desprendió otro botón.

—Ves, ahora solo estás exagerando.

—Además, tienes este cuerpo espectacular y te deseo, digamos, todo el tiempo —desprendió el último botón.

Puse mis ojos en blanco.

—Estás haciéndolo mal. Ahora suenas como cualquier otro chico. —Los Luke-ismos nunca eran básicos.

—Ey. —Se bajó y se apoyó sobre sus codos, y quedamos cara a cara—. En serio, te quiero. Y eres mi mejor amiga. Sabes eso, ¿verdad?

Contuve el aliento. No por la parte del amor, casi todos los días nos decíamos eso, sino por la parte de mejor amiga. Una inesperada y abrumadora ola de tristeza recorrió mi cuerpo. Sin pensarlo, di la vuelta a la cabeza hacia la casa de Hannah.

Aunque ella me había roto el corazón y me había enfadado, y no estaba segura de que pudiéramos encontrar el camino de regreso la una a la otra, Hannah había sido mi mejor amiga durante diecisiete años. No estaba en mis planes darle ese título a nadie, ni siquiera a Luke.

—¿Estás bien? —preguntó.

Lo miré.

—Sí.

—¿Estás segura? Pareces triste.

—Estoy bien. —Tomé una profunda bocanada de aire y sonreí—. Yo también te quiero.

Eso fue fácil de decir.

Hannah

Me quité la ropa de la iglesia lo más rápido que pude y me puse ropa deportiva. Sentía lágrimas de ira formándose en mis ojos, pero las contuve cuando escuché un golpe en mi puerta.

Mi madre la abrió y asomó la cabeza. Miró mi calzado y dijo:

—¿Vas a correr? ¿Ahora?

—Sip.

—Pero estamos en medio de una conversación.

—No. Papá y tú podéis hablar todo lo que queráis. Yo he terminado.

Metí mi pie en el calzado deportivo y me senté en el borde de la cama. No lograba digerir lo que me habían dicho. Estábamos solo a tres meses de la graduación. De todas las cosas por las que tendría que preocuparme, no había pensado que la universidad sería una de ellas. De repente, todo estaba en el ambiente. Intenté atarme los cordones, pero mis dedos temblaban demasiado.

—Sé que estás enfadada Hannah. Tienes derecho a estarlo. —Mi madre se sentó a mi lado. Acercó su mano a mi pierna, pero lo pensó mejor y la sostuvo en el aire, incómoda, hasta que la dejó caer sobre el edredón.

—Tu padre hacía lo que creía era mejor para...

La interrumpí.

—No se te ocurra decir para *mí*. Es mejor que digas que es para el instituto. Él estaba haciendo lo que creía que era mejor para el instituto, como siempre.

—Eso no es justo, Hannah. Y no es cierto. Tu padre ha hecho muchos sacrificios por el instituto, pero también los ha hecho por ti. Más de los que alguna vez sabrás.

Alcé el otro zapato del suelo. Lo deslicé en mi pie y lo até tan rápido como pude. No veía la hora de salir de allí. Solo quería sentir mis pies golpeando fuerte en el pavimento y llenar los pulmones con aire hasta que quemaran.

No dije nada más, así que ella siguió hablando.

—Ha sido una inversión. Tu padre pensó que a esta altura ya habría generado ganancias. Lo hará, pronto, y cuando eso ocurra, será beneficioso para *todos*. Para el instituto. Para nuestra familia. Para tu futuro. Puede que no lo parezca, pero ha hecho esto por ti, Hannah.

Lo único que podía hacer era no reírme en su cara.

—Ha gastado mis ahorros para la universidad, mamá. Es probable que no pueda ir a Boston. ¿Qué es lo que ha hecho por *mí*?

—Eso no es lo que ha dicho. Irás a la universidad de Boston, sin duda. Pero puede que tengas que retrasar un año el plan e ir primero a una facultad comunitaria, muchos chicos hacen eso.

—He trabajado muy duro en cada asignatura durante cuatro años para poder entrar en mi universidad favorita. He pasado cada minuto de mi tiempo libre en actividades extracurriculares y en trabajos como voluntaria, y no nos olvidemos de todas esas horas de ensayo de SonRise y de las giras, porque me dijiste que un coro a *capella* se vería bien en mis postulaciones.

—Espera. Eso no es justo, Hannah. Te encanta cantar con SonRise. Y te he alentado a hacerlo porque tienes una voz preciosa, no para que entraras en la universidad. —Siguió—. ¿Así que has entrado en una gran universidad? Pues retrásalo un año. Danos la oportunidad de que la inversión logre lo que sabemos que logrará y luego te transfieres. Tu diploma será de Boston.

Mi madre parecía pensar que sus palabras hacían que eso sonara como un trato cerrado, aunque no me lo habían contado así diez minutos antes.

—Escucha —dijo, con un tono más optimista—. No estamos diciendo que esto sea definitivo. Para nada. Pensamos que era mejor avisarte.

¿Avisarme?

Ni siquiera podía mirarla. Y sabía que eso no era del todo justo. No estaba sola en este asunto. De hecho, todo debía haber sido idea de mi padre, no de ella.

—Ahora desearía que no te lo hubiésemos dicho. —Terminó su frase con un suspiro exagerado. Eso me dio rabia de nuevo.

—No, ¡deberíais habérmelo dicho hace meses! Deberíais habérmelo dicho en diciembre, cuando me llegó la carta de admisión. Fuimos a cenar para celebrarlo. Y papá y tú ya sabíais que no lo podíamos pagar. ¿Cómo habéis podido hacer eso?

Mi madre tenía una expresión rara en la cara. Se mordió con fuerza el labio y miró por la ventana. Algo andaba mal.

Recordé aquella noche. Mis padres parecían completamente orgullosos de mí. No podían haberlo fingido.

En mi cabeza comencé a armar la cronología, intentando comprender qué había cambiado desde entonces, si en diciembre el dinero no era un problema. Me golpeó como si fuera una cachetada.

—Es Aaron, ¿cierto?

El puesto de director musical había estado vacante durante más de un año. En enero, cuando mi padre finalmente había convencido a Aaron Donohue de que dejara una mega iglesia en Houston, dijo que sus plegarias habían sido escuchadas. Su *dream team* estaba completo.

—Aaron ha sido una valiosa incorporación para el instituto, pero contratarlo ha sido caro.

Aaron. La ironía no se me pasó de largo. Hubiese sido graciosa, si no hubiera sido tan terrible. Me moví hasta la puerta, deseosa por salir de ese cuarto, de esa casa y de esa ciudad como nunca antes.

—Hannah. —Me detuve. Miré por encima de mi hombro, mordiéndome la lengua—. Todo irá bien. Todo lo que necesitamos es fe.

Sí, pensé, *eso es todo lo que necesitamos*. Quizá podía ir a la oficina de admisiones de la universidad de Boston el primer día de clases y decir: «Hola, mi nombre es Hannah Jacquard. No tengo dinero, pero toma, ten esto. Una tonelada de fe».

—Dios proveerá, Hannah. Tú lo sabes. Él siempre lo hace.

Deseaba creer en eso tanto como solía hacerlo. La miré con fijeza.

—¿Lo hace, mamá?

Me observó con una expresión que era una mezcla rara de shock y decepción. Y por una fracción de segundo deseé no haber dicho eso. Pero una parte más grande de mí se sentía aliviada de haberlo hecho.

—Sí, creo que lo hace.

—Bueno, entonces más vale que se mueva —dije—. En junio hay que pagar la matrícula.

Hui de mi cuarto, fui por el pasillo, pasé cerca de mi padre, que aún estaba sentado en la sala donde habíamos tenido nuestra «charla familiar». Lo escuché llamarme.

Regresé para verlo desde la entrada. Su cara estaba hinchada y tenía los ojos rojos, y verlo así me hizo querer rodearlo con mis brazos y repetir las palabras de mi madre y decirle que todo saldría bien. Que solo necesitábamos rezar para que así fuera. Pero dejé mis pies quietos en el piso, sin moverme, y no hablé.

—Lo siento —dijo mi padre en un susurro que cortó el silencio—. He cometido un error. Lo arreglaré por ti, lo prometo. —La voz se le quebró en la última palabra, y no pude evitar ir hacia él. Era mi padre. Nunca había estado tan enfadada con él y no tenía la más mínima idea de cómo hacerlo.

Las palabras *está bien* se me atascaron en la garganta, pero me las volví a tragar. No estaba bien.

Abrí la puerta y salí al porche delantero. Mi corazón latía tan fuerte que podía sentirlo golpear contra mi caja torácica. Bajé aturdida los primeros escalones y cuando llegué al sendero, doblé velozmente hacia la izquierda y pisé el cantero con flores de mi madre, en dirección a la casa de Emory. Estaba a medio camino, en el césped, cuando me detuve en seco.

Miré su casa, sintiéndome pesada y vacía al mismo tiempo. Quería correr adentro y decirle que tenía razón, no solo sobre mi padre, sino también sobre mí.

Tres meses atrás lo habría hecho.

Pero en ese momento no podía hacerlo.

Me volví y corrí en la dirección opuesta, hacia las colinas. Cuando llegué al cruce apreté el botón tan fuerte que me dolieron los nudillos. La luz del semáforo se puso en verde y corrí por la calle y a través del aparcamiento. Cuando llegué a las barreras de metal diseñadas para mantener a las bicicletas fuera del camino aminoré el paso. En el sendero de tierra doblé hacia la izquierda y desaparecí entre los árboles.

El dinero ya no estaba. Yo sabía que mi padre había invertido sus ahorros en el programa de artes dramáticas del Instituto Cristiano Covenant, después de haber gastado todo el presupuesto de la iglesia y todo lo que las iglesias más importantes habían invertido, pero jamás se me ocurrió que tocaría también los fondos para mis estudios.

El camino comenzó a tener giros y a empinarse. Fijé mi vista en un pequeño letrero de madera que había en la cima de la colina, ensanché el paso, puse más fuerza en los brazos y levanté el ritmo. No apartaba los ojos del letrero, y cuando finalmente lo alcancé, le di un golpe de la victoria. Luego doblé a la derecha y seguí los giros y las curvas del angosto sendero.

Mis padres siempre habían hablado de la universidad como si ese fuera un paso natural. Una obviedad. Siempre habían dicho que pagarían por ello y en ningún momento les habían importado los precios de la enseñanza o los precios por ir a una escuela fuera del estado. Si al menos lo hubiera visto venir podría haberme preparado. Podría haberme presentado a becas, subsidios o algo.

Necesitaba a la Universidad de Boston. Abrir la carta de aceptación había simbolizado mucho más que un plan de cuatro años. Era mi oportunidad de vivir en una ciudad en la que nadie me conocía, y nadie me miraría ni me juzgaría ni analizaría cada uno de mis movimientos. Por primera vez en mi vida, no sería la hija del Pastor J. y eso significaba que podría ser quien yo quisiera.

El camino seguía hacia arriba doblando por encima de mi vecindario antes de que los árboles oscurecieran la vista. Casi cinco kilómetros más adelante, llegué al conjunto de peñascos que marcaban el pico, y subí hacia mi roca favorita. Siempre la había llamado mi roca para rezar, y desde hacía poco era mi roca para pensar.

Respiré hondo. Y luego grité tan fuerte como pude.

El sonido ahuyentó a los pájaros y a las ardillas, y me hacía sentir bien largar todo así. Las lágrimas rodaron por mis mejillas mientras el sudor caía desde mi frente, y limpié el desastre con el dorso de mi camiseta.

Me senté en la piedra fría con las piernas dobladas y dejé caer la cabeza en mis manos. Me balanceé hacia atrás y hacia adelante, sollozando y temblando, y sin siquiera tratar de controlarme.

Estaba furiosa con mi padre, pero estaba aún más furiosa conmigo misma.

Porque Emory tenía razón.

Ella había tenido razón en todo.

Emory
Día 275, faltan 162 días.

Me restregué los ojos mientras caminaba por el corredor.

—Buen día, dormilona. —Mi madre estaba de pie frente a la cocina con pantalones de yoga negros y una camiseta naranja fuerte. Tenía el pelo atado en un moño descuidado y unos pelos sueltos enmarcaban su cara. Tarareaba en voz baja, como hacía siempre que cocinaba.

El café estaba frío, porque era del día anterior, así que lo tiré en el fregadero e hice uno nuevo. Mientras esperaba, apoyé la cabeza en la mesa y cerré los ojos.

—¿Por qué estás tan cantarina esta mañana?

—Estoy despierta desde hace horas. —Señaló el comedor con su espátula—. Estoy productiva.

La miré. La mesa estaba cubierta con páginas de revistas para novias.

—Esa es una forma de verlo —dije, mientras me acercaba a mirar.

Había organizado cuidadosamente todos los vestidos de novia en pilas ordenadas. Sin mangas en una pila. Largos de vestir en otra. Cortos, más informales, al lado de elegantes vestidos tubo. Había una pila más pequeña de vestidos de colores.

Se acercó por detrás y puso su barbilla en mi hombro, observando su trabajo.

—¿Exagero? Puedes decirme si lo hago.

—Exageras.

—Lo sé —dijo, suspirando, mientras se estiraba para levantar una foto de una mujer mucho más joven en un vestido con lentejuelas que la hacía ver como si acabara de salir de una película de animación—. Quiero hacerlo bien esta vez, pero... ¿seré demasiado vieja para este look de princesa?

En los últimos meses había aprendido sobre vestidos de novia más de lo que hubiese querido. Podía distinguir la seda natural y la organza, podía diferenciar un vestido con corte de sirena de un vestido de gala, un escote corazón de un escote barco. También podía decir la diferencia entre un vestido con una cola capilla y uno con una cola catedral, y distinguir la cintura baja del corte imperio.

Busqué en la pila de vestidos tubo y elegí uno que era sencillo, con cuello redondo, y no tenía ningún brillo.

—Me gusta este —dije.

—Algo viejo.

—Algo elegante. —Se lo entregué—. Aún parecerías una princesa.

Me rodeó con su brazo mientras estudiaba la foto.

—No estoy segura de que me quede el modelo *strapless*. —Señaló su pecho—. Ya no tengo los pechos como para llevar un vestido así, ahora que he perdido tanto peso.

Mi madre tenía una empresa de *catering*, pero cuando mi padre se marchó, hace tres años, dejó de cocinar y prácticamente dejó de comer. Llegó un punto en el que casi dejó de levantarse de la cama. En seis meses había perdido unos veinte kilos y a todos sus clientes. Hasta que un día limpió su camioneta de *catering*, encontró una psicóloga y se inscribió en un gimnasio. Y allí conoció a David, el Imbécil.

—¿Quizás este? —Se estiró y alcanzó la foto de un vestido muy parecido pero con tiras angostas, no *strapless*—. Parece cómodo. Podría bailar con este.

—Me gusta. —Lo tomé de su mano y lo coloqué en la pila de *sí*, mientras ella empezaba a comer su tortilla.

Cuando terminamos de hurgar teníamos seis estilos que acordamos que le quedarían bien. Se abanicó con las páginas y tamborileó en la mesa con los dedos.

—¡Dios, esto es tan divertido! Me siento una adolescente.

—Las adolescentes no se casan, mamá.

—Está bien. Me siento como una veinteañera joven y enamorada que tiene toda su vida por delante.

—Lo cual me convierte en...

Pensó unos segundos.

—Mi hermana más joven, pero más sabia.

La parte de la hermana más joven era bastante cierta. No estaba segura sobre lo de más sabia. Sobre todo a la luz de los acontecimientos recientes.

Mi madre saltó y me besó en la frente.

—Me voy a dar una ducha rápida. Tienes platos para lavar —dijo mientras salía hacia el pasillo—. Nuestra primera cita en la peluquería para novias es en una hora, así que date prisa.

Tomé un sorbo de mi café y me senté allí un rato más, estudiando de nuevo los vestidos. Con cuidado de no desordenar nuestras nuevas pilas, le saqué una foto a uno de la pila de los descartados, ya que me había llamado la atención. La levanté en el aire y la miré bien.

Era un simple vestido acampanado con cuello redondo y mangas ceñidas. El pelo de la modelo era como el mío: largo, lacio y de color café. Sus ojos también eran azul brillante, y ambas teníamos pómulos altos. Parecía más alta que yo, pero eso podría haber sido por las sandalias de tacón que llevaba. Era más guapa que yo, eso seguro, pero podía verme en ella. Podía sin duda verme en ese vestido. No sería pronto, ni nada similar, por lo menos no hasta haber terminado la universidad y hasta que mi carrera de actriz estuviera encaminada, pero sí algún día.

Mientras trazaba con mi dedo un recorrido por las curvas y las costuras, mi teléfono sonó.

Luke: Hola, ¿qué haces?
Emory: Ayudo a mi madre con los preparativos de su boda.
Luke: Divertido.

Escribí las palabras *para nada*, pero luego las borré y en su lugar puse *Sip*.

Debía hacer todo lo posible para que la boda de mi madre fuera perfecta. Nada más importaba. Además, estaba todo casi terminado. Faltaban tres meses para la graduación. En cinco meses ya habría pasado la boda. En seis meses, ella se mudaría con el imbécil y yo viviría en la residencia universitaria.

Luke: Me voy a entrenar. ¿Quieres ir al cine luego?

Escribí *Claro* y apreté ENVIAR.

Y luego volví a levantar la foto de aquel vestido. Una pequeña parte de mi deseaba que Luke y yo estuviéramos en camino hacia a ese tipo de futuro, pero no era el caso. En seis meses, ciento sesenta y dos días para ser exactos, ya habríamos terminado.

Hannah

Cuando entré en la cocina el lunes por la mañana, encontré a mi padre de pie en el fregadero llenando dos termos de viaje, café caliente para él y té con un poco de leche para mí, comportándose como todas las mañanas, como si nada hubiera pasado.

—¿Estás lista? —preguntó, mientras cerraba los termos de viaje. Llevaba un jersey multicolor, un par de vaqueros ajustados y calzado deportivo Vans. Parecía más como un punk mayor que como un pastor devenido en director yendo a su trabajo.

—Sip.

Me dio mi té.

—Aquí tienes, cariño.

—Gracias.

Fue lo máximo que nos dijimos el uno al otro desde que me había ido corriendo de casa el día anterior.

Ese era el problema de asistir a un instituto a más de dieciséis kilómetros de casa. Ninguno de mis amigos vivía cerca, así que si quería evitar ir con mi padre el instituto, debería haberme despertado una hora antes, haber tomado el autobús público y haber cambiado de línea dos veces.

Cuando llegamos a la intersección deseé haberlo hecho. Siempre escuchábamos música o hablábamos de las noticias, y el silencio nos estaba matando. Podía oírlo sorber su café y golpear sus dedos nerviosamente sobre el volante. Miré pasar el vecindario a través de la ventanilla. La oficina de correo. El lavadero de coches. El instituto Foothill. La cafetería.

—Me alegro de que lo sepas —dijo mi padre finalmente, mientras entrábamos a la autopista—. Odiaba no decírtelo. No tenemos secretos en nuestra familia.

Hasta hacía un día, yo tampoco creía que los guardáramos.

—Tengo un plan —siguió—. Hice algunos llamados anoche y esta semana quedaré con algunos de los líderes de las iglesias de nuestra red. Son más grandes que nosotros, con bolsillos más llenos y con muchos más recursos. Sé que se dan cuenta de que este instituto es de un gran valor para la comunidad. A ellos les conviene que a nosotros nos vaya bien.

—Ajá —mascullé. Ya había escuchado todo eso antes.

—Solo necesitamos lo suficiente para el primer año. Luego, todo estará bien otra vez. —Sujetó el volante con más fuerza.

Mi padre puso el intermitente y entró a la calle cerrada que tenía un letrero de metal que decía INSTITUTO CRISTIANO COVENANT en cuidadas letras mayúsculas. Siguió el camino angosto, alineado con rosas y arbustos de lavanda, hasta que se abrió a un aparcamiento frente a la capilla.

La iglesia parecía como la típica iglesia del sur de California: estilo misión y con paredes blancas de yeso, ventanas arqueadas y tejas rojas. Justo después de que yo había nacido, la iglesia había decidido construir el instituto adyacente y los líderes de allí le habían dado el visto bueno a mi padre, que había sido el pastor asociado, para ser el nuevo director y supervisar la construcción.

Tenía autoridad en cada aspecto del nuevo campus, desde el alto de los techos del comedor hasta el dibujo de las vidrieras de las ventanas de la biblioteca. Había diseñado una serie de senderos que conectaban cada edificio y llevaban a un área verde en expansión en la que almorzábamos los días buenos. Y se aseguró de que todo el campus estuviera rodeado de árboles que lo protegieran de los edificios de oficinas linderos y nos proporcionó una serie de lugares secretos para sentarnos y estudiar o para estar solos y rezar.

Mi padre amaba todo del instituto. Mi madre solía decir en broma que yo había sido hija única hasta que Covenant había nacido.

Condujo por el fondo hasta el aparcamiento para los docentes, y estacionó en un lugar reservado para el director. Detuvo el motor y luego me miró.

—Yo me encargaré de esto, ¿de acuerdo?

Como no contesté, se me acercó hasta que no tuve más opción que mirarlo.

—No pido que me perdones. Lo que hice estuvo mal. Te pido que me apoyes un poco más. Haré todo lo necesario para resolverlo, ¿de acuerdo? ¿Confías en mí?

Y de repente, apareció la voz de Emory en mi cabeza.

Tienes debilidad por tu padre, Hannah. Creerás en todo lo que dice. Creerás en todo lo que él cree. ¿Cuándo fue la última vez que tuviste una opinión enteramente tuya?

—Hannah. Por favor.

Me di cuenta de que mi padre realmente necesitaba saber que estaba de su lado. Y a esta altura, ¿de qué servía no estarlo?

—Confío en ti —dije.

Me abrazó.

—Esa es mi chica. —Me soltó—. Vamos. No debemos llegar tarde.

Salió del coche y cerró la puerta, y lo observé a través del aparcamiento, devolviendo saludos y en algunos momentos chocando los puños con los chicos que iba cruzando por el camino. Me quedé en el coche hasta que escuché el sonido del timbre y luego bajé y caminé hacia las puertas de la capilla. No me di prisa. No tenía ganas de hacerlo.

Cuando me acerqué, escuché que adentro sonaba una canción alegre del Top 40. A mi padre le gustaba que la Capilla de los lunes fuera «relajada y divertida», no «pesada y eclesiástica». Caminé por el corredor central hasta la primera fila y me senté en mi sitio habitual al lado de Alyssa.

Tenía los pies desplegados enfrente de ella y la cabeza apoyada sobre el respaldo del banco. «Buenos días», murmuró, mientras abría un ojo. Luego lo volvió a cerrar y siguió dormitando.

No le conté nada de lo ocurrido porque le había prometido a mi madre que no lo haría.

—Mantengamos esto entre nosotros —me había dicho cuando regresé de correr—. Tú sabes con qué velocidad se difunde la información en la iglesia.

Me incliné hacia adelante y saludé con la mano a Jack y a Logan que estaban en los asientos al lado de Alyssa. Compartían un par de auriculares y miraban un vídeo de YouTube de otro coro a *capella* en el teléfono de Jack.

—Buenos días —dijo Logan.

Busqué en mi mochila las tarjetas que había hecho para mi examen de química y comencé a leerlas. Estaba en la segunda cuando Alyssa se sentó mejor y señaló hacia el escenario.

—Oh, mira. Mi futuro marido se ha hecho un corte de pelo muy sexy durante el fin de semana.

Aaron subió al escenario. Llevaba una camiseta celeste del instituto Covenant, vaqueros y calzado negro. Sacó la guitarra del atril y la llevó al banco junto al púlpito. No tenía puesta su habitual gorra de béisbol. Asumí que quería alardear de su nuevo corte.

No había pensado demasiado en Aaron, pero eso era probablemente porque Alyssa pensaba en él lo suficiente por ella, por mí y como por seis personas más. No es que tuviera algún problema en ver a Aaron como lo veía Alyssa. Sin duda era guapo. Y tenía confianza en sí mismo, pero no era engreído o algo similar. Lo cual lo hacía aún más encantador. Pero cuando lo vi en el escenario, solo podía pensar en las palabras que había dicho mi madre: «Aaron ha sido una valiosa incorporación para la iglesia y el instituto, pero contratarlo ha sido caro».

Traducción: de no haber sido por él, yo hubiera ido a la Universidad de Boston.

—Debo estudiar —le dije a Alyssa, tocando las tarjetas con la uña.

Me las quitó de la mano.

—¿Qué puede ser más importante que el nuevo corte de pelo de mi futuro marido?

—El hambre mundial. Los roles de las mujeres en los países subdesarrollados. —Le quité de nuevo las tarjetas—. Yo no voy a suspender química.

Alyssa volvió a mirar el escenario y seguí su mirada.

Aaron ordenó una pila de partituras. Luego sus ojos se enfocaron en la primera fila. Se movió hacia nosotros y sonrió.

Lo miré.

Cuando se dio la vuelta de nuevo, Alyssa me palmeó la mano.

—¿Has visto cómo me ha sonreído? Ese chico es mío.

Me reí.

—¿Chico? —pregunté.

Puso los ojos en blanco.

—Deja de decir eso. No es *mucho* más mayor que yo.

—¡Es *cinco* años más mayor que tú!

—Cuatro —me corrigió—. Cumpliré dieciocho el próximo mes.

—Como digas. Casi es nuestro profesor.

—No lo será en junio —dijo, guiñando un ojo.

Las luces de la capilla se apagaron y se encendieron las del escenario. Solía sufrir por lo que venía después, pero en tres años y medio me había acostumbrado.

Mi padre corrió desde el costado del escenario llevando un micrófono corbatero, y saludando frenéticamente con la mano en el aire. Se detuvo en el centro, rebotando sobre sus pies y mirándonos. Y luego levantó sus brazos al aire y gritó:

—¡Este es el día que el Señor ha hecho!

Todos gritamos al unísono.

—¡Alegrémonos y estemos contentos en él!

—¡Bien! —Bajó los brazos—. Se oye mucho espíritu para ser un lunes por la mañana. ¡Amén!

—¡Amén! —gritaron todos.

Insistía en que todos lo llamaran Pastor J., porque Pastor Jacquard sonaba muy formal y además nadie lo sabía pronunciar. Mis amigos siempre me habían dicho que era afortunada de tenerlo como padre. Decían que era más un amigo que un pastor, y que le contaban secretos que jamás les contarían a sus padres. Eso siempre me había hecho sentir orgullosa. Últimamente deseaba que no fuera mi padre, para tener a alguien como él en quien confiar.

—Antes de comenzar con lo oficial, un par de anuncios rápidos. —En el escenario, él caminaba hacia atrás y hacia adelante, mientras hablaba—. Como todos en este salón sabéis, nos reunimos para la Capilla de los lunes. Durante la semana nos encontramos en grupos más pequeños y compartimos lo que ocurre en nuestras vidas. Regresamos a este lugar con nuestras familias cada domingo. Nos conectamos —dijo, entrecruzando sus dedos—. Nos *entendemos* unos a otros, ¿no es cierto?

Con el rabillo del ojo podía ver cabezas asintiendo, incluida la de Alyssa.

—Amén —susurró.

El corazón de mi padre estaba en el lugar correcto, pero me molestaba cuando hablaba de Covenant así, como si él solo hubiese creado su utopía adolescente en la que todos se llevaban bien, hablaban abiertamente sobre sus sentimientos y nunca decían o hacían nada para lastimar a nadie. Era una bonita imagen, pero no era verdad. Nos juzgábamos, solo que lo hacíamos con más sutileza y sobre cosas distintas, por ejemplo, sobre quién era mejor cristiano.

—Nuestra noche anual de admisiones es en tres semanas y necesito que todos vengamos juntos como un equipo.

Miré alrededor y noté las filas vacías al fondo de la capilla. Cuando estaba en la escuela primaria, mi padre solía rechazar a cientos de chicos cada año, pero al llegar a la secundaria las cosas habían comenzado a cambiar. Había menos alumnos inscritos y mi padre empezó a dejar ir a maestros, cortó algunos programas y tomó préstamos de iglesias locales más grandes.

Una vez, durante la cena, nos contó a mi madre y a mí todo sobre su nuevo plan.

—Vamos a concentrarnos en nuestro programa de artes dramáticas. Ya tenemos un grupo de baile increíble y un Departamento de Artes Dramáticas, un show de coro muy bueno, y por supuesto un grupo de canto a *capella* ganador de varios premios —dijo mientras me palmeaba la mano—. Y después de todo, estamos en Los Ángeles.

Mi madre se rio disimuladamente.

—Estamos en el condado de Orange. Los Ángeles está a una hora de aquí.

—Es cerca —dijo él.

Mi padre se pasó los seis meses siguientes juntando inversiones e hizo crecer los departamentos de arte dramático y de danza, contrató nuevos directores y les mejoró los presupuestos de sus áreas.

La noche de las admisiones siempre había sido importante, pero últimamente estaba más determinado que nunca a llenar ese salón. Y yo sabía por qué.

Aaron.

Yo.

—Quiero que cada uno de vosotros piense en la razón por la cual está aquí.

Caminó despacio por el escenario, deteniéndose para saludar a ciertos estudiantes. Era su modo de conectarse, de convencerlos. Una vez me dijo que trataba de detectar a las personas de la multitud que parecieran no escuchar el mensaje, o a las que sabía que más necesitan escucharlo, y se tomaba el trabajo de mirarlas directamente.

—Quizás erais alguien que no encontraba el grupo correcto en la secundaria. Quizá os sentíais un poco perdidos. Quizá os sentíais presionados a hacer cosas que sabíais que no eran correctas.

Escuché algún *amén* desparramado por el salón, mientras mi padre se iba hacia el otro lado del escenario.

—O quizá habéis venido aquí a aprovechar al máximo los talentos que Dios os ha dado en la música y en el baile. No importa qué os ha traído a esta familia, estáis en el lugar al que pertenecéis.

Mi padre caminaba y miraba hacia el fondo del salón, y se detenía para dejar que sus palabras llegaran.

—Apuesto a que todos conocéis a alguien que necesita este lugar tanto como vosotros lo necesitabais.

Pensé en Emory. Ella solía ir a la iglesia conmigo cuando éramos pequeñas, y jamás se perdía las presentaciones de mi coro. Pero con los años me di cuenta de que se sentía incómoda en ese salón. Cuando la invité al servicio a la luz de las velas la última navidad, frunció la nariz y dijo: «Este año paso. Es algo tuyo, no es lo mío. Lo entiendes, ¿verdad?».

Le dije que sí, y lo sentía así, pero de todas formas me dolía.

—Ahora mismo, quiero que cada uno de vosotros cerréis los ojos y os imaginéis a esa persona. —Mi padre seguía caminando por el escenario—. Contaré hasta tres y quiero que digáis en voz alta el nombre de esa persona. ¿Listos? Uno. Dos. Tres.

El auditorio se llenó de ruido. No podía pensar en nadie más, y no pensaba decir el nombre de Emory, así que balbuceé algo incomprensible, sabiendo que, de todos modos, los nombres se mezclarían.

—Sé que soy vuestro director y no un profesor, pero hoy os daré tarea para casa. Quiero ver a la persona que acabáis de nombrar sentada junto a vosotros en la noche de admisiones. Amén.

—¡Amén! —gritaron todos.

Mi padre señaló a Aaron.

—Aaron ha trabajado muy duro en un nuevo vídeo promocional y lo terminará esta semana. Cuando vaya a veros, sed vosotros mismos. ¡Divertíos! Mostradle a nuestra comunidad de qué se trata nuestro instituto. Amén.

—¡Amén!

—De acuerdo, comencemos con el sermón de hoy. —Escuché el sonido de la pantalla de proyección mientras bajaba del techo.

Por el tiempo que había pasado cantando en ese escenario, sabía que era difícil ver la primera fila por el resplandor de los reflectores, así que saqué mis tarjetas de estudio de química y las dejé sobre mi falda. Pensé que si mi padre me veía con la cabeza gacha, creería que estaba rezando.

Emory
Día 276, faltan 161.

—¿Por qué siento que la gente me mira? —Deslicé mi bandeja por la fila del almuerzo.

—Es tu imaginación —dijo Charlotte tomando una cesta de patatas fritas.

—Sí, eso creía. —Con un gesto dramático, tiré mi boa de plumas violeta sobre mi hombro y le pegó en la cara al chico que se encontraba detrás de mí. Me disculpé, aunque a él no pareció molestarle.

Escogí una ensalada y cambié de tema.

—Me gusta tu pelo.

El largo pelo rubio de Charlotte estaba retorcido en una trenza suave que comenzaba en un lado de su cara y seguía por encima de la cabeza, enmarcándola como si fuera una corona.

—Gracias. Creo que al final he aprendido a hacer este peinado. Subiré el vídeo esta noche.

Mi pelo era igual todos los días. Me gustaba demasiado dormir como para levantarme temprano y peinármelo bien. El pelo de Charlotte, en cambio, siempre era distinto. Lo usaba en recogidos sofisticados, en trenzas espiga o lo dejaba un poco más suelto, pero con grandes rizos enmarcándole el rostro. Una vez que aprendía una nueva técnica subía un vídeo con un pequeño tutorial en Instagram.

La última vez que había visto su cuenta tenía más de doce mil seguidores.

Miré por encima de mi hombro hacia Luke. Estaba de espaldas, pero podía verlo al final de la mesa, mientras hablaba con sus amigos. Paró de contar su historia el tiempo suficiente como para tomar un trago de su refresco.

Estaba a punto de irme cuando Lara me vio. Entonces fue como si hubiera apoyado el dedo en la primera pieza de dominó. Lara la codeó a Tess, quien se acercó a Ava, quien le dio un empujoncito a Kathryn, y una por una sus cabezas se dieron la vuelta para mirarme. Ojos abiertos. Bocas abiertas. Y luego fue el turno de los chicos. Ninguno intentó siquiera esconder su sorpresa. Se rieron y me señalaron hasta que el ruido llegó a Luke, la última pieza del dominó en caer.

Cuando él me vio, eché la cabeza hacia un lado y lo saludé con la mano haciéndome la seductora. Me sentía como Marilyn Monroe y deseaba representar bien el rol. Se cubrió la boca, pero me di cuenta por las arruguitas al lado de los ojos que sonreía.

Cuando llegué al mostrador para pagar mi almuerzo, la cajera me miró de soslayo. «¿Qué?», pregunté, y sacudió la cabeza y dijo: «Nada», mientras me devolvía mi tarjeta de crédito.

Charlotte solo pensaba en el trabajo.

—¿Faltarás al teatro hoy?

—No, ¿por qué lo haría? —dije, metiendo la tarjeta de nuevo en el bolsillo de mi falda de jean.

Señaló hacia Luke.

—Mira, no tienes que seguir haciendo esto. ¿Cuántos días faltan?

—Ciento sesenta y uno.

—Almuerza con tu novio. Está bien. Sé que juraste que nunca nos dejarías de lado a Tyler y a mí, como yo os dejé cuando comencé a salir con Simon, pero en serio, está bien. Lo entendemos. Y nos cae bien Luke. No debes sentarte con nosotros en el almuerzo.

—Claro que debo hacerlo.

—No, no debes hacerlo, en serio. Aunque eso te convierta en una gran hipócrita, jamás lo diría.

—No en mi cara.

—Jamás en tu cara.

Me reí.

—Bueno, no es sobre vosotros, de todos modos. *Our Town* se estrena en cuatro semanas y si no me aprendo las líneas de Emily Webb, la señora Martin me estrangulará o va a reemplazarme, lo cual sería aún peor.

Señalé las puertas que daban al camino que llevaba al teatro.

—Ve, si no aparezco es porque el señor Elliot me ha mandado a casa, no porque no os llame.

Tiré la boa violeta sobre mi hombro, di la media vuelta y caminé por el comedor como una modelo de pasarela. Podía sentir todas las miradas fijas en mí. Me los comí crudos.

Cuando llegué donde estaba Luke, coloqué mi bandeja en la mesa, tiré mi boa sobre sus hombros y me senté en su regazo. Me apretó la pierna y luego me besó.

Era un beso pequeño. Un beso escolar. No un beso de «consigue una habitación», pero podría haberlo sido. Podía sentir a todos mirándonos.

Pasé la lengua por mis labios.

—Sabes a menta.

Buscó en el bolsillo de su jersey y sacó un paquete de Mentos.

—¿Quieres refrescarte?

Luke puso una menta en mi mano y la arrojé en mi boca.

—Supongo que hay una historia detrás de esto —dijo mientras jugaba con mis plumas.

—Hay una historia excelente detrás de esto.

Lo dije lo suficientemente fuerte como para que Tess y Kathryn levantaran la vista de su comida, y Ava y Dominic pararan de hablar.

Addison, la hermana melliza de Luke, puso la mano sobre su pecho y gritó: «Debo escuchar esto», recordándome por qué era mi favorita.

—Ok, entonces. —Me enderecé en la silla y me puse frente a ellos—. Estoy en mi taquilla entre la tercera y la cuarta hora. Estoy a punto de ir a mi clase, cuando me doy la vuelta y encuentro allí al señor Elliot con una expresión seria en el rostro y de pie con los brazos cruzados. —Imité su postura y expresión—. Con una voz bien suave, me pregunta si me doy cuenta de que he violado el código de vestimenta del instituto. —Usando el hombro de Luke para sostenerme, me puse de pie para que todos los de la mesa pudieran ver mi ropa—. Creo que se refiere a mi falda, ¿cierto? Así que hago el test de la punta del dedo. —Estiré un brazo hacia el costado, demostrando—. Y casi no pasa, pero pasa, así que asumo que me he salvado. Pero luego me apunta con su dedo y me dice: «Hombros desnudos no están autorizados, señorita Kern. Usted sabe eso».

Observé el comedor para asegurarme de que no hubiera ningún profesor a la vista, y luego me quité la boa, y mostré mis hombros. Hasta Tess parecía sorprendida.

—Es una camiseta sin mangas. Según el código de vestimenta no están permitidas pero todos las usan —dice.

—¿Verdad? —Golpeé la mesa con fuerza—. ¡Eso es lo que pensé! Pero al parecer esto no es una camiseta sin mangas, Tess, esto es una infracción al código de vestimenta. —Moví mis dedos al ritmo de las palabras mientras las decía.

Todos me observaban atentamente. Me gustaba eso.

—Entonces, el señor Elliott me dice que debo regresar a casa y cambiarme porque lo que llevo puesto distrae a los chicos, lo cual es una locura, ¿o no? —Miré a cada una de las chicas. Ava asintió. Kathryn dijo «Bah». Tess puso los ojos en blanco. Luego miré directo a Luke—. ¿Mi ropa te distrae?

Encogió los hombros.

—Claro, pero casi siempre estoy distraído por ti.
—Por supuesto que lo estás. —Lo besé en la punta de la nariz.
—Y ese es completamente tu problema y no el mío. De todas formas —dije, dirigiéndome hacia el grupo otra vez—, le digo al Sr. Elliott que tengo algo para cubrir mis hombros, y lo piensa un minuto y me dice que vaya a buscarlo. Luego se va.

Tomé un sorbo de la bebida de Luke y regresé directo a mi historia.

—Voy derecho al teatro pensando que encontraré uno de mis jerséis o alguna otra cosa para ponerme, pero no hay nada. Entonces voy al cuarto de utilería y revuelvo en el estante de los disfraces y *voil*à, encuentro este atuendo sexy. Cubre mis hombros perfectamente, ¿no creéis? Y siempre me he visto bien con el color violeta.

Todos se rieron y yo hice una reverencia. Luego salté del regazo de Luke, me senté junto a él y me estiré para alcanzar mi sándwich. Me moría de hambre.

Addison se puse de pie y vino hacia nuestro sector en la mesa.

—Moveos —les dijo a Brian y a Jake y ambos se movieron para que pudiera sentarse en el medio—. Dime, Emory, irás al partido de Luke el miércoles, ¿cierto?

—¿Este miércoles? —Charlotte, Tyler y el resto de nuestro grupo de amigos de actuación siempre quedábamos en la cafetería después de los ensayos de los días miércoles. Bebíamos café, comíamos tarta de queso y de chocolate, galletas con virutas de chocolate y repasábamos juntos nuestros diálogos. No me imaginaba perdiéndome uno de esos encuentros. Y necesitaba practicar mis líneas.

—Es el primer partido de la temporada regular —dijo Luke—. Nunca me has visto jugar, no en un partido verdadero, por lo menos.

—Pero no sé nada de lacrosse. —Por las expresiones de sus caras supe que no era una excusa demasiado buena.

—No hay problema —dijo Addison—. Yo te explicaré.

Nunca había asistido a un evento deportivo del instituto. Siempre había asumido que terminaría mis días en el instituto Foothill sin haber visto uno jamás. ¿Pero qué podía decir? Se trataba de Luke.

Me tomó de la cintura:

—Puedes usar uno de mis jerséis.

Me reí.

—¿Tu *jersey*? —Luke tenía hombros anchos y medía por lo menos trece centímetros más que yo. Uno de sus jerséis me hubiera quedado enorme. Además, usar el jersey de mi novio sonaba muy convencional. Muy de novia.

—¿Dice *Calletti* en letras grandes a lo ancho de la espalda y todo? —pregunté.

—Bueno, no dice *Jones*.

Comencé a contar otro chiste, pero me di cuenta de que todo ese asunto sobre su jersey era importante para él, así que decidí cambiar el curso.

—¿Puedo hacerle algunas reformas?

—Claro —dijo—. Tengo docenas como este. Haz lo que quieras con él.

—Ajá —dijo Jake—. Elliot está en camino.

Miré hacia arriba. El señor Elliot estaba en la zona de las cajas registradoras y sus ojos estaban fijos en mí.

—Esa es mi señal. —Envolví mi sándwich y me acomodé la boa para asegurarme de que mis hombros estuvieran lo suficientemente cubiertos. Le di un beso a Luke.

—Nos vemos —dije, mientras me dirigía hacia las puertas dobles que llevaban al teatro.

Hannah

—Probando. Probando, uno, dos, tres. —Alyssa se recogió el pelo en una cola de caballo, mientras esperaba a que Jack conectara el próximo micrófono. Cuando terminó, le hizo una seña y ella se colocó frente al aparato—. Probando, probando, uno, dos tres. Este no funciona —gritó hacia el palco, golpeteando el micrófono con su uña.

Podía ver a Aaron en la cabina de sonido, detrás del cristal, inclinado sobre la consola mezcladora. Como un Dios omnipresente.

—Prueba de nuevo.

—Probando. Probando —dijo ella—. No. Nada.

Alyssa me dio un golpe en el brazo con el dorso de su mano

—Ey, tengo algo para enseñarte, luego del ensayo. —Metió la cabeza en la cabina de sonido otra vez.

—¿Aaron? —Escupí su nombre como si fuera veneno. No estaba de humor para escucharlo, pero sabía que no tenía alternativa. Desde que había llegado a Covenant, Alyssa estaba en una misión personal para averiguar todo lo que pudiera sobre él. La última vez que había pasado la noche en mi casa, me había hecho ver videos que había encontrado de él tocando en su vieja iglesia.

—Encontré material de cuando iba al instituto. —Sonrió—. Escucha esto: estaba en una banda.

Bajé la base de mi micrófono y lo ajusté.

—¿Y adivina a quién más encontré?

—¿A quién? —Intenté mostrarme interesada.

—A su novia, Beth. Bueno, creo que es Beth. Medio que se parece a esa foto que nos mostró en su teléfono un par de semanas atrás.

—¿Te das cuenta de que ahora mismo suenas como una acosadora?

—¿Yo? —Me miró con los ojos de par en par—. No, solo soy una chica curiosa e ingeniosa.

—Que también es un poco acosadora —bromeé.

Me ignoró.

—Nunca adivinarás qué instrumento tocaba.

Guitarra parecía la respuesta obvia, así que seguramente era incorrecta. Traté de imaginarme a un Aaron joven y estudiante de secundaria en un escenario. Realmente no podía imaginarlo como un líder, pero tampoco me lo imaginaba como bajista. Antes de que pudiera decir algo, Alyssa contestó su propia pregunta.

—Nena, mi chico era un *baterista*. —Alzó una ceja—. Quiero decir, lo de la guitarra acústica que hace ahora es adorable y todo, pero ¿un baterista? Eso es sexy.

—Estoy segura de que no deberías referirte a nuestro director de coro como sexy.

Logan nos miró y alzó una ceja.

—¿Sabes que otra cosa es sexy?

Alyssa puso las manos en sus caderas.

—¿Qué?

—Tu micrófono.

Ella se ruborizó y dio dos grandes pasos hacia atrás, mientras el resto de nosotros intentábamos sofocar nuestras risas.

La voz de Aaron llenó la habitación de nuevo.

—Bueno, todo parece estar funcionando. Ya bajo.

Los tres perdimos la compostura.

Un minuto después, Aaron reapareció al fondo del santuario con la videocámara en una mano y un trípode en la otra. Cuando llegó al frente de la habitación, preparó todo, ignorando nuestras risas y las mejillas rojas y brillantes de Alyssa.

Durante las últimas semanas, había estado corriendo por el campus con esa cámara en sus manos, saltando encima de las mesas durante el almuerzo para hacer tomas de gente comiendo. Había recorrido la biblioteca y había grabado a los alumnos estudiando y también había ido a las clases para mostrar a los profesores en acción. Al principio creía que era bastante bueno que trabajara duro para capturar el espíritu de nuestra escuela. Ahora no podía evitar preguntarme cuánto habría gastado mi padre en esa cámara de vídeo nueva.

—Está bien, estoy a punto de terminar con los dos vídeos promocionales, pero no tengo suficientes tomas de SonRise, así que voy a dejar esto grabando. —Apretó un botón de la cámara y se colocó frente a nosotros en su sitio habitual—. Fingid que la cámara no está. Empecemos con *Brighter*.

Brighter Than Sunshine no era una canción nueva, pero era una de las favoritas de los fans. La habíamos cantado en competiciones locales durante los últimos cuatro años, así que nos salía naturalmente, y ya casi ni debíamos pensar en las letras ni en las armonías, lo cual la hacía especialmente divertida de interpretar. Era una elección fácil para la noche de admisiones, una que sabíamos que haríamos bien.

Aaron ocupó su lugar al frente del escenario. Era imposible no mirarlo, así que respiré profundo y disimulé mi enojo, mientras me decía a mí misma que debía concentrarme en la música y olvidarme de él.

Le hizo un gesto a Alyssa y ella murmuró: «Cuatro, tres, dos, uno».

Luego apuntó directo a Jack y a mí, y cantamos.

—Mm... bop bop. Mm... bop bop.

Los cuatro teníamos la mirada fija en las manos de Aaron, observando cómo cortaban el aire, moviéndose hacia atrás y hacia adelante al compás de la música. Luego señaló a Logan, quien cantó con su voz potente y clara. *Nunca antes lo había entendido. Nunca supe para qué servía el amor. Mi corazón estaba roto y mi cabeza me dolía, qué sentimiento.*

La mano izquierda de Aaron se movía al compás, manteniéndonos a nosotros tres en el ritmo, mientras que dirigía a Logan a través de las estrofas. Y luego me apuntó a mí para los estribillos. *Qué sensación en mi alma, el amor quema con más brillo que la luz del sol.*

Hacia la mitad de la canción, todos nos relajamos en la interpretación, nos miramos, apuntamos nuestras palmas hacia el techo o cerramos los ojos al sentir una conexión especial con la letra. Nos divertimos. Cantamos las últimas dos líneas en una armonía de cuatro partes. *Soy tuyo y de repente eres mío, y esto es más brillante que la luz del sol.*

Aaron cerró su mano izquierda y llevó el dedo derecho hacia sus labios. De nuevo reinaba el silencio. La pequeña luz roja de la cámara aún estaba encendida.

—Eso ha sido bueno —dijo Aaron—. Logan, te adelantaste un poco en la segunda estrofa. Debes mirarme. Yo te diré dónde debes entrar, ¿de acuerdo? Y Hannah, me gustaría que cantaras con más fuerza las primeras palabras del estribillo. *Qué sentimiento en mi alma* —cantó—. Interpreta con fuerza la línea, ¿vale?

En una situación normal, le habría agradecido el consejo. En su lugar, tomé mi botella de agua del púlpito y di un gran sorbo.

—Genial. Hagámoslo otra vez.

Alyssa dijo suavemente en su micrófono: «Cuatro, tres, dos uno».

Dos horas más tarde, después de cuatro interpretaciones más de *Brighter* y tres rondas de *Dare you*, la otra canción que planeábamos interpretar en la noche de las admisiones, Aaron dio por terminada la sesión. Los cuatro lanzamos un suspiro en conjunto y prácticamente corrimos en busca de nuestras mochilas antes de que cambiara de idea.

—Ey, Alyssa, ¿puedo regresar a casa contigo? —pregunté—, mi padre trabaja hasta tarde otra vez. —Era verdad, pero más que nada, no quería sentarme en el coche de nuevo con él.

Chequeó la hora en su teléfono.

—Me gustaría, pero hoy no puedo. Es un desvío que me tomaría unos veinte minutos, y mi madre me va a matar si no saco al perro.

Miré por encima de mi hombro.

—¿Logan? —pregunté.

Metió su botella de agua en el bolsillo de su mochila.

—No puedo. Llevo a Jack a su casa y vive al otro lado de la ciudad.

—Supongo que entonces iré por la senda para corredores. —Pero no quería correr por allí. Me resultaba aburrido. Quería mi ruta habitual. Quería mi roca.

—Perdón —gritó Alyssa mientras se dirigía hacia la puerta—. Te mando un mensaje más tarde.

No tenía nada más que hacer y no tenía prisa por correr, así que una vez que mis amigos se fueron y Aaron había regresado a la cabina de sonido, caminé de nuevo hacia el escenario y comencé a desconectar los micrófonos.

Aaron había exigido una tonelada de equipos nuevos como condición para aceptar el empleo, argumentando que no podía llevar adelante el tipo de programa musical que mi padre quería sin ellos. Además de la caja con fondo de terciopelo en la que iban los micrófonos y que justo tenía frente a mí, había una cámara, colocada en un trípode de calidad profesional. Y también estaban todos los equipos en la cabina de sonido, como la consola de mezcla de sesenta y cuatro canales y un ordenador superveloz que él podía usar para editar nuestra música y vídeo.

Aaron debía saber que nuestro instituto tenía problemas financieros cuando aceptó el trabajo. Es más, él había sido contratado para ayudar a arreglar dichos problemas. Mirar esos equipos sofisticados me hizo preguntarme si tendría alguna idea de cuánto había sacrificado mi padre para contratarlo. ¿Sabía que lo había elegido a él en vez de elegirme a mí?

Aún estaba absorta en mis pensamientos cuando oí su voz detrás de mí.

—Sabes que me pagan por hacer esto, ¿cierto? —bromeó tomando una cuerda y enrollándola alrededor de su brazo.

—Sí, directo de mis fondos para pagar la universidad —masculló.

—¿Qué?

—Nada.

Cerré las hebillas del estuche y lo llevé detrás del escenario, al cuarto de música. Lo deslicé en la repisa junto a los micrófonos boom, los corbateros y otros equipos. Cuando volví al escenario, Aaron ajustaba el trípode y desconectaba la cámara.

—Ey, ¿tienes un minuto?

Intenté pensar en una excusa pero estaba en blanco, así que balbuceé:

—Claro.

—¡Excelente! —Sonaba demasiado entusiasmado—. Esperaba que vinieras hoy. Realmente me serviría tu opinión sobre un tema.

Levantó el trípode con una mano y la cámara con la otra y se dirigió hacia el fondo de la capilla. Lo seguí por las puertas dobles y luego giramos a la derecha y comenzamos a subir la escalera estrecha que lleva al palco.

No podía recordar la última vez que había estado allí, pero estaba igual que siempre. Había ocho filas de bancos de caoba, como los que había abajo, y a lo largo de la pared del fondo, una larga mesa cubierta con una tela de seda azul, en la que estaban los platos de bronce usados para las ofrendas. Estaba silencioso. Siempre lo estaba. Nadie subía allí excepto en Nochebuena y en domingo de Pascua, cuando los feligreses llenaban el lugar y no había dónde sentarse.

La cabina de sonido parecía una habitación atrapada en el tiempo. Las paredes estaban alineadas con estanterías de metal llenas de viejos micrófonos, grabadoras y otros equipos que parecían no haber sido usados en décadas.

Caminé hacia las ventanas insonorizadas y miré en dirección al santuario. Vi la enorme cruz de madera que colgaba en la pared detrás del púlpito.

Cuando era pequeña, mi madre solía trabajar en la oficina algunos días de la semana. Me llevaba con ella y yo me escondía en la cabina de sonido para mirar a mi padre predicar durante los servicios de los días lunes. Recuerdo pensar que mi padre parecía distinto desde ese punto de observación. Más importante.

Me aferraba a cada palabra, incluso en aquel tiempo. Todos lo hacían. Si se hubiera puesto en ese escenario y nos hubiera dicho que el cielo era violeta, no azul, todos habríamos caminado hacia afuera y visto el cielo a través de lentes completamente distintos. Pero en los últimos años eso había cambiado y no solo para mí. No sabía si había sido por la caída en la cantidad de inscritos o si la novedad del enfoque contemporáneo de mi padre se había terminado, pero el cambio había repercutido en toda la comunidad. Los había decepcionado. Lo había sentido. Mi padre lo había sentido también.

—Aquí. —Aaron palmeó el banco a su lado—. Siéntate, quiero enseñarte algo.

Ubicó el monitor de la computadora de manera que yo lo pudiera ver mejor, y en seguida reconocí la página web de SonRise. Aaron la había rediseñado al poco tiempo de llegar. Tenía muchas imágenes, pocas palabras y parecía más la web de una banda de rock independiente que la de un grupo cristiano a *capella*. Nuestros videos más recientes de YouTube aparecían en marcos que parecían profesionales, junto con fotos en blanco y negro de nuestras presentaciones pasadas y links para descargar nuestra música.

—He estado trabajado en los vídeos promocionales.

Clickeó y una imagen llenó la pantalla. En ella, el santuario estaba lleno de niños tomados de las manos y levantándolas hacia el cielo. Jamás había visto esa foto, pero no podía ser nueva, el santuario no había estado tan lleno en años. El epígrafe decía: *Le hablaremos a la nueva generación sobre los gloriosos actos del señor* —*Salmo 78:4*.

—Este se parece mucho a los avisos que Covenant hizo en el pasado —dijo Aaron—. Está diseñado para atraer al típico pequeño cristiano en el área del condado de Orange que está buscando un instituto centrado en Jesús y donde también preparen para la universidad.

Luego abrió otra ventana y una foto en blanco y negro de SonRise, que me resultaba familiar, invadió su monitor. Logan estaba mirando hacia la cámara sin ninguna expresión en el rostro. Alyssa sonreía a medias a alguien fuera de cuadro, y Jack y yo nos mirábamos el uno al otro. Nos habíamos tomado esas fotos profesionales justo después de ganar la competición Northern Lights en mi primer año de instituto. Yo creía que parecíamos una banda cutre de comienzos de los ochenta, pero a todos parecía encantarles esa sesión de fotos. A diferencia del otro aviso, todo parecía genial y menos eclesiástico. El texto decía: *Encuentra tu voz. Canta tu canción*. No había ninguna cruz en la imagen.

—Este nuevo aviso está diseñado para captar a los chicos interesados en las artes. —Clickeó su ratón y se abrió un vídeo—. Trabajé toda la noche en este, así que si no te gusta, miénteme, ¿podrás?

Sonrió.

Yo no quería sonreír, pero no sabía cómo evitarlo. Una cosa era mirarlo desde la distancia, evitar el contacto visual mientras nos dirigía, y hablar con él con oraciones cortas, pero habría sido maleducado de mi parte hacer cualquiera de esas cosas cuando estaba sentado a mi lado.

—Solo estoy de broma, realmente quiero sabe qué te parece.

El vídeo comenzó con un paseo en cámara lenta sobre el campus. Luego se acercó hacia algunos chicos en las aulas, en el patio durante el almuerzo y en la biblioteca. Aaron había hecho la voz en *off* en vez de mi padre, y en vez de describir el campus idílico ubicado en la ladera de una montaña, donde podías escuchar la voz de Dios en los árboles, lo había llamado «lugar para la reflexión silenciosa y la búsqueda espiritual».

Luego el vídeo se movió hacia territorios que jamás había visto antes. SonRise cantando en competiciones y ante una sala repleta durante el musical de Navidad. Había imágenes de los cuatro riéndonos en el autobús de giras y de los cuatro ensayando y enseñando a niños a cantar durante nuestras misiones de verano. La voz de Aaron ya no se escuchaba, y SonRise tomaba su lugar, cantando las canciones que siempre interpretábamos. De ahí se iba a las interpretaciones de los departamentos de danza y de teatro, y terminaba con la fecha y la hora de la noche de las admisiones, escrita en grandes letras a lo ancho de la pantalla.

—Guau —dije—. Es bueno, realmente bueno.

—¿Lo dices porque te pedí que mintieras? Sabes que era broma, ¿verdad?

—No, es realmente bueno, lo digo en serio.

Me miraba como si tratara de descifrarme.

—Pareces... desconcertada.

Lo estaba. Lo recordaba corriendo alrededor del campus filmando ese vídeo durante las últimas dos semanas, antes de que yo supiera la historia de cómo había sido contratado, y pensando qué afortunados éramos de tenerlo. Trabajaba duro para mi padre y para nuestro instituto. A pesar de mi enojo por no tener el dinero para mi inscripción, ese hecho era difícil de ignorar.

—Solo me pregunto, ¿cómo lo has hecho tan rápido?

—Uno, es mi trabajo. —Contaba las razones usando sus dedos—. Dos, tu padre, mi jefe, quiere todos los vídeos listos para el viernes, para que los mandemos a las iglesias locales y les pidamos que los pongan en los servicios dominicales. Y tres. —Se detuvo—. No importa. La tercera no es importante.

Lo miré.

—¿Cuál es la tercera?

—No quieres saberla.

—Bueno, no me interesaba demasiado antes, pero ahora sí —bromeé.

Sonrió.

—De acuerdo, tres: No tengo vida. Después de que os vayáis, subo a esta patética cueva de hombres y me paso horas, solo, aquí dentro. Si no fuera por ese pequeño congelador de allí, me moriría de hambre o de sed. Trabajo hasta la medianoche, regreso a casa, duermo y regreso y vuelvo a comenzar. ¿Cómo crees que he rediseñado completo el sitio de SonRise en, digamos, cuatro días?

—Bueno, me gusta. Y no lo digo porque no tienes una vida y siento lástima por ti. —Lo miré—. Es bueno.

—¿Lo crees?

—Sí —dije, pero debe haber sentido el tono en mi voz, porque juntó las cejas mientras me miraba.

—¿Pero? —preguntó Aaron.

—No —dije—. Sin *peros*.

—Me pareció escuchar un *pero*.

—No es nada. —Dudé en decir algo. Sabía que seguía las instrucciones de mi padre al ir a buscar a los chicos de teatro y de danza, exactamente como se suponía que debía hacer—. Ambos vídeos son inspiradores, sin duda, pero creo que me pregunto cómo vas a llegar al resto de los chicos.

—¿A qué te refieres?

—Bueno, tienes a los que disfrutan de venir a la iglesia y tienes tus aspirantes a Hollywood, pero esa es una porción pequeña de los estudiantes de aquí. Piensa en lo que dijo mi padre hoy en el servicio. La mayoría de los chicos que llegaron en primer año se sentían... perdidos de alguna manera. Algo les faltaba en sus vidas y la gente de Covenant ha llenado ese vacío. Nos hemos convertido en el grupo de amigos que no tenían o en la familia de la cual se habían distanciado. Muchos de los chicos de aquí son los que sintieron que no tenían otro lugar para ir.

—Y ninguno de estos vídeos está dirigido a ellos.

—En realidad, no.

Aaron se cruzó de brazos y estudió la pantalla.

—Perdón —dije—. No quiero ser crítica. Sé lo duro que has trabajado.

Meneó la cabeza.

—No, para nada. Esto es bueno. —Tomó la lata de refresco de cola que estaba al lado del teclado y bebió un gran sorbo—. Entonces, ¿cómo llegamos a los otros?

—No sé. —Puse los ojos en blanco—. Para eso te pagan un gran sueldo.

Sentí el enfado creciendo en mi pecho otra vez y quería patearme a mí misma por olvidar que estaba enojada con él. Por un minuto, me comporté como siempre me había comportado delante de Aaron. Pero todo era distinto ahora desde que sabía lo que había hecho mi padre. Me levanté y busqué mi mochila.

Aaron bajó su refresco y se ajustó la gorra en la cabeza, con la mirada fija en el monitor.

—Haré un tercer vídeo —dijo abruptamente.

—¿Cómo? Creí que todo debía estar listo para el viernes.

—Sin vida, ¿recuerdas? —Levantó una ceja—. Grabar y editar no es problema. Solo necesito una idea y un guion.

La habitación se tornó de nuevo silenciosa. ¿Estaba esperando que a mí se me ocurriera alguna idea? Porque si ese era el caso, estaba tristemente equivocado. De manera indirecta, yo había pagado su salario, no haría también su trabajo.

Pero luego una foto de la pantalla llamó mi atención. Era una foto de Kaitlyn Caziarti, de pie en el púlpito, brindando su testimonio.

Kaitlyn provenía de otra escuela y había sido transferida unos meses después del comienzo del primer año, después de ser objeto de un rumor malicioso que se propagó en la escuela a la que iba. No había dado detalles, pero hablaba de lo difíciles que habían sido esos meses, cuando nadie creía su versión de los hechos, ni siquiera los amigos. Sus padres creían que la historia quedaría en el olvido, pero cuando la situación empeoró, aceptaron que se cambiara de instituto.

Ella contaba que todos en Covenant habían sido amables e inclusivos, que la habían hecho sentir bienvenida desde el primer momento, tratándola como si formara parte del lugar. Recuerdo haber pensado, cínicamente, que había sido testigo de muchos rumores crueles desparramándose en nuestro campus también y que probablemente ella no debía bajar la guardia. Pero luego había mirado a mi padre, sonriendo orgulloso del mundo que había construido para ella.

Aquel día, en el coche camino a casa, me había dicho que Kaitlyn y todos los chicos como ella eran la razón por la cual había aceptado, años atrás, la responsabilidad de dirigir Covenant. Había dicho sin dudar: «Nos necesitan. Haré lo que sea para asegurarme de que este instituto siempre estará disponible para ellos». Yo lo admiraba por eso.

Ahora sentía un poco de culpa por estar tan enfadada con él. Él seguía siendo esa persona. Aunque yo no estuviera de acuerdo con sus métodos, su corazón estaba en el lugar correcto. Su corazón *siempre* estaba en el lugar correcto.

—¿Has visto algún testimonio desde que llegaste a Covenant? —pregunté a Aaron.

—No todavía. ¿Por qué?

—La gente los comparte durante el Servicio de los lunes, a veces. Hablan de sus vidas antes de venir aquí. Los errores que cometieron. Las cosas malas que les ocurrieron. Hablan sobre cómo Covenant los ayudó a cambiar su vida. Siempre me recuerdan lo que yo quiero de este lugar. Quizá puedas conseguir que algunos de ellos te permitan entrevistarlos frente a la cámara. Podrías compaginar las historias unidas, agregarles algo de música. Apuesto que sería algo potente.

Aaron se quitó su gorra y pasó sus dedos por su cabello.

—Me gusta. Además podría viralizarse. A la gente le encantan las historias personales.

—Exacto.

—¿Me ayudarías? —preguntó Aaron.

—¿Yo? —*No,* pensé, preguntándome por qué no me había ido de allí cuando había tenido la oportunidad y en cambio se me había ocurrido hablar de los testimonios.

—Claro. Quizá tú puedas preguntarles. Hasta podrías hacer las entrevistas, si te gusta la idea. Todos te conocen. Harían cualquier cosa por ti.

—Lo dudo. —Resoplé—. Harían cualquier cosa por mi padre.

—Es lo mismo.

Lo observé.

—No somos la misma persona.

Su expresión cambió.

—Lo siento, lo he dicho como un halago. —Colocó sus manos en las rodillas y se inclinó hacia mí—. ¿Qué te parece? ¿Quieres que trabajemos juntos en esto?

Lo miré, recordándome que nada de eso era por su culpa. Probablemente Aaron no sabía de dónde había sacado mi padre el dinero para contratarlo. Pero eso no me hacía querer ayudarlo.

De todos modos, el dinero ya no estaba. Lo hecho, hecho estaba. Ahora necesitaba irme de ese lugar más que nunca. Y la única forma en que podía entrar a la Universidad de Boston era asegurándome de que en la noche de las admisiones aquel santuario estuviera repleto de gente. Cualquier cosa que pudiera hacer para ayudarlo, también me serviría a mí.

—De acuerdo —contesté, con un tono que sonó más a un suspiro reacio que a una palabra de dos sílabas. Pero la cara de Aaron se iluminó.

—¡Genial! —Tocó mi hombro con el suyo—. Esto va a ser divertido. Te lo prometo.

Emory
Día 277, faltan 160 días.

—Ahora recordad que es la primera vez que veremos interactuar a George y a Emily —dijo la señora Martin desde su butaca en la primera fila del teatro.

Apreté el guion que tenía en mi mano.

—La escena es importante porque establece la amistad entre ellos. Nosotros necesitamos ver cómo os conectáis vosotros dos en este escenario de la misma forma en que lo hacéis en la vida real, ¿comprendéis? —dijo, y nos miró con un gesto de aprobación—. Emory, dile a Tyler algo que creas que él y su personaje George tienen en común en esta escena.

No lo dudé.

—Los dos son pésimos en matemáticas.

—Es un hecho —dijo Tyler. El resto de los miembros del elenco se rieron desde sus lugares fuera del escenario.

—¿Qué hay de ti, Tyler? —preguntó la señora Martin—. Menciona una característica de Emily Webb que también veas en Emory en esta escena.

No se me ocurría qué podía decir. Aparte del hecho de que nuestros nombres eran casi idénticos, no sentía que tuviera algo en común con el personaje que interpretaba.

Tyler me clavó la mirada.

—Emily Webb es dulce y pura y todo...

—Sí, esa soy yo —interrumpí y todos rieron.

—Pero también es una persona frontal —continuó Tyler—. Ella dice lo que piensa; uno sabe dónde está de pie con ella. En esta escena, no solo es amable con George porque él la halaga. A ella realmente le gusta él. La hace reír. Y probablemente lo encuentra muy guapo. —Tyler arqueó las cejas y yo reí.

—Hombre, eso ha sido profundo. Ahora me siento mal por haber dicho solo que eras pésimo en matemáticas.

La señora Martin se sentó en su lugar y se inclinó hacia adelante con los codos sobre las rodillas.

—De acuerdo, bien, comencemos.

Nos miramos el uno al otro.

—Hola, Emily —dijo Tyler.

—Hola, George —contesté, mientras me balanceaba sobre mis zapatos.

—Has dado un buen discurso en clase.

Incliné mi cabeza hacia un lado mientras decía mi siguiente línea.

Y luego Tyler señaló hacia una de las altas plataformas de madera detrás de nosotros y me dijo que me podía ver desde la ventana de su habitación, haciendo la tarea en mi escritorio cada noche.

—¿Crees que podríamos establecer algún tipo de sistema de telégrafo desde tu ventana hasta la mía? —preguntó—. Cada vez que no pueda resolver un problema de álgebra o algo, podría mirarte para que me ayudaras.

Fruncí el ceño, como si estuviera a punto de oponerme, así que enseguida volvió sobre el tema.

—No me refiero a las respuestas, Emily, claro que no... solo a algunas pistas.

De pronto, escuché que zumbaba mi teléfono. Lo ignoré y seguí adelante.

—Oh, creo que las *pistas* están permitidas —dije.
Zumbido.
—Entonces, sí... eh... Si no puedes avanzar, George, me silbas. Y te daré algunas pistas.
Zumbido.
—¡Mierda! —dije en voz baja, mientras apoyaba el guion en mi pierna.
—De acuerdo, esto es ridículo. ¿De quién es ese teléfono? —preguntó la señora Martin, de pie y con las manos en jarra, sobre las caderas.
—Mío —murmuré—. Perdón, he olvidado apagarlo.
Zumbido.
—Ve y hazlo, por favor. Te esperaremos.

Tiré mi guion en la silla y me apuré a buscar la mochila. La revolví, quitando del medio envoltorios usados, lápices y pedazos de papel, mientras buscaba el teléfono antes de que volviera a sonar. Cuando finalmente lo encontré, lo puse en modo silencioso y leí en la pantalla.

Ma: ¡CHEQUEA TU E-MAIL!

Toqué el icono del sobre. El mensaje estaba arriba del todo.

DE: Departamento de Artes Dramáticas de la UCLA.
ASUNTO: Invitación a audición.

Leí el mensaje rápido, tratando de no estallar de emoción, y luego lo leí de nuevo, esta vez procesando realmente la información. Estaba escribiendo un mensaje corto para mi madre cuando la señora Martin gritó:

—¡Lo que sea que está ocurriendo allí afuera no es tan importante como esta escena, señorita Kern!

Me enderecé y señalé mi teléfono en el aire:

—¡He conseguido una audición en la UCLA!

En segundos, todos me rodeaban. La señora Martin había dejado su asiento y subido las escaleras para unirse al elenco en las felicitaciones.

Charlotte me abrazó como si me atacara desde atrás, y gritó:

—¡Te lo dije! —Directo en mi oído.

Tyler colocó su brazo alrededor de mi cuello, me atrajo hacia él y me pasó los nudillos por el cuello.

—Suertuda —dijo.

—No, hasta que sea admitida —contesté, soltándome.

—Vas a entrar —dijo Charlotte.

Después de algunos minutos, todos volvieron a sus lugares, pero Tyler y Charlotte se quedaron para leer entero el mail.

—Tienes dos opciones de horarios para las audiciones —dijo Charlotte—. Este viernes o el próximo miércoles.

—Este viernes —dijo Tyler—. Quítatelo de encima.

—No puedo —dije—. Mi madre no me puede llevar, tiene un trabajo importante de *catering* en la ciudad.

—¿Puede ir Luke contigo? —preguntó Charlotte.

—No puede, tiene un partido lejos.

Tyler miró a Charlotte.

—Nosotros te llevaremos.

—¡Sí! —contestó ella—. Me encanta un buen *road trip*.

Me reí.

—No es un *road trip*. La UCLA está a cuarenta y cinco minutos de aquí.

—No cuando hay tráfico —dijo ella—. Tardaremos más de una hora en llegar hasta allí y por lo menos una hora más para bajar de la autopista en Westwood. Confía en mí. Es un *road trip*. Llevaré comida.

—Ve el viernes —dijo Tyler—. Habrá tiempo para ensayar durante el viaje.

—¡Ey, vosotros tres! —nos llamó la señora Martin. Levantamos la vista. Todos estaban de pie, mirándonos—. Que no os pille el síndrome del último año conmigo. Me pertenecéis hasta que caiga el telón de *Our Town*. Regresad a trabajar.

Fuimos rápidamente hasta nuestras marcas en el escenario.

—De acuerdo —gritó la señora Martin—, retomamos desde el comienzo. Sin el texto esta vez.

Yo sonreía. No veía la hora de que terminara el ensayo para contarle a Luke.

Tyler sacudió las manos. Yo estiré la cabeza de lado a lado. Y luego nos miramos el uno al otro.

—Hola, Emily.

—Hola, George.

Tyler llegó hasta la luz roja y detuvo el coche. Mientras esperábamos que cambiara la luz, golpeó su mano contra el volante y gritó: «¡Pregunta!».

Charlotte y yo nos sobresaltamos.

—Si pudierais cambiar de lugar con alguien durante un mes, ¿a quién elegiríais?

Era lo de Tyler: el juego de las preguntas. Lo habíamos jugado desde siempre, en general tarde después de la cena, junto con el café y la tarta. Tyler hacía las preguntas y Charlotte y yo debíamos contestar lo más pronto posible. No podíamos dar ninguna explicación ni preguntar ningún detalle, y si tardábamos mucho en contestar, si nos repetíamos o decíamos algo que a Tyler le parecía tonto, debíamos cantar una canción de un musical conocido. Ninguno podía ni remotamente entonar una melodía, así que nos esforzábamos para no equivocarnos en el juego. Tyler era el único que entendía las reglas, y estaban sujetas a cambiar sin aviso previo.

—Realmente odias el silencio, ¿cierto? —pregunté.

—Sí, lo odio. No lo puedo tolerar. ¿Por quién cambiarías de vida durante un mes? ¡Comienza!

—Michelle Obama —dije.

—Ellen DeGeneres —dijo Charlotte.

—Michael Jackson —agregó Tyler—. Cuando estaba vivo.

Charlotte le dirigió una mirada inquisidora. Sabía que se moría por decir algo, pero no quería cantar.

—Próxima pregunta. El dinero no es un problema. Puedes vivir en cualquier lugar del mundo durante un mes. ¿Cuál eliges?

—India —dijo Charlotte.

—Sé más específica —respondió Tyler.

—Mumbai.

—Nueva York —afirmé.

—Durham, Indiana —dijo él.

Charlotte me miró, y puse los ojos en blanco.

Tyler dobló hacia la carretera que llevaba a la calle de Charlotte y de Luke. Su vecindario no se parecía al mío. Había muchos árboles maduros y casas enormes con grandes accesos para coches y pequeñas luces cuidadosamente colocadas en los jardines. El mío era más básico, con menos naturaleza, más aceras y cruces con más tráfico.

Dos calles más adelante dobló a la derecha y siguió por una entrada de autos angosta. Se detuvo detrás del BMW plateado de la señora Calletti y estacionó.

—Ey, ¿podemos venir hoy a la noche de Calletti *Spaghetti*?

Los martes a la noche iba a la cena familiar semanal en casa de Luke. La asistencia no era opcional para él y para Addison, así que al comienzo del año escolar, cuando su madre me había preguntado si quería unirme, lo había tomado como una prioridad. Me hacía sentir como parte de la familia.

—No.

—¿Por qué no? Soy una excelente conversadora. Soy especialmente buena con las madres y los padres.

—Buenas noches, gracias por traerme. —Me bajé, cerré la puerta y los saludé con la mano.

La casa de Luke era tan acogedora por fuera como lo era por dentro, con muchas ventanas y persianas pintadas de blanco enmarcándolas. Tomé el camino de entrada. Los guijarros se escuchaban debajo de mis pies mientras me dirigía hacia la puerta de entrada.

—¡Hola! —grité al entrar. Ya no debía golpear la puerta. La casa de los Callettis era prácticamente mi segundo hogar. Como solía ser la casa de Hannah.

Me quité la mochila en el hall de entrada y seguí el olor a salsa de tomate. Atravesé la sala, y pasé por las paredes empapeladas con fotos familiares de los Calletti tomadas a lo largo de los años. Luke y Addison de bebés con ropa combinada. Luke y Addison frente a una catarata durante un camping familiar. El señor y la señora Calletti el día de su boda. Toda la familia en la playa, usando vaqueros, camisas blancas almidonadas, y llevando los pies descalzos.

—¡Aquí estás! —La señora Calletti estaba de pie frente a la cocina, revolviendo con un cucharón de madera algo en una gran olla naranja. Se limpió las manos en un delantal negro.

Addison estaba sentada en una banqueta en la isla de la cocina, escribiendo en su teléfono, y Luke cortaba una rodaja de pan francés.

—Puedes ayudar a Luke a cortar —dijo, apuntándolo con su cucharón—. Addison, ayuda a tu padre a poner la mesa por favor, y no me digas «un segundo» otra vez. ¿Cómo ha ido el ensayo?

Me llevó un momento darme cuenta de que me hablaba a mí.

—Bien —dije—. En realidad muy bien. Tengo noticias.

La señora Calletti paró de revolver. Addison paró de escribir. Luke dejó de cortar el pan. Y el señor Calletti, que buscaba los cubiertos en una gaveta, se quedó quieto.

—He conseguido una audición en la UCLA.

—¡Te lo dije! —El padre de Luke cruzó la cocina y chocó los cinco conmigo. La madre de Luke gritó: «¡Sabía que lo conseguirías!».

Luke apoyó el cuchillo en la mesa y me abrazó.

—¿Lo ves? Te habías preocupado por nada.

—¿Qué papel debes hacer para la audición? —preguntó Addison, mientras abría la alacena y sacaba cinco vasos para el agua.

—Heather, de *El proyecto de la Bruja de Blair,* y Phoebe, de *Como gustéis*, de Shakespeare.

—De acuerdo, debo verte interpretar a Heather —dijo Addison—. Solo di algunas líneas.

No había pensado en Heather en más de un mes, pero de repente tuve una visión clara de ella en mi mente, con su gorra de lana gris y esos grandes ojos de color café. Me alejé de Luke y me metí en el personaje, apurando mi respiración y sintiendo que mis miembros empezaban a temblar.

—Es mi culpa que estemos aquí ahora... hambrientos, con frío y a punto de ser cazados. —Dejé cada palabra suspendida un momento antes de decir la siguiente—. Te quiero, mamá. También a ti, papá. Lo siento tanto. —Hice una pausa, jadeando y temblando. Apreté los ojos y los cerré, y luego los abrí grandes—. ¿Qué ha sido eso? —Suspiré. Esperé un tiempo, escuchando. Y luego seguí—. Tengo miedo de cerrar mis ojos y miedo de abrirlos. Voy a morir aquí afuera.

Hice una reverencia mientras los cuatro aplaudían. El señor Calletti hasta soltó un «Guau» y eso me hizo reír.

—Esto es lo máximo que he pensado en esta escena durante el último mes —dije—. Me he pasado todo el tiempo tratando de aprender las líneas de Emily Web. Tiene un largo monólogo en el tercer acto y no logro recordarlo. —Corté la última rodaja de pan y puse los pedazos en un cuenco naranja—. Se supone que debo saberme todas mis líneas antes de que termine esta semana, pero estoy lejos de eso.

—Bueno, yo creo que lo harás genial —dijo la señora Calletti levantando la cacerola de salsa, vaciándola sobre los *spaghetti* y revolviendo todo junto.

—¿Puedes llevar el pan, Luke? —preguntó mientras se dirigía al comedor.

En cuanto estuvimos solos, Luke me rodeó la cintura con los brazos y me besó detrás de la oreja.

—Guau, eso ha sido sexy.

—¿Qué tiene de *sexy* estar perdida en el bosque y que te persiga una bruja?

—No lo sé, pero definitivamente lo es. ¿Necesitas que te ayude a repasar la letra en mi habitación luego de la cena?

Rodeé su cuello con mis brazos.

—Me encantaría eso.

—Te haré improvisar —dijo sugestivamente. Hundí mi cara en su cuello y lo besé.

—Oh, ¿lo harás?

Aún me reía cuando saqué el teléfono de mi bolsillo y lo escribí junto a Día 277.

Hannah

—Voy a correr —dije, mientras salía velozmente por la cocina.
—La cena está casi lista —contestó mi madre.
—Será una salida corta.
—Espera un segundo —dijo.
No quería esperar un segundo, quería salir. Había pensado en mi salida toda la tarde. Una brisa fresca había quitado el denso smog y el aire olía a limpio y nuevo. Estaba ansiosa por sentir mis pies sobre el pavimento, por llenar mis pulmones con aire que no había estado todo el día atrapado entre paredes.

De todos modos, me detuve.

—¿Me haces un favor cuando regreses? —Se limpió las manos en la toalla que colgaba de su hombro—. Estoy haciendo la presentación de viaje solidario de mi grupo de jóvenes para la noche de las admisiones, y quiero incluir fotos de tu viaje a Guatemala del año pasado. ¿Me envías algunas de tus favoritas?

—Claro.

Esperé que mi madre regresara a la cocina y al ver que no lo hacía, me di cuenta de que no me había parado para pedirme fotos. Me moví en el lugar, ansiosa.

—¿Has pensado un poco más sobre la idea de ir? —preguntó.

Ah. Ahí estaba el tema.

—El viaje es para alumnos del instituto, mamá. Este verano ya no seré estudiante del instituto, ¿recuerdas?

—Irías como consejera junior. Como este año no tenemos un coordinador *full-time*, necesitamos todos los voluntarios mayores que podamos conseguir.

—He hecho ese viaje cuatro años seguidos.

Se apoyó en la pared y cruzó los brazos sobre el pecho.

—Lo sé, pero... el viaje es como nuestra actividad. Y es solo que... no me había dado cuenta de que la última vez era la última vez.

Mi madre había hecho eso desde que había llegado mi carta de aceptación temprana a la universidad. «Es la última vez que haremos juntas tarjetas de San Valentín para los chicos de la escuela dominical» y «Es la última vez que teñiré de verde la leche para el día de San Patricio». Cada frase de «es la última vez» terminaba con mi madre yéndose del cuarto a buscar un pañuelo desechable.

Me pregunté si una parte de ella no esperaba secretamente que no pudieran pagar la Universidad de Boston, así no habría más «es la última vez».

—Iré de nuevo, mamá, pero no este verano. —Esperaba que no se emocionara. Realmente quería ir a correr.

—En realidad, también estaba pensando en Emory.

—¿Emory? —Eso llamó mi atención—. ¿Por qué?

Mi madre tenía una expresión soñadora en la cara.

—¿Recuerdas cuando las dos os levantabais temprano y jugabais al fútbol con los chicos del barrio? A ella parecía encantarle estar allí. Realmente parecía conectarse con el Señor en esos viajes.

Ella no «se conectaba con el Señor». Le encantaban esos viajes porque eran la cosa menos religiosa que mi familia la forzaba a hacer.

—Además, pareciera que realmente lo necesita —agregó mi madre, como si fuera un pensamiento posterior, pero yo sabía que no era así.

—¿Qué te hace decir eso?

—Tuve una larga conversación con Jennifer, ayer —me contestó.

Mi corazón comenzó a latir fuerte. ¿Finalmente Emory le había dicho a su madre lo que había ocurrido?

—¿Qué ha dicho? —pregunté.

—Nada específico. Solo estamos preocupadas por vosotras. Os habéis peleado antes, pero nunca así. Nunca durante tanto tiempo.

Tomé mi cruz y le di vueltas por mis dedos.

—Por favor, dime por qué estáis peleadas.

Ella sabía lo que mi padre había dicho. No sabía que Emory lo había escuchado, pero nuestra pelea no había sido por eso, no realmente. Le quería contar todo el resto. Se lo quería contar, pero no podía. Había jurado que no lo haría.

—Por favor, habla conmigo.

Mi madre me presionaba con ese tema más que de costumbre y no estaba segura de por qué, pero sabía lo que venía a continuación. Ella tenía esa forma de meterse en mi cabeza y de romper la pared que yo había construido estratégicamente para protegerme, y me hacía decir cosas que me había prometido a mí misma que jamás diría.

Me mordí el labio con fuerza y sacudí la cabeza.

—No quiero hablar de eso.

—Pero siempre me cuentas todo, Hannah. Por favor. Puedes confiar en mí.

Contuve la respiración y me obligué a mantener las palabras adentro, cerradas con candado donde debían estar. No podía contárselo a mi madre. Iría directo a hablar con la madre de Emory. Y Emory me odiaría para siempre por traicionarla.

Debía salir de allí, rápido.

—Esto es entre Emory y yo —respondí, con la esperanza de terminar la conversación y agregué—: y Jesús. —Mi madre no dijo nada más, pero podía sentir sus ojos sobre mí mientras abría la puerta de casa.

En cuanto llegué al final de los escalones comencé a correr. Giré hacia la derecha y di la vuelta a la esquina, y me dirigí en dirección contraria al instituto Foothill. Eran pasadas las seis y media. No podía correr el riesgo de cruzarme con Emory volviendo del ensayo, camino a su casa.

Esa noche, más tarde, abrí mi portátil e hice una lista de mis testimonios favoritos. Estaba Kevin Anderson, cuyos padres eran famosos y se habían separado en un divorcio público y feo. Y Bailee Parnell, que se había cambiado de instituto después de que la descubrieran consumiendo drogas en el baño de chicas durante su segundo año. Skylar Bagatti había luchado contra la ansiedad y la depresión desde los ocho. Y luego estaba Kaitlyn y el misterioso rumor.

Recordaba a cada uno de ellos de pie en el podio sobre el escenario, contando sus historias, y pensando que no eran inmunes a los cotilleos, solo porque estaban allí. Pero también recuerdo que mi mirada se había desviado a mi padre mientras hablaban. Parecía orgulloso. Y recordé que, a pesar de las imperfecciones de Covenant, él había creado algo único.

Había muchas historias como las de ellos, pero cuatro parecía un buen número para comenzar. Les mandé a los cuatro mensajes de texto explicándoles el proyecto del video y les pedí que nos encontráramos al día siguiente para almorzar en el Grove, un área pequeña y rodeada de árboles que estaba en los límites del campus. En veinte minutos todos habían contestado que sí.

Miré la cadena de respuestas y me sentí un poco mejor. No tenía idea de si algo de eso serviría, pero al menos sentía que estaba haciendo *algo*. Que parecía ser mucho más de lo que mi padre estaba haciendo.

Emory
Día 278, faltan 159.

—¡Guau! —Miré a Charlotte a través del espejo de cuerpo entero, mientras me retorcía para que no me agarrara.

—Quédate quieta. Vas a hacer que me equivoque. —Charlotte tomó otro mechón de mi pelo en sus manos, lo envolvió alrededor de otra pieza y lo pinchó con una horquilla en su lugar.

—Que no quede demasiado elegante —dije—. Voy a un partido de lacrosse, no a una fiesta.

—Confía en mí. Es complicado pero se verá completamente informal cuando termine. —Tomó más pelo y comenzó a trenzarlo—. Oh, espera. —Se detuvo—. ¿Quieres que entreteja cinta verde y blanca mientras voy haciéndote el peinado?

—Dios, no.

—¿Por qué no?

—Ehh, quizá porque no tengo seis años.

Me miró con los ojos bien abiertos.

—Bueno, a alguien evidentemente le falta espíritu escolar.

—¿Lo dices en serio? —Señalé al enorme número treinta y cuatro en mi pecho. Esa prenda parecía suficiente espíritu escolar para una sola persona.

Charlotte volvió a trenzar mi pelo y cuando terminó, me dio su colorete con espejo.

—Mírate.

Me giré en el lugar y me puse de espaldas al espejo de cuerpo entero.

—Guau. Perdón por dudar de ti.

Charlotte jugueteaba con un poco de pelo suelto cuando alguien golpeó la puerta.

—Entra. —Esperaba que fuera mi madre. Me di vuelta y empecé a preguntarle qué hacía en casa tan temprano, pero en su lugar vi a David parado allí—. Oh... hola.

—Hola. —Cruzó los brazos sobre su pecho de esa manera tan engreída, como si tratara de impresionarnos con su volumen corporal—. Acabo de llegar de Nueva York.

Apreté el estuche de colorete tanto como pude.

—Buscaba a tu madre. Escuché voces y pensé que estaría aquí contigo. Hola, Charlotte —dijo.

—Hola, David —contestó ella, con demasiada alegría.

—Show en la ciudad. En casa a las ocho. —Siempre le contestaba de la manera más corta posible. No merecía oraciones completas.

—Oh, de acuerdo... No me di cuenta de que era tan tarde o de vuelta a casa desde el aeropuerto hubiera parado en mi loft.

¿Su loft? Imbécil pretencioso. Apreté el colorete aún más fuerte.

—¿Cuándo es vuestro evento de recaudación de fondos? —preguntó, desganado—. ¿Este viernes?

Él sabía la respuesta. Aparte de la boda, ese evento de recaudación de fondos era prácticamente lo único de lo que mi madre había hablado durante el último mes. ¿Realmente estaba tratando de llevar adelante una conversación civilizada?

—Ajá —balbuceé.

—Bien. Quería asegurarme de que estaría aquí, en la ciudad. Ella planea quedarse en mi loft después. —Se apoyó en el marco de la puerta—. ¿Te vas ya?

—Partido importante de lacrosse en la escuela —dijo Charlotte.

—Bueno, que te diviertas. —Cerró la puerta. Contuve la respiración hasta que escuché que cerraba con el pestillo.

—David es muy amable —dijo Charlotte—, no entiendo por qué no te cae bien.

Me empezó a doler el estómago.

—No le digas David.

Me miró con fijeza.

—Sabes que será tu padrastro en unos meses. Deberías dejar de llamarlo el imbé…

—Jamás. —La miré a través del espejo.

Charlotte me devolvió la mirada.

—Has escuchado eso, ¿cierto? —Descansó su mentón en mi hombro—. Alguien tiene la casa toda para ella el viernes por la noche.

Cuando llegué al estadio, todos los amigos de Luke estaban juntos y apiñados en las gradas, con la ropa verde y blanca de los Halcones. Era imposible no verlos. Detecté al señor y a la señora Calletti enseguida, y saludaron con la mano. Aparte de su grupo y de unos pocos padres diseminados, las gradas estaban bastante vacías.

—¿Dónde están todos? —le pregunté a Addison.

—Es lacrosse de California, no fútbol de Texas.

En cuanto me senté, Lara se inclinó hacia adelante.

—¡Oh, Dios! Tu pelo está increíble. ¿Te has hecho eso tú sola?

—No, Charlotte ha hecho todo. —Saqué mi teléfono del bolsillo trasero y escribí en su cuenta de Instagram—. Debes ver lo que comparte. Sus tutoriales son muy fáciles de seguir. —Le di mi teléfono a Lara. Lo miró y luego lo pasó alrededor así todos pudieran verlo.

Y luego me bajé la cremallera para lucir lo que le había hecho al jersey de Luke.

Ese día, más temprano, una costurera profesional había pasado por el teatro para hacer algunas reformas a las prendas que usaríamos en Our Town. Le mostré el jersey y le pregunté si podía hacer algo para arreglarlo y sus ojos se encendieron. «Dame quince minutos», dijo. La miré cortarlo entero a lo largo de cada lado y volver a coserlo, hasta transformarlo en un vestido bonito y ajustado.

—¡Quiero hacer eso con el jersey de Dominic! —dijo Ava. Había atado la parte de abajo del jersey de él de un lado de su cadera.

—Ven al teatro durante el almuerzo o después de las clases. La máquina de coser está lista. Lo haré por ti.

La voz del presentador se escuchó a través del altavoz.

—No creo que jamás entienda este deporte —admití, mientras los dos equipos corrían por el campo de juego.

—Es como hockey sobre hielo —dijo Addison.

—Sí, no sé nada de hockey sobre hielo. —Me miró como si le acabara de decir que tenía once dedos en los pies—. ¿Qué? No tengo una familia deportista como la tuya.

Mis padres jamás veían deportes cuando yo era niña. No podía recordar ni siquiera una vez en que mi padre me hubiera arrojado una pelota o me hubiera lanzado un frisbee. Pero las cosas habían cambiado, porque cuando había ido a visitarlo junto con su familia de reemplazo el verano anterior, nos había llevado a todos a un partido de los Chicago Cubs. Tenían tickets de temporada y todos estaban felices de ir. Yo no sabía cuándo celebrar un tanto, así que me senté ahí cuidando una Coca y aprovechando para broncearme.

Addison señaló hacia la línea blanca que dividía el campo en dos.

—De acuerdo, préstame atención. Allí está Luke. Es mediocampista, así que él y otros dos chicos en la línea pueden correr el largo entero de la cancha.

Señaló a los tres jugadores que estaban lejos a la derecha.

—Esos son los delanteros. Pueden quedarse cerca del arco y tratar de hacer un tanto.

Y luego señaló hacia la izquierda y seguí su dedo.

—Los tres defensores se quedan abajo con el arquero y tratan de parar al otro equipo. Todos los jugadores usan esos palos para pasarse esa pequeña pelota blanca y pegarle a más no poder al jugador que la tenga. —Me miró de nuevo para asegurarse de que estaba entendiendo—. Eso es en síntesis todo lo que hay que saber. La semana próxima le pediré a Luke que te lleve a uno de mis partidos y te explicaré cómo se juega al lacrosse femenino. Es totalmente distinto.

—¿Por qué?

—No hay contacto físico. Yo solía jugar al masculino, para poder pegarle a la gente también, pero luego los chicos crecieron mucho y mis padres decidieron que era demasiado peligroso.

El altavoz volvió a sonar y su cabeza regresó al centro de la cancha. Dominic Murphy y otro chico estaban agachados en el suelo, y se miraban uno al otro.

—Eso se llama el *face-off* —dijo. Luego colocó las manos alrededor de la boca y gritó—: ¡Es tuya Murph!

Me quedé callada, mirando el partido, y asimilando todo. Al principio, miraba más que nada a Luke, pero después de un rato traté de seguir la pelota. Cuando Luke finamente la consiguió y comenzó a correr para hacer un gol para los Halcones, me incliné hacia adelante, como Addison, estirando mi cuello para ver qué ocurría, incapaz de sacar la mirada de la acción. Luke echó su palo hacia atrás y luego lo giró hacia el arquero, y la pelota pegó duro en la esquina derecha de arriba de la red. Todos los de nuestro sector saltaron, aplaudieron y gritaron cuando el presentador dijo: «Primer gol de los Halcones anotado por el jugador senior Luke Calletti, número treinta y cuatro».

Mientras Luke corría de regreso hacia la a blanca, miró hacia las gradas y cuando me vio, me saludó. Lo saludé.

—¡Vamos Luke! —grité. Lo hice más fuerte que cualquiera de allí.

Al rato ya estaba involucrada en el partido, gritaba, saltaba cada vez que metíamos un tanto, y cubría mi boca cada vez que uno de los muchachos recibía un golpe duro. Luke hizo otro tanto en el tercer cuarto. Y tuvo tres pases de gol, lo cual sonó como algo importante cuando Addison me lo explicó.

Cuando el partido terminó, recogimos nuestras cosas. Addison comenzó a decir algo, pero luego miró por encima de mi hombro, y dijo: «¡Oh!, hola».

Me di vuelta y vi a los padres de Luke. La señora Calletti me saludó primero y dijo:

—Parece que has sobrevivido a tu primer juego de lacrosse. ¿Qué te ha parecido? —Su cabello negro se asomaba por debajo de la gorra de los Halcones y también usaba uno de los jerséis de Luke.

—Me ha encantado —contesté—. ¡Pero no tenía ni idea de lo fuerte que se pegan unos a otros!

—Espera hasta el año próximo —dijo el señor Calletti—. Eso no ha sido nada.

No registré su comentario. No hasta que miré bien su ropa. Iba vestido de pies a cabeza con el equipo de Denver. Gorra de Denver. Jersey de Denver.

Me quedé muda, así que hice una broma.

—¿Hay algo que no hayas comprado?

—No. —Se levantó el ruedo del pantalón y me mostró sus calcetines de Denver. El padre de Luke me sonreía, lleno de orgullo y traté de responderle de igual manera, pero de la nada me di cuenta de que yo jamás había usado un jersey de Denver de Luke. En un punto, en un no tan distante futuro, alguna chica probablemente lo usaría, pero no sería yo. Se me hizo un nudo en la garganta. Me mordí la cara interna de mi mejilla, ocultando las emociones de nuevo donde debían estar.

Addison debió haber notado que yo estaba alterada, porque me miró y cambió de tema.

—Nos vamos. Todos están yendo a la cafetería.

Pero yo no quería ir. No todavía. Hice señales de que iba en la dirección contraria.

—Te veré allí en unos minutos. Debo ir a buscar algo al teatro.

Abracé a la señora Calletti, luego al señor Calletti y saludé con la mano antes de que ninguno pudiera preguntar algo o se ofreciera a acompañarme. Absorta en mis pensamientos, seguí la senda peatonal que llevaba desde el estadio hacia el teatro sintiéndome algo aturdida, y cuando llegué a la puerta de la parte de atrás me sentí aliviada al ver que el encargado aún no había cerrado con llave.

Me deslicé adentro, fui derecha al escenario y me senté en el borde con los pies colgando hacia un costado. Miré alrededor, absorbiendo el lugar. Las luces de los pasillos todavía estaban encendidas, haciendo brillar los asientos de terciopelo rojo e inhalé el olor a madera vieja y a toallas húmedas. Nuestro sentido del olfato está vinculado con la memoria, según dicen. Yo sabía que cualquier fragancia remotamente similar me traería por siempre directo de regreso a esa habitación.

Todo estaba por terminar. Todo, al mismo tiempo. El instituto. Actuar en ese escenario. Mi relación con Luke. Mi madre y yo, y nuestra familia de dos. Ya era malo haber perdido a Hannah. Pronto el resto se iría con ella.

Miré el vestido-jersey de Luke y observé el número treinta y cuatro, pensando en nuestro final y sintiendo un nudo incómodo en el pecho. Pero no podía recordar la última vez que había llorado y no lo haría en ese momento. No todavía. Faltaban aún ciento cincuenta y nueve días hasta que oficialmente hubiéramos cortado. De todas formas, no sabía cómo lo llevaría durante tanto tiempo.

Sentada allí en silencio, supe qué debía hacer.

Me puse de pie y salí del teatro, hacia el aire frío de la noche, y caminé hacia la cafetería, decidida, ensayando lo que le diría a Luke cuando lo viera. Pero cuando llegué al aparcamiento, no pude entrar.

Podía verlos a todos a través de la ventana. Luke y sus compañeros de equipo debían haber llegado hacía poco, porque aún estaban de pie en grupos, quitándose las chaquetas y viendo dónde se sentarían. En el lado opuesto del restaurante vi a Charlotte, a Tyler y al resto de mis compañeros de teatro. Parecía que llevaban horas allí. Estaban apretados en un box, y probablemente hubieran estado más cómodos de haberse dividido en dos grupos. La mesa estaba llena de vasos platos y vacíos, tenedores sucios, servilletas arrugadas.

Había un pequeño jardín floral que daba al aparcamiento, con flamencos y duendes de jardín y me levantó un poco el ánimo. Me senté en el cordón y tomé aire, para aclarar mi cabeza. Estaba a punto de hacer mi jugada cuando mi teléfono zumbó.

Miré la pantalla.

Luke: ¿¡¿¡Dónde estás?!?!

Contesté.

Emory: Afuera

Me puse de pie y lo vi mirando para todas partes. Cuando finalmente me divisó, frunció el ceño y saludó con la mano.

Yo también saludé con la mano.

—¿Estás bien? —me preguntó.

Me encogí de hombros.

Y luego levantó un dedo como si dijera «espera allí», y lo vi guardar su teléfono en el bolsillo y salir de la cafetería. Regresé a mi sitio en el cordón y esperé a que diera la vuelta a la esquina.

—Hola. —Se sentó a mi lado.

—Hola. —Me acerqué hasta que nuestras caderas se tocaron, y descansé mi brazo en su pierna. Levanté la mirada hacia él—. Has estado genial esta noche. No puedo creer lo rápido que eres. En serio, no imaginaba que sería tan divertido.

—Addison dijo que te ha explicado el juego.

Sonreí.

—Es una maestra excelente. Entendí todo, así que si precisas que te lo explique o alguna cosa más...

Me devolvió la sonrisa.

—Tendré eso en mente. —Chocó su hombro contra el mío—. Deja de hablar de tonterías. ¿Qué pasa?

—¿Conmigo? —pregunté.

—No, con el duende de jardín detrás de ti —dijo—. Sí, contigo.

—Nada. —La palabra se atascó en mi garganta. No quería hablar de eso. *No podíamos* hablar de eso. Nos habíamos prometido el uno al otro que ni siquiera íbamos a *pensar* en eso hasta que estuviéramos guardando nuestros respectivos cuartos en cajas y yendo con nuestras madres a comprar sábanas nuevas y cosas para nuestras habitaciones en las residencias estudiantiles. Faltaban cinco meses para agosto. Se suponía que estaríamos aprovechando lo máximo posible nuestro tiempo juntos, y eso significaba ignorar el final inevitable.

Luke me miró.

—Supongo que me está cayendo la ficha, ¿sabes? —dije al fin.

Prácticamente podía oír el tic tac del reloj en mi cabeza y veía la segunda aguja apurándose. Me mordí la cara interna de mi labio de abajo, hasta que dolió. Y finalmente dije lo que venía pensando desde que vi el vestido de novia en mi mesa unos días atrás.

—Estuve pensando que quizás... estamos haciendo esto más difícil para nosotros de lo que debería ser, ¿entiendes?

A Luke le cambió la expresión.

—No, no lo entiendo.

—¿Crees que deberíamos cortar? —Escupí las palabras tan rápido como pude antes de cambiar de idea.

Luke comenzó a reír, pero cuando se dio cuenta de que yo ni siquiera había sonreído, paró en seco.

—No, ¿por qué deberíamos cortar?

—Tú te irás a Denver. Si tengo suerte me iré a UCLA y si no, iré a otra universidad en California. Pero estaré aquí y tú no estarás. Estarás viviendo a mil kilómetros de mí.

—Dentro de cinco meses.

—Pero es inevitable. —Me masajeé la nuca.

—Entonces, dices que quieres cortar *ahora*, porque hacerlo luego va a ser más difícil. Sabes que eso es ridículo, ¿verdad?

La forma en que lo dijo, la expresión en su cara, todo sobre ese momento hizo que mi corazón se sintiera como si lo apretaran con un tornillo.

—Podríamos probar una relación a distancia —dijo, como si hubiese pensado en ello y le sonreí, porque era bonito que lo dijera y aún más dulce porque me daba cuenta de que era sincero. Pero ya habíamos hablado de eso.

—No podemos. —Mis padres habían comenzado a salir durante el instituto y permanecido juntos incluso cuando habían ido a la universidad en extremos opuestos del país. Mi madre nunca había dicho que se arrepentía, pero siempre me había preguntado si se habría arrepentido. De un modo u otro, a ellos no les había servido demasiado, y yo no seguiría el mismo camino—. Es demasiada presión. Conocerás a gente nueva y yo conoceré a gente nueva… no es justo hacerle eso al otro.

—¿Y es justo pasar cinco meses separados?

Me agaché a recoger una piedra y jugué con ella.

—Quizás.

—Bueno, no estoy de acuerdo. —Sacudió su cabeza de forma despectiva—. Creo que esto, nosotros, valemos la pena, y no voy a dejar pasar ni un solo día, porque si lo hago, me arrepentiré cuando se termine.

Cuando. Sentí ese pinchazo en el corazón de nuevo, fuerte y doloroso, como si alguien le diera una vuelta o dos más al tornillo.

—Piénsalo de esta forma —continuó—. En los próximos años, cuando mires hacia atrás, ¿te arrepentirás de esto?

Me imaginé a mí misma en el futuro, recordando mi último año en el instituto Foothill. Recordaría a mis amigos, la cafetería, el tiempo pasado en el teatro, pero tenía la sensación de que la primera imagen que aparecería en mi mente sería la de Luke. Recordaría las noches de Calletti *Spaghetti* con su familia, y a nosotros dos yendo al cine y haciendo la tarea en su habitación, y a él entrando a hurtadillas por mi ventana. Recordaría la noche en la que había ido a verlo jugar lacrosse por primera vez, y recordaría las fiestas que siempre había odiado pero que al final, no resultaban tan terribles. Y todo lo que podía pensar era que estaba enamorada de ese chico. Loca, estúpida, tontamente enamorada de ese chico.

—Jamás —dije.

—¿Lo ves? Yo tampoco.

Sus palabras eran perfectas. Él era perfecto. Aparte de Hannah, no podía pensar en ninguna otra persona en mi vida que me entendiera de la forma en que él lo hacía.

—Dilo de nuevo, necesito una frase para hoy. —El Día 278 aún estaba en blanco.

—Nunca me arrepentiré de esto. —Me dio un pequeño beso. Y luego dijo—: Sé cuál es tu problema.

—No tengo un problema.

—Sí, lo tienes. Vienen todo esos eventos, y cada uno marca el final de algo, ¿verdad? La graduación. La fiesta. La boda de tu madre. Necesitamos algo, algún proyecto que nos entusiasme. Algo que sea solo para nosotros.

—¿Como qué?

Tenía una mirada extraña en sus ojos.

—Nunca has ido de campamento.

Fruncí mi nariz.

—Dios, no.

—De acuerdo, eso es un problema. Sabes cuánto me gusta acampar. Haré que sea mi regalo de despedida para ti. Te convertiré en una acampante.

—¿Regalo de despedida? No estás ayudando.

—Guardaremos todo en el Jetta y nos iremos. Podemos conducir a lo largo de la costa, tomar la ruta lenta. —Trazó un recorrido con su dedo en el aire, como si visualizara el mapa—. Acamparemos en la playa y caminaremos en el bosque. Podremos dormir bajo las estrellas.

Los viajes de verano a Guatemala con el grupo de jóvenes de la iglesia de Hannah eran mi experiencia con la vida salvaje, pero al menos teníamos suelos limpios y literas. Acampar era completamente distinto.

—No, te encantará esto. Espera. —Puso su mano en el bolsillo de los vaqueros y sacó un paquete de Mentos casi vacío. Me dio una pastilla a mí y se puso la última en la boca, y luego abrió el envoltorio vacío. Usó el lado de su mano para alisarlo contra sus pantalones—. ¿Tienes un lápiz?

—Eh, no. Pregúntale al duende de jardín.

—Ahora vuelvo.

Fue a la cafetería y volvió con una pluma. Dibujó una línea de puntos hasta abajo de la parte larga del envoltorio y luego hizo un pequeño punto.

—Estamos aquí, en el condado de Orange. Todo lo que debemos hacer es conducir derecho hacia el oeste y tomar la autopista de la costa del Pacífico. —Trazó una línea desde el punto hasta la autopista de la costa del Pacífico. Dibujó pequeñas olas para indicar el océano y luego dibujó otro punto en la costa—. Primero, nos detendremos aquí. Hay una playa bonita en Santa Bárbara y se puede acampar directamente en la arena. Y luego, desde allí, nos iremos hacia el Big Sur. —Dibujó otro punto—. Es una caminata de unos dieciséis kilómetros, pero hay arroyos increíbles de agua caliente en los bosques.

Eso sonaba muy bien. Quizá lo suficientemente bien como para hacerme olvidar de los insectos caminando sobre nosotros durante la noche y las víboras reptando fuera de la carpa.

—Luego iremos a Santa Cruz. Podemos parar en el muelle y subir a las montañas rusas y jugar al Skee-Ball y luego acamparemos a pocos kilómetros en la costa en un pueblo llamado Capitola. No voy allí desde que era un niño, pero me muero por ir de nuevo. Mi madre tiene fotos. Te las mostraré cuando vengas a cenar la semana próxima. Hay pequeñas cabañas en la playa, pintadas de azul, y naranja y amarillo. Te encantará.

—¿Cuándo haremos eso? —Me reí como si todo fuera un chiste divertido, pero me miró totalmente serio

—No lo sé. ¿Qué te parece la semana siguiente a la boda de tu madre? —dijo

—¿No bromeas?

Arrugó el entrecejo.

—No bromeo sobre ir de camping, Em. —Y volvió a su dibujo.

Lo miré y me di cuenta, quizás por primera vez, de cuánto me quería. Debía hacerlo, porque de algún modo *sabía* cuánto lo necesitaría el próximo verano y que necesitaría desaparecer después de la boda, sin siquiera tener que decirle por qué.

Siguió con su dibujo, haciendo pequeños puntos y líneas, hasta que dibujó una estrella y abajo escribió *SF*.

—Y si no estás lista para regresar a casa una vez que lleguemos a San Francisco, seguiremos adelante hasta el borde de Oregón. Podemos estirar nuestro pequeño *road trip* por lo menos durante dos semanas o más.

—Estás loco.

—Sí. —Me miró—. Fiesta de graduación. Graduación. *Road trip*.

Me gustaba la forma en que miraba la situación: pequeños momentos que llevaban a algo más grande, en vez de una serie de eventos que nos llevarían hacia el final.

—¿Lo mejor de todo esto? Estaremos solo nosotros. Nadie más.

Me imaginaba el cuadro con claridad en mi mente. Los dos conduciendo a lo largo de la costa con las ventanillas bajas y la música bien fuerte, mi mano descansando sobre su pierna y mis pies en el salpicadero, siguiendo el ritmo.

Me di la vuelta, para mirar del otro lado de la ventana. Sus amigos. Mis amigos. Siempre estábamos rodeados de gente, excepto cuando Luke se subía a una escalera y se metía en mi habitación a mitad de la noche.

Me recordaba a lo que Charlotte había escuchado decir al imbécil en mi habitación más temprano. Me había olvidado por completo de eso, pero ahora sentía que toda mi cara se encendía.

—¿A qué se debe esa mirada?

—Mi madre tiene un *catering* grande en la ciudad este viernes. Va a ser hasta tarde. Tan tarde que el imbécil ha mencionado que ella planea quedarse a dormir en su departamento luego.

Él sonrió.

—¿En serio?

—En serio. —Me imaginé a Luke entrando por la puerta del frente—. No tendrás que entrar a escondidas por la ventana. Y no tienes que irte hasta la mañana.

—¿Podremos preparar tortitas? —preguntó.

Me empecé a tentar de risa.

—Sí, podemos hacer tortitas.

Me besó de esa manera que hacía que el mundo entero desapareciera y, por un momento, toda la tristeza que había estado guardando, comenzó a irse.

Luke se separó un poco y descansó su frente contra la mía.

—Déjame asegurarme de que he entendido bien. ¿Nos iremos en un *road trip*, dormiré en tu casa el viernes y ya no quieres cortar conmigo?

—No ahora mismo, pregúntame de nuevo la semana próxima.

Comencé a besarlo de nuevo, pero se echó hacia atrás y negó con la cabeza.

—No. No te lo preguntaré de nuevo. Esta es tu última oportunidad. Después de esto, estas atrapada conmigo hasta el 29 de agosto. —Extendió su mano—. ¿Es un trato?

Le di la mía.

—Sí, es un trato.

Hannah

—Espera. ¿Qué haces? —preguntó Alyssa.

Solté un suspiro irritado.

—Ayudo a Aaron a conseguir algunos testimonios para uno de los videos que está haciendo, eso es todo. No debería llevarme mucho tiempo. —Cerré la puerta de mi taquilla—. Te veré en el patio cuando termine.

Parecía que Alyssa se había quedado en la primera parte de lo que había dicho.

—¿Pasarás la hora del almuerzo con Aaron?

—Sí, es el video para las admisiones…

Me cortó en seco.

—Puedo ayudar. Puedo, por ejemplo, sostener el micrófono o algo.

No parecía correcto traer a alguien más.

—Esos chicos ya de por sí deben estar nerviosos. No le quiero dar más importancia de la que tiene. Te diré todo lo que él diga, ¿de acuerdo?

—¿Prometido?

—Lo prometo.

Cerré mi taquilla y salí hacia el Grove. Cuando llegué, Aaron ya estaba preparando la cámara y Skylar, Kaitlyn y Kevin hablaban entre ellos en la mesa de picnic. Me deslicé al lado de Skylar. Bailee llegó un minuto más tarde.

—Gracias por participar en esto —comenzó Aaron. Habló sobre el video y lo que esperaba obtener con cada uno de sus testimonios—. Solo vamos a usar una pequeña parte de vuestras historias, pero hablad. Decid tanto como queráis y editaremos lo necesario. No queremos que sonéis como si repitierais un guion.

La forma en que Aaron había hablado en plural no me pasó desapercibida. Me hacía sentir bien ser parte de algo que podría ayudar al instituto. Y por un rato me hacía olvidar lo enfadada que estaba de que él estuviera allí.

—Comenzaré a grabar —dijo, tomando su lugar detrás de la cámara—. Esto es perfecto. Quedaos donde estáis y hablad. Hannah os hará preguntas.

Los cinco hablamos mientras Aaron grababa, y al rato sonó la campana del almuerzo. Después de que los otros juntaran sus cosas y se fueran a clases, me quedé y ayudé a Aaron a colocar de nuevo el equipo en su bolso.

—Eres buena en esto —dijo Aaron, mientras pasaba la cabeza a través de la correa de la cámara y la ajustaba sobre su pecho—. Tienes habilidad para que la gente se suelte. Los dejas hablar sin interrumpir y cuando terminan, estás ahí con la próxima pregunta, alentándolos a seguir.

—No he pensado demasiado en esto.

—Exacto. —Asintió—. Te sale de forma natural.

Sonó el timbre.

Dio un golpecito a la cámara.

—¿Me quieres ayudar a editar esto después del instituto? Te enseñaré cómo se hace. Cuando estés en la Universidad de Boston el año que viene podrás comenzar tu propio programa de periodismo de investigación en YouTube. Serás famosa.

—No quiero ser famosa. —Sonreí. La parte de la Universidad de Boston todavía me hacía sentir que quería darle un puñetazo a algo.

Pero ya no quería pegarle a él—. Pero sí, puedo ayudar —dije—. ¿Por qué no?

La puerta de la cabina de sonido estaba cerrada con llave y no veía a Aaron por ningún lugar, así que esperé en el primer banco en el palco. Me apoyé en la baranda desde la que había una buena vista de la capilla, y miré mi *feed* de Instagram.

Pasé por una selfie de Alyssa en su habitación, por otra de Logan con su perro en el parque, y por algunas publicaciones de mis antiguos amigos de la escuela que ahora estaban en el instituto Foothill. Y apareció la cara de Emory y mi corazón comenzó a acelerarse. Me detuve.

Estaba de pie en el escenario del teatro con los brazos estirados a los costados, como si estuviera en el medio de un monólogo, frente a un público embelesado. Su cabello estaba peinado en lo alto de la cabeza y sus pómulos parecían más pronunciados que nunca. Estaba preciosa. No había forma de que no se viera bien.

Tuve cuidado de no poner *me gusta* en la foto. Probablemente sabía que yo no había dejado de seguirla, y yo sabía que ella no había dejado de seguirme. Pero no quería hacer que las cosas fueran aún más incómodas.

—¡Ey, perdona la demora! —Levanté la cabeza. Aaron metía la llave en la cerradura—. La reunión con el personal se extendió. Ven, pasa.

Dejé mi mochila al lado de la estantería y lo seguí.

—Toma algo de la nevera —dijo—. Voy a preparar todo. —Aaron se sentó en la banqueta y siguió hablando—. Después del almuerzo, bajé al ordenador toda la grabación en crudo y comencé a trabajar un poco en ella, y corté todo el material que era obvio. Ahora deberíamos decidir qué partes dejar. —Tocó un icono y nuestro pequeño almuerzo en el Grove cobró vida en la pantalla—. Buscamos recortes de sonido. No necesitamos historias largas, solo cortas, solo frases cortas y atractivas. —Deslizó una libreta y un lápiz hacia mi lado del escritorio—. Cuando veas algo que te guste, marca en qué minuto de la grabación aparece.

Luego presionó PLAY y nos sentamos allí, mirando y escuchando, apretando pausa cuando escuchábamos algo interesante y tomando nota de la hora exacta en la aparecía. Cuando llegamos a la historia de Skylar, le presté más atención que a las otras. No era su historia sobre su lucha contra la enfermedad mental lo que más me interesaba, sino las otras cosas que decía, sobre cómo la gente en Covenant la había hecho sentir bienvenida, aunque ella no era religiosa.

Cuando lo había dicho aquel día en el Grove, Bailee la había mirado incrédula.

—¿Tú no eres cristiana?

—No —había dicho Skylar, muy segura—. Nunca lo he sido.

—¿Cuál es tu religión? —había preguntado Kevin.

—Ninguna, creo. ¿Por qué? ¿Es importante?

Todos habían esquivado su mirada, cambiando de posición, y me di cuenta de que la situación se volvía incómoda. La gente de Covenant era particularmente crítica sobre la falta de fe. Si Skylar no se había dado cuenta, era porque se habían guardado su opinión, pero no porque no tuvieran una.

Ahora, Aaron se reía, mientras pausaba el video.

—Cortemos esa parte.

Sonreí.

—Sí, dudo que mi padre considere eso como un buen mensaje para reclutar gente.

Aaron marcó esa parte del video y apretó el botón de borrar, y las palabras de Skylar ya no estaban, como si nunca hubieran existido.

—Me pregunto cómo se sentirá eso. —No había pensado decirlo en voz alta. En realidad no estaba buscando una respuesta, pero como Aaron era la única persona en la habitación, creyó que sí.

—¿El qué, no ser cristiano?

—No, no solo eso. Todo. ¿Cómo puedes escuchar a mi padre en los Servicios de los lunes, y escuchar todas las cosas que nuestros profesores nos dicen en clase si no *crees* en nada de eso?

—Skylar parece cómoda con todo eso. —Aaron abrió un nuevo archivo y empezó a arrastrar allí todos los segmentos que habíamos marcado—. Siempre me ha fascinado lo que otras personas creen o el hecho de que no crean en absolutamente nada. ¿A ti te ocurre lo mismo?

Nunca hubiera usado la palabra *fascinada*. Curiosa, quizás, y si era honesta conmigo misma ni siquiera eso hasta hacía poco, cuando Emory y yo nos habíamos peleado y me había acusado de no tener jamás un pensamiento propio.

Apenas entraron esas palabras de Emory, aparecieron las demás, dando vueltas por mi mente y haciéndose escuchar cada vez más fuerte.

Es fácil estar de acuerdo con tu padre, ¿cierto? ¿Por qué pensar por ti misma cuando no tienes que hacerlo?

Mi corazón empezó a latir más rápido.

Tienes debilidad por tu padre, Hannah. Creerás cualquier cosa que te diga. Creerás en cualquier cosa en la que él crea. ¿Cuándo fue la última vez que tuviste una opinión enteramente tuya?

Se me hizo un nudo en el estómago y me retorcí en mi asiento, tratando de aflojarlo.

Eres una maldita oveja.

—¿Estás bien? —preguntó Aaron.

Mis ojos se abrieron de golpe y me di cuenta de que mis manos estaban apretadas a los lados de mi cabeza.

—Sí —dije, bajándolas despacio.

—Ey, está bien. Sea lo que sea.

Asentí, pero no estaba bien. Nada de lo que ella había dicho esa mañana estaba bien.

—¿Quieres hablar? —preguntó.

Sentía la sangre subiendo hacia mi pecho, pasar por las mejillas, y asentarse en la punta de las orejas. Negué con la cabeza, pero en mi fuero interno, se lo quería contar. No le había contado a nadie lo que había ocurrido entre Emory y yo aquel día. No a mi madre. A Alyssa tampoco. Y aunque no le podía decir la gran razón por la que habíamos peleado, me moría por compartir las palabras que ella había dicho, porque habían estado atrapadas en mi mente durante meses y a veces parecía que se multiplicaban, preparándose para tomar el control.

Aaron se dio vuelta en la banqueta, me enfrentó y se acercó más.

Lo miré y me di cuenta de que no estaba tan enfadada con él como lo había estado a comienzos de la semana. Después de todo, lo conocía desde hacía meses, pero solo hacía una semana que estaba enojada con él. Y para ser justa, no había demasiados motivos por los que estar enojada. Aunque hubiera sido la razón por la que había perdido mi matrícula de la universidad, seguía siendo Aaron. Me caía bien. Confiaba en él. Y realmente necesitaba alguien con quien hablar.

—Es sobre mi vecina, Emory. No la conoces. —Miré alrededor de la cabina de sonido para asegurarme de que estuviéramos solos, aunque ya sabía que estábamos solos—. Vivimos toda la vida una al lado de la otra. Hemos sido mejores amigas desde, bueno, desde siempre. Pero nos peleamos un par de meses atrás. Fue horrible. Y dije algo que no debería haber dicho y ella dijo algo que no debería haber dicho…

Jugué con mis uñas nerviosamente. Aaron me observaba, esperando con paciencia y en su silencio, dándome permiso para seguir con el relato.

—De todos modos —dije y respiré profundo—, lo que ella me dijo ese día me hizo empezar a cuestionarme cosas. Principalmente, mi fe. Empecé a ver mi vida de manera distinta, escuché a mi padre de manera distinta. Y dejé de rezar, porque... bueno, en realidad no sé. De todos modos, no parecía que hiciera efecto.

La habitación se volvió silenciosa. Lo miré, deseando no haber dicho nada. ¿Qué sentido tenía? Sabía lo que Aaron diría, antes de que abriera la boca. Me diría que rezar servía. Que lo necesitaba ahora más que nunca. Que mi fe era mi cimiento, y que todo lo que tenía que hacer era creer que Dios estaba trabajando en ella. Solo debía tener paciencia.

Él se acercó más, y descansó sus codos sobre sus rodillas.

—Sabes que está bien cuestionarse estas cosas, ¿verdad?

Me tomó por sorpresa.

—¿Sí?

—Sí.

Mi padre no hubiera creído que estuviera bien. Mi madre tampoco hubiera pensado que estaba bien.

Andamos por fe, no por vista. 2 Corintios 5:7.

—Ni siquiera sé qué estoy buscando —confesé.

—Pero apuesto a que lo sabrás cuando lo encuentres.

Me sonrió.

Le sonreí.

—Gracias —dije.

—Cuando quieras. —Tomó el ratón y regresó a nuestro proyecto—. Creo que el mundo sería un lugar mejor si las personas pararan de tanto en tanto y se cuestionaran todo lo que creían que sabían.

Esa noche, después de cenar, estaba en mi habitación intentando terminar una redacción para la clase de idioma, pero no me podía concentrar. No podía dejar de pensar en lo que Aaron había dicho en la cabina de sonido.

Me puse de pie y caminé hasta la ventana, abriendo las cortinas de par en par, y miré hacia el exterior. A través del césped podía ver a Emory, en su cuarto, de pie frente a su espejo de cuerpo entero, hablando, caminando y gesticulando con sus manos, y supe que estaba ensayando. Si las cosas hubiesen sido distintas, como solían serlo, hubiese estado sentada en su cama, con las piernas dobladas debajo y el guion en la mano, leyendo las líneas de los otros personajes.

La miré, pensando en todo el tiempo que habíamos pasado en su habitación, hablando y escuchando música o en mi cuarto, acurrucadas sobre mi cama, viendo series en mi portátil. La echaba de menos. La echaba tanto de menos que dolía.

Pensé de nuevo en lo que me había dicho el día que discutimos. *¿Cuándo fue la última vez que tuviste una opinión completamente tuya?* Y pensé de nuevo en lo que Aaron me había dicho antes en la cabina de sonido. *Está bien cuestionarse ese tipo de cosas.*

—No soy una oveja —murmuré. Las palabras rebotaron en el cristal y me pegaron, como una cachetada en la cara.

No era cierto.

Yo *era* una oveja.

Pero ya no quería serlo.

Me alejé de la ventana y me enderecé un poco más alta, sintiendo una energía renovada, mientras bajaba la cortina y regresaba a mi escritorio. Escondí mi trabajo, abrí el navegador, coloqué el ratón sobre la caja de búsqueda y mis manos temblaban mientras escribía: religiones del mundo.

La pantalla se llenó con links. Cristianismo. Islam. Hinduismo. Sijismo. Budismo. Judaísmo. Cliqueé en uno y le eché un vistazo. Y luego regresé a la pantalla de búsqueda y entré en otro. Leí también. Lo hice una y otra vez, hasta que encontré algo que me llamó la atención. Cuando terminé de leer, regresé a la página con los links y entré en otro. Miré. Leí. Y entré en otro. Leí hasta que el sol se escondió y se encendieron las luces de la calle. Eran las dos de la mañana y yo seguía leyendo, aunque mis ojos me pesaban y me ardían y mi cuello estaba duro.

Esperaba sentirme satisfecha en algún punto, pero cada respuesta que encontraba me llevaba a otra pregunta que nunca me había hecho.

Emory
Día 280. Faltan 157 días.

—Solo quería disculparme con la madre de Mike. Y con la madre de Josh. Y mi madre. Y lo siento por todos.

Caminé hacia adelante y hacia atrás frente al Prius de Tyler, mientras esperaba que él y Charlotte llegaran. Podía ver el autobús escolar al otro lado del estacionamiento, esperando para llevar a Luke y al resto del equipo de lacrosse al partido en San Bernardino.

De pronto, escuché que la cerradura se abría, me di la vuelta y vi a Tyler caminando hacia mí, con el brazo extendido, llavero en mano.

—¿A quién le hablas, mujer loca?

Lo miré a los ojos, sujeté su barbilla entre mis dedos y dije mi siguiente línea.

—He sido muy ingenua.

—¿Ahora mismo? —preguntó.

—Sí, siento tanto, tanto todo lo ocurrido.

Charlotte se subió al asiento trasero.

—Porque a pesar de lo que Mike dice ahora, *es* mi culpa.

Tyler empezaba a dar marcha atrás cuando escuché un fuerte golpe en la ventana del acompañante. Me asusté. Miré y encontré a un Luke sonriente y con una mano sobre la ventana y la otra señalando la cerradura.

—¡Ey, tranquilo con el Prius! —gritó Tyler.

Luke y yo ya nos habíamos dicho «adiós» y «buena suerte» y lo contentos que estábamos por la que sería nuestra «gran noche». Pero yo estaba llena de energía nerviosa y muy contenta de verlo de nuevo. Salí del coche y puse mis brazos sobre sus hombros. Me levantó y quedamos cara a cara y envolví mis piernas alrededor de su cintura.

—Hola, tú —dije.

—Hola. —Me besó.

—Te va a ir genial en esto, ¿sabes? Todos en UCLA se preguntarán cómo ha podido alguna vez existir otra Heather o... ¿cómo era su nombre?

—Phoebe.

—Eso. Phoebe. —Me besó otra vez—. Ve a por el Departamento de Artes Dramáticas de la UCLA.

Desenganché las piernas y salté al suelo.

—Ve a recordarle a Denver por qué tienen suerte de tenerte a ti.

Me puse de puntillas y lo besé otra vez. Y luego me metí de nuevo en el coche y me eché sobre el respaldo, sonriendo en mi interior.

—Sois un asco —dijo Tyler.

Mi cabeza cayó para el costado.

—Lo sé.

Tyler giró hacia la izquierda para salir del aparcamiento, y siguió los carteles hasta la autopista. Retomé las líneas donde las había dejado.

—Lamento tanto, tanto, todo lo que ha pasado, porque a pesar de lo que Mike dice ahora, *es* mi culpa. Porque era mi proyecto y yo insistí...

Estuvimos así toda la hora siguiente, yo recitando, Charlotte recordándome lo que no recordaba. En la mitad del camino, Tyler se detuvo en un Starbucks y nos atiborramos de bebidas azucaradas y con cafeína, y volvimos a la autopista. Cuando Tyler finalmente regresó al campus, un poco más de dos horas más tarde, me sentía mejor. Había practicado los dos monólogos incontables veces y podía sentir la cafeína y la adrenalina corriendo por mis venas.

Saqué las instrucciones que había impreso la noche anterior, junto con el permiso para aparcar, y le indiqué a Tyler que condujera hacia la derecha. Los tres nos bajamos y caminamos a través del campus. Pasamos por grupos de estudiantes sentados alrededor de mesas y de chicos volando en su skate. Me imaginé a mí misma como una estudiante, caminando a clase, encontrándome con nuevos amigos en la biblioteca para estudiar, practicando mis líneas con mis compañeros de teatro.

Charlotte pasó su brazo alrededor de mi hombro y me atrajo hacia ella.

—¿Me prometes una cosa?

—Lo que quieras.

—En diez años, déjame ser tu acompañante a los Oscars. Te peinaré y te ayudaré a elegir el vestido y los accesorios, también, pero llévame, ¿de acuerdo?

—¿Quién dice que yo no seré *tu* acompañante en los Oscars?

—Yo —dijo—. Me gusta actuar pero no tanto como a ti. Tú lo *amas*. Yo seré una gran profesora de actuación, como la señora Martin. Tú estarás en las películas.

La abracé fuerte.

—Te quiero y te voy a echar mucho el año próximo.

—Yo lo haré más.

Seguimos por el camino que nos llevaba al teatro. Ellos dos no tenían permiso para entrar, así que se quedaron por el jardín de esculturas, mientras yo me dirigía hacia una larga mesa y me presentaba frente a un chico de pelo oscuro que asomaba debajo de un gorro violeta. Le di dos copias de mis fotos y mi currículum, y él tachó mi nombre de la lista.

—¿Cuánta gente va a presentarse hoy a la audición? —pregunté.

El chico miró alrededor, como si no le permitieran compartir la información. Acomodó sus codos sobre la mesa, y se inclinó hacia adelante.

—Hay algo más de doscientos en la lista. Cerca de treinta harán la audición hoy y cuarenta la semana próxima. El resto son postulaciones por vídeo. Hay diez vacantes. —Me dio la etiqueta con mi nombre—. Toma asiento en cualquiera de las tres primeras filas. Buena suerte.

En cuanto pasé la puerta de entrada, reconocí el teatro de los vídeos online. Era más pequeño y menos decorado que el principal, tenía filas de asientos de los que suele haber en los cines, y paredes lisas de color gris. En el escenario había bastante utilería: una mesa redonda con dos sillas colocadas en ángulo, y un juego de sala de estar con un sofá y una mesa de café con cubierta de cristal.

Me senté en la segunda fila y coloqué mi bolso al lado de mis pies. Me vi a mí misma subiendo los escalones y cruzando el escenario. Me detendría en mi marca y apoyaría los pies en el lugar.

Mientras esperábamos, miré alrededor, para evaluar a mi competencia. En el medio de la tercera fila, descubrí a una chica vestida con una blusa de color azul brillante. Tenía la cara redonda y el cabello rubio hasta los hombros. Al instante me recordó a Hannah. Su pelo tenía más rizos que ondas. Me pilló mirándola y sonrió, y mi corazón se hundió profundamente en mi pecho, porque cuando sonreía, se parecía más a Hannah. Me hizo recordar a las actuaciones en el escenario de Foothill, cuando al comienzo de cada show, miraba hacia el público y veía a mi mejor amiga sentada en la primera fila, animándome. Me hizo darme cuenta, por primera vez, de que Hannah no estaría en el público en *Our Town*. Y podía no estar nunca más en ninguna de mis actuaciones.

La habitación se oscureció y se encendió el reflector, iluminando el escenario. Un hombre vestido con pantalones de pana y una camisa blanca caminó hacia el centro, aclaró su garganta y se presentó como Ben Waterman, el director del Departamento de Artes Dramáticas.

Miré la hora en mi teléfono: 06:06 p. m. Probablemente Luke estaría llegando al campo de juego. Me imaginé a Addison y al resto de sus amigos todos juntos en las gradas de la escuela rival, vestidos con sus atuendos verdes y blancos de los Halcones, tratando de verse intimidantes, pero probablemente sin lograrlo.

—Actuaréis en la trastienda, en una sala privada —explicó el señor Waterman—. Quedaos aquí hasta que escuchéis vuestro nombre y luego seguid a Tess al cuarto de audiciones. —Una mujer con cabello oscuro y flequillo levantó la mano. Asumí que esa era Tess—. Primero interpretaréis la pieza contemporánea, y luego os volveremos a llamar para la pieza clásica. ¿Alguna pregunta?

Nadie tenía ninguna, así que nos deseó buena suerte y se fue del escenario. Todo estaba silencioso mientras Tess consultaba su lista. Luego llamó al primero y comenzamos. Un actor tras otro desaparecía en el backstage, pero yo prestaba atención a medias. Repetía mi primer monólogo en la cabeza.

Una hora más tarde, aún no me habían llamado. Movía mi pie con nerviosismo y me mordía el labio de abajo, cuando sentí que la mochila vibraba. Miré alrededor para asegurarme de que nadie lo había escuchado, y luego me acomodé en mi asiento, me agaché hasta la mochila, y saqué el teléfono, cubriendo la pantalla para que nadie lo viera.

Era de Addison. «¡Gooooool!», decía. Había incluido una foto de Luke con su palo levantado alto en el aire y su boca bien abierta. Se lo veía feliz.

«Emory Kern».

Tiré el teléfono en la mochila tan rápido como pude y caminé por el pasillo. Mientras caminaba hacia el escenario, eché mis hombros hacia atrás, deseando verme segura y preparada, porque no me sentía del todo así. Antes de dejar el teatro, le robé una mirada rápida a la gemela de Hannah.

En el cuarto de audiciones, el señor Waterman estaba sentado en el centro de una mesa larga, con dos mujeres a ambos lados. Mientras me detenía en mi lugar, sobre la gran *X* de color negro, justo frente a él, me agradeció que hubiera ido.

—Gracias. Mi nombre es Emory Kern y mi primera pieza es de *El proyecto de la Bruja de Blair*.

Saqué mi gorra de lana gris del bolsillo trasero y la coloqué sobre mi cabeza, bien hacia abajo, hasta que rozó mis cejas. Comencé a respirar, rápido y fuerte, mis manos comenzaron a temblar y mis hombros también, para que mi voz estuviera cortada y temblorosa cuando dijera las primeras palabras.

Hablé despacio y regular, pronunciando cada palabra exactamente como lo había practicado, y pronto ya no estaba de pie en una habitación en el campus de la UCLA. Estaba ida, absorta en el mundo de la Bruja de Blair, donde había pasado días yendo por un camino que me llevaba de nuevo al mismo lugar. Mi nariz chorreaba y las lágrimas caían por mis mejillas cuando dije mi última línea: «Moriré ahí afuera».

Dejé que el silencio invadiera la habitación. Y luego me puse derecha y miré a los tres a los ojos, uno cada vez. «Gracias». Sonreí más de lo que hubiese querido, porque habitar el cuerpo y la mente de Heather de ese modo había sido estimulante, y porque sabía que lo había hecho bien. Regresé al teatro hinchada de adrenalina y con el estómago un poco revuelto.

—Meredith Pierce —dijo una voz de mujer y la siguiente persona pasó a mi lado.

Al regresar a mi butaca, busqué la mochila para agarrar mi botella con agua. Mis dedos todavía temblaban cuando abrí la rosca y empecé a beber. Di grandes sorbos y sentí el agua fría deslizarse por mi garganta.

—¿Qué has interpretado? —me preguntó el chico sentado a mi lado, y entre tragos de agua, se lo conté—. Ah, gran película. La he visto como veinte veces.

—Yo también.

La había visto dos veces en los últimos dos días, primero el miércoles en la cama, desde mi iPhone y luego el jueves cuando mi madre había mencionado durante la cena que ella no la había visto jamás. La obligué a sentarse en el sofá conmigo y puse entre nosotras una bolsa de palomitas de maíz hechas en el microondas. Le dio mucho miedo, pero yo la había visto tantas veces que casi ni me inmuté.

Me sentía bien, pero nerviosa, mientras miraba a la gente dejar la sala y regresar unos minutos más tarde. Una vez que todos terminaron con sus primeras piezas, Tess comenzó a llamarnos por segunda vez.

—Megan Kuppur —comenzó—. Carin Lim —dijo, un par de minutos más tarde. Y siguió, mientras mi corazón latía fuerte. Respiré profunda y lentamente, esperando escuchar mi nombre otra vez. Al sentir que mi teléfono vibraba, salté en mi asiento. Lo desenterré de mi bolso y leí la pantalla.

Addison: Llámame en cuanto puedas.
Addison: Es importante.

Miré rápidamente el salón, pero decidí que no podía arriesgarme porque solo había seis personas delante de mí.

Unos minutos más tarde, escuché «Emory Kern». No estaba lista pero no importaba, me relajé y caminé hacia Tess mientras repasaba las primeras líneas en mi mente, una y otra vez.

No pienses en que lo amas. No pienses en que lo amas. No pienses en que lo amas.

Observé el teatro para ver si detectaba a la doble de Hannah de nuevo, pero ella ya debía haber actuado su segunda pieza, porque no estaba.

En la sala de audiciones, eché los hombros hacia atrás y sonreí.

—Soy Emory Kern. Para mi segunda pieza, interpretaré un fragmento de *Como gustéis,* de William Shakespeare.

La mujer sentada al lado del señor Waterman tenía una sonrisa amable.

—Estamos listos cuando esté lista, señorita Kern.

Sacudí las manos. Estiré el cuello hacia cada lado. Exhalé lentamente. Y luego me erguí, en silencio, inhalé y comencé: «No creas que me gusta porque he preguntado por él. Es un insensato, aunque habla muy bien. Mas, ¿qué me importan las palabras?».

Seguí. Mi voz era fuerte y clara, exactamente como lo había practicado. Cuando llegué a las últimas líneas, levanté la voz, proyectándola, y sentí cada palabra saliendo de mi cuerpo. Estaba a punto de terminar y lo estaba logrando. Dije la última línea: «¿Lo harás, Silvius?», y la dejé suspendida en el aire. Luego le regalé una pequeña sonrisa al equipo de admisiones, hice una reverencia y dije: «Gracias».

Me tiré en mi asiento y busqué mi botella de agua y mi teléfono al mismo tiempo. Llamé a Addison. Descolgó en el primer tono.

—Ey, ¿cómo te ha ido? —preguntó.

—Bien. ¿Está todo bien ahí?

—Más o menos. Luke ha recibido un golpe y se ha caído fuerte. Durante un minuto entero no se ha levantado del suelo. Pero pareciera estar bien ahora. Mi padre cree que es una costilla fisurada por la manera en que se agarraba el costado cuando el entrenador lo acompañó fuera de la cancha.

—¿Estás con él? ¿Puedo hablarle?

—El doctor del equipo lo estaba revisando. Pero no te preocupes. Estoy segura de que no es nada.

Miré la hora. Charlotte, Tyler y yo habíamos planeado salir de compras a un pequeño centro comercial y luego cenar, mientras esperábamos que pasara el tráfico.

—Puedo regresar directo a casa, pero me va a llevar un par de horas llegar allí.

Addison no sonaba preocupada.

—En serio, me dijo que te dijera que no te dieras prisa en volver. Planea ir a casa en el autobús del equipo, así que de todos modos no llegará a casa temprano.

—Está bien —dije, con un suspiro. Deseaba que los kilómetros que nos separaban desaparecieran—. Avísame si hay alguna novedad.

—Te lo prometo. Ah, y Luke me ha pedido que te diera un mensaje.

—¿Cuál?

—«Buenas noches». —Se rio—. No tengo ni idea de qué significa eso, pero parecía importante para él que te lo dijera, así que ahí lo tienes.

Sonreí al teléfono.

—Dile que estoy contenta de que esté bien. Y que digo «Buenas noches».

Hannah

—¿Qué haremos esta noche? —preguntó Alyssa cuando terminó el ensayo de SonRise—. Quiero hacer algo divertido. Jack y Logan tampoco tienen planes. Podríamos ir todos a comer pizza o a jugar los bolos o algo.

No le dije que había planeado ayudar a Aaron a terminar el vídeo. No lo quería mantener en secreto con ella o algo similar, pero deseaba que no surgiera el tema.

Lo miré, en el escenario, mientras levantaba todos los pies de micrófonos, para devolverlos al almacén.

Alyssa siguió mi mirada.

—¡Oh, tengo una idea! Veamos si Aaron quiere venir.

—No puede, tiene planes.

—Claro —dijo Jack—. Seguro que tiene una noche de Tinder. —Logan rio con ganas. No me había dado cuenta de que los dos estaban de pie detrás de mí.

Alyssa lo cacheteó con el dorso de la mano.

—No tiene planes. Tiene una novia. —Se sumó a las risas—. Vuelve a una casa vacía para hablar con ella en FaceTime. Lo cual es aún más patético. —Me miró—. Tú me habías dicho que no tenía amigos aquí. Invitémoslo a salir con nosotros, le enseñaremos la ciudad y todo eso.

Antes de que pudiera decir algo, me dio la espalda y caminó hacia el escenario.

—Hola, Aaron —dijo, mientras subía los escalones. Señaló a Jack, a Logan y a mí—. Los cuatro saldremos esta noche, y decidimos que debes sumarte. ¿Qué dices? ¿Quieres venir?

—¿Hoy? —preguntó Aaron. Me miró—. Eh, pensé que te quedarías y terminaríamos nuestro proyecto de vídeo.

Nuestro proyecto de vídeo.

Alyssa se dio la vuelta y me clavó la mirada.

—Pero está bien —dijo Aaron, mientras hacía adiós con la mano—. En serio, no debería haberte pedido que te quedaras a trabajar un viernes por la noche.

Alyssa comenzó a sonreír y antes de que ella pudiera decir una palabra, yo sabía exactamente qué estaba pensando. Se dirigió a Aaron otra vez.

—No, está bien —dijo—. Me quedaré y os ayudaré. Lo haremos más rápido y luego podemos quedar con Logan y Jack. —Me miró con una ceja levantada y luego volvió a mirar a Aaron—. ¿Estás de acuerdo?

La palabra *no* estaba preparada para salir de mis labios. Había solo dos banquetas en la cabina de sonido y Aaron y yo casi no entrábamos allí frente al monitor. Además, ese era *nuestro* proyecto.

Pero nada de eso importaba, porque Aaron contestó enseguida.

—Claro —dijo—. Dame un minuto para guardar todas estas cosas y empezaremos. —Se fue por la puerta, cargado con los pies de los micrófonos en ambas manos, y Alyssa bajó saltando por las escaleras.

Me tomó del brazo.

—¡Esto es aún mejor! —susurró.

No era mejor. No era mejor, de ninguna manera.

—¿Estáis preparadas? —preguntó. Mientras pasaba cerca por el pasillo y luego iba hacia afuera, por las puertas traseras que separaban el palco del vestíbulo.

Lo seguimos hacia arriba por los escalones que llevaban al palco, y Alyssa preguntó:

—¿Qué hará Beth esta noche? —Me miró por encima del hombro y me dedicó una sonrisa.

—Sale con amigos —respondió Aaron cuando llegó al rellano de las escaleras. Alyssa y yo lo seguimos.

—¿Lo de vosotros es bastante serio? —preguntó Alyssa.

—Supongo.

—¿Qué quieres decir con *supongo*?

Aaron movió el cerrojo con la llave en la ranura unas cuantas veces y el cuerpo inclinado hacia la puerta, hasta que todo se alineó y el cerrojo se abrió con un ruido.

—Bueno, hemos estado juntos durante seis años y hablamos de comprometernos este verano.

Alyssa me miró, y luego a él.

—¿Estáis *hablando* de comprometeros?

Él abrió la puerta, entró y encendió la luz.

—Seguro, es momento. Estamos juntos desde segundo año. Nuestras familias son amigas de toda la vida, entonces… —Señaló la pequeña nevera y desapareció. Yo entendía lo que quería decir.

Aaron siguió caminando, y fue derecho al ordenador, pero yo paré y tomé tres gaseosas de la nevera. Le di una Sprite a Alyssa y tomé otra para mí, y luego agarré una Coca para Aaron. Me moví rápido. Quería llegar a la banqueta antes de que Alyssa la pidiera.

—Ten. —Le di una lata a él.

—Gracias. —Sonrió.

A Alyssa parecía no importarle el hecho de no tener un asiento. Toda su atención estaba centrada en la mesa de mezclas. Se había colocado de manera que su cuerpo quedaba doblado encima de la mesa.

—¿Qué significan esas pegatinas? —preguntó, mientras señalaba cuatro puntos coloridos que parecían corresponder a un set de controles.

—Esos son para SonRise. —Aaron señaló el punto azul—. Esa eres tú, Alyssa.

—Oh, ¿cómo sabías que el azul es mi color favorito? —preguntó mientras sacaba la cadera para afuera.

Por la forma en que Aaron desvió la mirada, me di cuenta de que ella lo estaba poniendo incómodo, pero Alyssa no parecía darse cuenta. Él la ignoró y dijo:

—Jack es verde, Logan es naranja y Hannah es rojo.

—¿Por qué yo soy rojo? —pregunté.

—No lo sé. No lo pensé demasiado. —Apartó la vista del monitor—. Pero definitivamente eres rojo.

Me reí.

—¿Y eso qué significa?

—No lo sé —dijo, riendo también, mientras apoyaba una de las piernas en un escalón—. Cuando mezclo tu música, tu voz es siempre la más fuerte. Y no lo digo como algo negativo, es solo la más dominante. Le bajo el volumen y subo el volumen de las otras para que se mezclen bien con la tuya.

No tenía ni idea de qué responder a eso. Si alguien era rojo, era Alyssa. Ella era la sexy, la feroz, la atrevida, la divertida. Como Emory. *Yo* era el azul. Siempre había sido el azul. La calma, el océano, el cielo, el color de la quietud. Yo era la equilibrada, la voz de la razón, el yin a su yang. El azul, sin duda.

Cuando Aaron se giró de nuevo hacia el monitor, Alyssa levantó las cejas y me lanzó una mirada de «te estoy mirando». Le seguí el juego y le dediqué una sonrisa de superioridad.

—Está bien, regresemos al trabajo. —Tocó el monitor con su dedo—. Falta poco. Lo único que precisamos hacer ahora es reducir todo a un minuto, un minuto y treinta segundos como máximo, y ahora tiene alrededor de dos minutos. Así que buscaremos alrededor de treinta segundos para cortar.

Me deslizó mi notebook y una lapicera, y luego se paró y le cedió su banqueta a Alyssa.

—Hannah, tú navega. Haz lo que hicimos ayer, pero esta vez en vez de marcar las partes buenas, marca las partes que parezcan innecesarias. Las palabras de más. Las pausas guturales como los *mmm* y los *como*. Cualquier cosa que demore el relato. ¿Comprendéis?

—Comprendido —dije, mientras presionaba PLAY. Mantuve mi dedo en el ratón, lista para pausar y rebobinar.

—Voy a terminar de editar la música del fondo. —Se puso los auriculares y se movió hasta la mesa de mezclas.

Alyssa y yo mirábamos la pantalla. El vídeo comenzaba con esa misma toma aérea del campus, hacía un paneo lento, y luego un zoom hacia la mesa de picnic vacía en el Grove.

Estuvo concentrada durante los primeros veinte minutos, y luego me di cuenta de que se estaba aburriendo. Largaba suspiros largos, se movía en la banqueta y paraba para comprobar su teléfono. Cuando llegué al final de la grabación, me acerqué y le susurré:

—Estoy lista. ¿Le avisas a Aaron?

Me miró con los ojos completamente abiertos y asintió. Le tocó el hombro y él se quitó los auriculares y los dejó alrededor de su cuello.

—Estamos listas para ti —dijo y se puso de pie, así él podía tomar su banqueta.

Las dos permanecimos en silencio, mientras Aaron trabajaba metódicamente en los cortes que yo le había recomendado. Nos mostró cómo concentrarnos en el audio y cómo cortarlo de manera que no quedara irregular, y luego cómo juntar los fragmentos y lograr un sonido regular. Pasó el vídeo desde el comienzo. Kevin sonaba elocuente y totalmente fluido. Ni siquiera se notaba dónde Aaron había empalmado el vídeo.

Cuando terminó, el vídeo entero duraba un minuto y treinta segundos exactos. Aaron presionó PLAY, y la música comenzó a sonar mientras aparecía el campus en la pantalla.

Miré por encima de mi hombro. Alyssa estaba de pie detrás de nosotros con las manos en las caderas, los ojos pegados al monitor. Mientras mirábamos, la escuché contener la respiración.

Apenas terminó, dijo:

—Guau. Muy bien, chicos. Eso. Ha estado. Increíble. —Puso su brazo entre Aaron y yo—. Mirad, piel de gallina.

Yo también tenía piel de gallina arriba y debajo de los brazos también.

—Es perfecto. —Le sonreí a Aaron.

Me devolvió la sonrisa.

Me debí haber entusiasmado con la situación, porque de pronto, me acerqué y apoyé mi mano en la pierna de Aaron, como si lo conociera desde hacía años.

Apenas me di cuenta de lo que había hecho, aparté la mano. Me quedé helada. Comencé a decir «lo siento» pero nada salía de mi boca.

Y luego me asusté. Miré a Alyssa, pero ya se había ido a buscar otro refresco. Mientras caminaba hacia nosotros, abrió la lata y bebió un gran sorbo.

—En serio, es muy bueno —dijo, y le dio un golpecito a Aaron en el hombro—. El Pastor J. te va a dar un gran aumento por esto.

Mi corazón latía a mil por hora y las manos me temblaban. Podía sentir el sudor formando gotas en mi frente.

Aaron parecía imperturbable.

—Aún precisa algunos ajustes. Un par de las transiciones eran burdas, pero estamos más cerca.

Alyssa puso su lata en el escritorio y se frotó las manos.

—Esto requiere de pizza, ¿qué decís? ¿O función de trasnoche en el cine? —Sacó su teléfono del bolsillo y miró la hora—. Vamos, son apenas las nueve y media. Salgamos de aquí.

—Ve tú primero —le contestó. Luego me miró y dijo—: está bien, te lo prometo. —Presentía que no estaba hablando de que nos estuviéramos yendo temprano.

—¿Estás seguro? —pregunté. Yo tampoco hablaba de eso.

—Seguro. —Juntó sus palmas, como si estuviera rogándome que le creyera—. Voy a terminar lo que falta aquí. Debo darle esto a tu padre esta noche. —Señaló la puerta con su barbilla—. Te mandaré la versión final en unas horas.

—De acuerdo —contesté. Sujeté mis cosas y me fui de la cabina de sonido, sintiéndome aturdida.

Alyssa y yo pasamos por los palcos.

Ninguna de las dos dijo una palabra mientras bajábamos por la escalera angosta, a través del vestíbulo, y luego por las puertas dobles. Afuera estaba oscuro y frío. El viento se sentía bien en las mejillas.

—Entonces, ¿qué ha sido *eso*? —preguntó Alyssa cuando ya estábamos a una distancia prudente de la capilla.

Mi corazón comenzó a latir a mil de nuevo. Se había dado cuenta.

De todos modos, me hice la tonta.

—¿Qué ha sido el qué?

Presionó el botón del llavero y las puertas de su coche se abrieron.

—¡Tú sabes de qué hablo! ¡Lo que ha ocurrido con Aaron! —Entramos, nos colocamos los cinturones de seguridad y luego me echó una mirada que no pude entender.

—¿Qué pasa con él?

Giró la llave para arrancar y salió en marcha atrás.

—¡Oh, por favor, no me digas que no te has dado cuenta de eso! ¿No has escuchado lo que ha dicho de Beth?

Mi respiración se fue de mi cuerpo, como el aire de un globo reventado, todo en un segundo.

—¿Estamos *hablando de* comprometernos? —dijo Alyssa—. Nuestros padres son amigos. La conozco de toda mi vida. Lo hizo parecer un matrimonio arreglado o algo así.

—Sí, eso ha sido raro. —Apreté las manos debajo de las piernas, intentando que se quedaran quietas.

—Raro, pero de una forma positiva. —Golpeó suavemente con la mano en el volante—. No regresará a Houston hasta junio, así que eso me da un poco más de dos meses. —Me dirigió una sonrisa arrogante—. Estoy eliminando todos los frenos ahora y esto es gracias a ti.

—¿Qué he hecho yo?

—Me has dejado ir a tu cita —contestó, dándome un suave golpe en la pierna—. Lo juro, has sido la mejor copiloto.

Esa noche me senté en la cama con mi portátil enfrente, alternando entre diez ventanas distintas que había abierto después de escribir *vida después de la muerte* en el motor de búsqueda de Google, una hora antes.

Había leído unos pocos textos cortos de diarios conocidos y había escaneado entrevistas con los principales científicos, médicos y líderes espirituales del mundo. Había abierto un puñado de artículos en profundidad, específicos sobre creencias religiosas, y hasta había encontrado un gráfico muy sencillo que mostraba cómo cada creencia veía el más allá. Estaba a punto de entrar en otro link, cuando escuché un sonido afuera.

Tiré el portátil sobre la cama y salí de entre las sábanas. Aparté las cortinas.

Emory acababa de cerrar su ventana, porque seguía ahí parada, mirando hacia afuera como si esperara a alguien.

Era viernes. Era casi medianoche. Eso significaba que en cualquier momento Luke estaría escondido en los rosales al lado de mi casa.

Mi teléfono vibró en mi mesilla de noche y salté. Lo levanté y leí la pantalla.

Aaron: Mira lo que hemos hecho nosotros...

Nosotros. Otra vez.

Hice clic en el archivo adjunto y presioné PLAY. Los ajustes que había hecho eran menores, pero importantes. En el montaje había cambiado de lugar algunas de las fotos, para que sincronizaran con la música del fondo aún mejor, y había acortado algunos de los clips para que el vídeo avanzara un poco más rápido. Me había encantado cuando lo había visto en la cabina de sonido más temprano, pero esa versión me gustaba aún más.

Le mandé un mensaje.

Hannah: ¡Es aún más increíble! A mi padre le va a encantar.
Aaron: Gracias. Eso espero.

No sabía qué decir luego. Lo único en lo que podía pensar era en cómo había puesto mi mano en su pierna. Una parte de mí sentía que debía explicarlo, pero no sabía cómo hacerlo, así que en su lugar, traté de explicar las acciones de Alyssa.

Hannah: Perdón por la manera en que Alyssa ha mencionado el tema de Beth. Eso ha estado fuera de lugar.

Hubo una pausa larga. Luego los tres puntos comenzaron a titilar en la pantalla y sabía que estaba contestando.

Aaron: Está bien.

Aaron: No quise callarla.
Aaron: Es solo que Beth y yo somos una historia complicada.

Yo quería escuchar esa historia, y quería que siguiéramos mandándonos textos. Pensé en Alyssa y me sentí culpable. Y luego pensé en la novia de Aaron y me sentí aún más culpable. Pero le mandé un mensaje de todos modos.

Hannah: No tengo nada de sueño...
Aaron:

Los tres puntos aparecieron de nuevo en la pantalla.

Aaron: Ella quiere casarse.
Aaron: Nos íbamos a comprometer en Navidad, pero me surgió este trabajo, así que decidimos posponerlo.
Hannah: ¿Qué hay de ti? ¿Te quieres casar?

Todo mi cuerpo se sentía mareado y desbordante de cafeína. Mientras escribía, caminaba de un lado a otro. Y luego regresé a la ventana, miré hacia abajo, medio esperando ver a Luke allí. Pero afuera había silencio.

Aaron: Más adelante. Seguro. Hemos estado juntos desde el décimo grado.

Había dicho eso también en la cabina de sonido, pero no entendía por qué eso era tan importante.
Decidí ir a buscar agua. Abrí la puerta tan suavemente como pude. La casa estaba oscura y silenciosa, así que fui de puntillas hasta la entrada, y mientras tanto también escribía. Me sentía roja.

Hannah: Eso no contesta mi pregunta.

En la cocina saqué un vaso de la alacena, lo llené de agua del fregadero y lo bebí en dos tragos. Dejé el teléfono sobre la mesa y miré la pantalla. Mi corazón empezó a agitarse mientras esperaba a que aparecieran de nuevo los tres puntos.

Estaba sirviéndome agua otra vez, cuando apareció un nuevo texto de él.

Aaron: ¿La verdad?
Hannah: Sí, por favor.

No me moví. Dejé mi mirada fija en el teléfono. Aaron contestó casi enseguida.

Aaron: No.
Aaron: No estoy para nada preparado.
Aaron: No estoy seguro de por qué ella cree que lo está o que lo estamos.

Esperé a ver si tenía algo más para agregar. Después de unos momentos de silencio de su lado, escribí de nuevo.

Hannah: Deberías decirle eso.
Aaron: Lo sé... He tratado...
Hannah: Pero ¿la quieres?

No contestó durante un largo rato.

Aaron: Sí, la quiero.
Aaron: Pero...
Hannah: ¿¿??

Aaron: Las cosas están cambiando, supongo.

Escribí: «¿En qué?», pero antes de que tuviera oportunidad de apretar ENVIAR, empezó a contestar de nuevo.

Aaron: Además, no tengo idea de por qué te estoy contando todo esto.
Aaron: Totalmente inapropiado.
Hannah: No lo es.
Aaron: No debería estar contándole a mi alumna/hija de mi jefe mis problemas de relación.
Aaron: Le echo la culpa a mi estatus de ermitaño/sin amigos.
Hannah: 😄
Hannah: Puedes hablar conmigo.
Aaron: Gracias.
Aaron: De todas formas, no se lo menciones a tu padre, ¿ok?
Hannah: ¿Por qué se lo diría a mi padre?
Aaron: No lo sé... vosotros parecéis muy unidos.

Solíamos serlo. Ya no lo éramos tanto. Desde hacía meses yo no le contaba mis cosas y dada nuestra situación actual, no veía que eso fuera a cambiar a corto plazo.

Hannah: No le cuento todo.

Me di la vuelta y miré el reloj del microondas: 12:03 a. m. Estaba a punto de escribir una respuesta, cuando algo fuera de mi ventana me llamó la atención: un auto rojo pasó derecho por la intersección sin detenerse en el letrero. Circuló despacio hacia mi casa, hasta que chocó contra el cordón y paró bruscamente.

Me incliné sobre el fregadero de la cocina, estirando el cuello hacia adelante, para tener una vista mejor.

Un Jetta rojo. Una llegada tardía, pero era el coche de Luke. Sin duda.

Miré y esperé, preparada para esconderme en cuanto detuviera el motor y saliera del vehículo, pero no pasaba nada. Sus focos delanteros todavía estaban encendidos, salía humo del tubo de escape, y no estaba segura, pero parecía que su cabeza descansaba encima del volante.

Mi teléfono vibró, pero no lo levanté. Estaba muy ocupada mirando a Luke, esperando a que se moviera. Chequeé la hora en el microondas: 12:07 a. m.

> **Aaron: ¿Nos vemos en la cabina de sonido después de los servicios?**

Tomé mi teléfono de nuevo y le escribí una respuesta.

> **Hannah: Algo está ocurriendo afuera.**
> **Aaron: ¿Estás bien?**
> **Hannah: Sí... es raro.**
> **Hannah: El novio de mi vecina se mete a escondidas en su cuarto durante la noche y siempre aparca frente a la ventana de mi cocina.**

Parecía raro llamar a Emory «mi vecina», pero era más fácil que entrar en detalles.

> **Hannah: Ha frenado y ha detenido el coche, pero él no sale.**
> **Hannah: Lo puedo ver.**
> **Hannah: Su cabeza está sobre el volante.**
> **Hannah: Creo que algo malo le ocurre.**

Abrí la ventana y escuché si había algún sonido. No se oía nada.

Hannah: Espera.

Dejé el teléfono en la mesa, corrí a mi habitación y moví las cortinas hacia un lado, esperando ver a Emory de pie frente a la ventana abierta, aguardando a Luke como solía hacer. Pero su cortina metálica estaba baja y un haz de luz débil todavía iluminaba los bordes.

Tomé mi abrigo del respaldo de la silla del escritorio, me lo puse y regresé a la ventana de la cocina.

El coche de Luke todavía estaba allí. Las luces aún estaban prendidas. El motor estaba encendido. Y él aún no se había movido. El reloj del microondas decía 12:13 a. m. Habían pasado diez minutos desde que su coche se había detenido. Mi teléfono hizo ruido.

Aaron: ¿Qué ocurre?
Hannah: Ya vuelvo.

Sin siquiera pensarlo, abrí la puerta delantera y salí. El aire de la noche picó mi garganta. Metí las manos en los bolsillos y me apresuré, mientras miraba alrededor para asegurarme de que estaba sola. Luego pisé el césped. La hierba me hizo cosquillas en los pies y el rocío se metía entre los dedos. Puse mis manos en mi frente para ver mejor y miré por la ventanilla del acompañante.

Los ojos de Luke estaban cerrados, su cabeza descansaba sobre la ventanilla del conductor, y sus brazos colgaban a ambos lados.

Golpeé el cristal.

—¡Luke! —grité, medio en un susurro.

No abrió los ojos. Ni siquiera se inmutó.

—¡Luke! —grité, más alto. Golpeé más fuerte.

Nada.

Emory.

Busqué mi teléfono para mandarle un mensaje, pero me di cuenta de que aún estaba en la cocina. Golpeé la ventana otra vez, pero él no se movía, así que abrí la puerta tan despacio como pude y lo agarré para balancear su peso, y empujarlo de nuevo sobre su asiento.

—Luke. Despiértate. —Lo sacudí—. ¡Luke, tienes que despertarte! —Me estiré, y apagué el motor y las luces. Al respirar, sentí arcadas. El coche apestaba; se sentí un olor nauseabundo y ácido. Miré hacia el asiento del acompañante. Había vómito en todas partes. Cuando observé de nuevo a Luke, me di cuenta de que también había vómito en uno de los lados de su chaqueta.

No parecía herido. No había cortes. Ni moretones. Me agaché y ahí fue cuando noté algo. Su chaqueta estaba abierta y su camiseta, levantada en el costado izquierdo. Despacio, la levanté más.

La piel debajo de las costillas estaba hinchada, y todo aquel lado estaba de un color violeta oscuro, casi negro. Lo toqué suavemente, pero no reaccionó para nada. Y luego llevé la punta de mi dedo a su cuello para sentir su pulso. No lo encontré.

Me acerqué a su oído.

—Luke, soy Hannah. Necesito que me escuches, ¿sí? —Miré sus ojos a ver si se movían, pero no vi nada—. Voy a buscar ayuda. Vuelvo enseguida.

Corrí por el césped, subí las escaleras y entré a la casa. Les grité a mis padres mientras corría al teléfono de casa y llamé al 911. Mientras esperaba que alguien contestara, mi padre corrió hacia la cocina.

—¿Qué ocurre? ¿Estás bien?

Mi madre venía detrás, ajustándose la bata en la cintura. Señalé el coche de Luke a través de la ventana.

—Es Luke. Todo su lado izquierdo está hinchado y violeta, y casi no está respirando.

Mi padre corrió hacia la puerta de entrada. Le tiré el teléfono a mi madre, y seguí a mi padre. Llegamos juntos a la esquina, y cuando alcanzó el coche de Luke, abrió la puerta del conductor y se agachó. Me agaché justo detrás de él.

Mi padre tomó la muñeca de Luke, como yo había hecho, para sentir su pulso y cuando no lo encontró, probó en su cuello. Levantó la camisa de Luke y presionó sus dedos debajo del moretón y arriba.

—¿Qué le ocurre? —pregunté.

—No estoy seguro —dijo él.

—¿Va a estar bien?

Mi padre sacudió la cabeza.

—No lo sé.

—¿No deberíamos sacarlo y hacerle RCP o darle respiración boca a boca o algo así?

—¡No lo sé, Hannah! —contestó con voz temblorosa. Las sirenas sonaban a la distancia—. Necesitamos ya a la ambulancia —gritó. Mi padre jamás gritaba.

No sabía qué hacer con mis manos. Las froté en mis pantalones. Las puse en el marco de la puerta y las saqué de nuevo. Durante todo ese tiempo, mantuve la vista en la cara de Luke. Cerré los ojos y recé.

—Por favor, Dios. Haz que se despierte. Por favor, haz que se despierte.

—¡Luke! —Mi padre lo agarró por sus hombros—. Despierta, hijo, necesito que trates de hablar conmigo. Quédate conmigo, ¿de acuerdo? La ayuda está en camino pero necesito que te quedes conmigo.

Las sirenas se escucharon más fuerte.

Mi padre se incorporó y rodeó a Luke con sus brazos. Creí que trataría de moverlo, así que me quedé allí, lista para ayudar, pero seguía con la cabeza hacia abajo y su boca justo en el oído de Luke. No podía escuchar lo que estaba diciendo, pero podía ver que sus labios se movían. Y luego me di cuenta de que estaba hablando con él.

Ahora podía ver girar las luces rojas y azules. La ambulancia pasó volando el cartel de STOP, sin siquiera bajar la velocidad y les hice gestos con los brazos, señalando el coche. Seguí haciéndoles señas incluso cuando se detuvieron a mi lado.

Los paramédicos saltaron del vehículo y corrieron hacia el auto. Mientras mi padre y yo nos movíamos para hacerles lugar, escuché que mi teléfono hacía ruidos. Lo busqué en el bolsillo, pensando que era mío, pero luego me acordé de que el mío todavía estaba en la cocina, donde lo había dejado en la mitad del intercambio de textos con Aaron.

Y luego vi el teléfono de Luke en el suelo enfrente del asiento del acompañante, con la pantalla brillando y un mensaje sin leer. Corrí hacia el otro lado, abrí la puerta y lo agarré. El olor a vómito era aún peor que antes.

Emory: Dónde estás?!?

El teléfono estaba bloqueado. No podía contestar, así que salí corriendo hacia su casa. Los aspersores debían haberse activado en algún momento, porque cuando llegué allí mis pies descalzos estaban cubiertos de lodo.

—¡Emory! —grité. No podía alcanzar la ventana, así que comencé a golpear el revestimiento gris que había debajo—. ¡Emory!

Levantó con fuerza la cortina metálica y se abrió del todo con un golpe seco. Luego abrió la ventana y se asomó. Su pelo largo estaba suelto sobre sus hombros, y apenas cubría la lencería de encaje negro que usaba.

—¿Qué haces aquí?

—Es Luke. Algo malo le ocurre.

Debía haber visto el brillo de las luces de la ambulancia en la esquina, porque sus pupilas se dilataron y se alejó de la ventana sin decir una palabra más.

Corrí de nuevo hacia el coche. Cuando llegué, todo el vecindario había llegado al lugar, y miraban la escena, vistiendo ropa de entrecasa y batas. Mi padre estaba parado en la acera, con su brazo alrededor de mi madre.

Luke ya estaba en la camilla, lo llevaban a la parte trasera de la ambulancia. Sin pensarlo, corrí hacia él.

—¡Esperad! —grité, mientras me deslizaba junto a la camilla. Lo sujeté por los hombros y bajé mi boca a su oído.

Y le dije lo primero que me vino a la mente.

Emory
Día 280, faltan 157.

Luke estaba azul.

No podía ver demasiado desde donde estaba de pie, pero la piel en su pierna izquierda estaba azul y todo su cuerpo estaba rígido. Su cuello estaba doblado hacia un lado, en un ángulo que parecía incómodo.

—¡Luke! —grité, mientras me hacía lugar en la muchedumbre a los empujones, peleando para verlo, pero luego, una mujer del equipo de los paramédicos se paró frente a mí y alzó su brazo, bloqueándome el paso.

—Por favor, déjenos hacer nuestro trabajo. Mantenga distancia para que así lo podamos ayudar.

—¡Es mi novio! —dije y me lancé hacia adelante, pero me agarró con sus brazos y no me podía mover. Los otros paramédicos subieron la camilla a la ambulancia mientras yo, desesperada, trataba de zafarme de ella—. ¡Por favor, quiero ir con él!

—Lo siento —me dijo, mientras aflojaba su fuerza sobre mis brazos—. Solo la familia. Va a tener que seguirnos. —Me soltó, se subió a la ambulancia y cerró la puerta detrás de ella.

Las sirenas sonaban a todo volumen, las luces destellaban y la ambulancia se alejó a toda velocidad, y me quedé parada en el medio de la calle. Me rodeé con mis propios brazos, y ahí fue cuando me di cuenta de que solo llevaba una fina capa de encaje negro transparente y nada más.

En apenas unos segundos, la madre de Hannah estaba allí y me cubrió con una bata y me llevó con ella.

—Tengo que ir con él. —Mi voz no sonaba como si fuera mía.

Ni siquiera lo pude ver.

Ni siquiera le pude hablar.

—Ya he llamado a tu madre. —La voz de la señora J. era clara y fuerte—. Nos va a ver en el hospital, ¿de acuerdo?

Levanté la vista, para intentar comprender lo que me decía.

—¿Mamá? ¿Cuándo has llamado a mamá?

—Hace unos diez minutos. Justo después de llamar al 911. Me ha dicho que estaba en la ciudad. —Me llevó hacia la calle—. Está camino al hospital ahora. Hasta puede que llegue antes que nosotros.

La escuché a medias. Me había quedado colgada con la primera parte.

—¿Hace diez minutos?

—Diez, más o menos. Quizá un poco más. Cuando Hannah lo encontró y llamó al 911. —La señora J. me dejó con su hija—. Llévala a su casa y ayúdala a cambiarse. Iré a buscar el coche.

Hannah puso su mano en mi hombro. Por un instante, olvidé todo lo que había ocurrido durante los últimos meses. Empecé a reclinarme contra ella y dejé escapar los sollozos que había en mi pecho.

—¿Estás bien? —Se acercó como si fuera a abrazarme, y todo regresó a mí.

—No. —Me solté, y su mano cayó a su lado—. No necesito tu ayuda. —Me alejé de ella.

Mientras caminaba a casa, el vecindario parecía raro y borroso, como si estuviera viéndolo con gafas sucias. En mi habitación, todavía estaba aturdida. Las manos me temblaban mientras me ponía el pantalón de yoga, me subía el cierre de mi jersey y me ponía botas.

De fondo se escuchaba una música suave. Cuando la había seleccionado, me preguntaba si Luke reconocería la *playlist* que me había preparado, la que había dicho que lo hacía sentir como si estuviera en sus brazos. Había esperado el momento para soltar bromas con las palabras que había dicho.

Eso había sucedido hacía alrededor de treinta minutos.

Justo después de eso, mi madre me había llamado para ver cómo estaba. Le había preguntado por su evento de *catering* y ella me había preguntado por la audición, y luego nos habíamos felicitado mutuamente y habíamos decidido que saldríamos a celebrarlo solo nosotras el sábado por la noche. Y nos habíamos dicho: «Te quiero».

En cuanto cortamos, le había mandado a Luke un «Buenas noches» por mensaje.

Eso había sucedido hacía más o menos unos veinte minutos.

Busqué mi teléfono y lo encontré arriba del aparador, justo donde lo había dejado.

Había estado mandándome mensajes con Charlotte después de ponerme la lencería negra de encaje que ella me había incentivado a comprar en Los Ángeles unas horas antes. Había estado mirando cómo me realzaba en todas las partes correctas, y me sentía sexy y guapa mientras me levantaba el pelo arriba de la cabeza y luego dejándolo caer de nuevo sobre mis hombros.

«Buena compra», había escrito.

«Te lo dije», había contestado Charlotte.

«¿Ves? Por eso jamás digo que no a una consecuencia» había dicho y ella había contestado con unos emojis de caritas sonrientes.

Eso había sucedido hacía alrededor de diez minutos.

Diez minutos.

Diez minutos antes Luke estaba a unos cien metros.

Hannah y su padre estaban con él.

Y yo no estaba.

Había escuchado el sonido de una bocina.

Todo seguía borroso cuando guardé mis cosas y llegué hasta el coche de la señora J. Me arrojé en el asiento del acompañante y me coloqué el cinturón de seguridad. Luego me di la vuelta para mirar a Hannah, esperando encontrarla sentada atrás. Pero no estaba allí.

Afuera, en la calle, la había empujado y le había dicho que no la necesitaba, ¿y ella me había *escuchado*? La Hannah que yo conocía de toda la vida jamás me habría dejado sola. No así. No cuando la necesitaba. Se hubiera metido a la fuerza en el coche de su madre, la quisiera yo allí o no, y si la situación le hubiera ocurrido a ella, yo habría hecho lo mismo. ¿Qué nos había ocurrido? ¿Estábamos *tan* alejadas la una de la otra?

—¿Sabes cómo encontrar a los padres de Luke? —preguntó la señora J.

Sentí una punzada en mi estómago.

Los Callettis.

Asentí, mientras ella salía marcha atrás. Marqué el número de Addison. Conté la cantidad de veces que sonaba el teléfono. Una. Dos. Tres. Cuatro.

—Contesta —susurré, mientras golpeaba el lado de mi pie contra la puerta.

—¿Hola? —la voz de Addison sonaba áspera, y me di cuenta de que la había despertado.

Mi corazón comenzó a latir y la boca se me secó.

—Algo malo ocurre con Luke.

La madre de Hannah fue amable, lo cual era esperable. La conocía de toda la vida, y nunca había sido de otra manera. Mientras nos sentamos lado a lado en la sala de espera vacía, me frotó la espalda y me dio pañuelitos desechables de su cartera (aunque yo no estaba llorando). Me preguntó si quería buscar un baño para pasarme un poco de agua en la cara. Le di las gracias, educadamente, y le dije que no. Pero luego tomó nuestras manos y preguntó: «¿Rezarás conmigo?».

Yo no veía el mundo de la misma manera que la familia Jacquard, pero siempre había respetado sus creencias. Los tomaba de las manos y agachaba la cabeza cuando dábamos las gracias en las cenas, y le decía «gracias» en serio a la señora J. cada vez que me decía que había estado rezando por mí y por mi familia, lo cual había pasado mucho, en especial durante los últimos años.

No tenía ganas de rezar, pero la señora J. había sido como una segunda madre para mí y no me imaginaba diciéndole que no a ella, así que la dejé tomar mis manos. Las apretó en las suyas.

—Sé que no es lo tuyo, pero dale una oportunidad. Puede ayudar. Siempre me ayuda a mí.

Inclinó la cabeza hacia abajo, y yo hice lo mismo.

—Querido Padre Celestial —dijo—. No siempre entendemos tu voluntad, pero sabemos que nos sostienes en tus manos fuertes y amorosas y nos consuelas cuando sufrimos. Necesitamos tu consuelo hoy, Padre. Trae paz a nuestros corazones pesados. Rezamos en el nombre de Jesús. Amén.

Abrió los ojos. Estaban llenos de lágrimas.

—Lo siento mucho, Emory.

Algo no me sonaba bien.

El rezo no era una oración para Luke. Ella le había pedido a Dios que nos diera consuelo a *nosotras*, no a él.

Pensé de nuevo en su cuerpo, rígido, contorsionado y azul, y las preguntas comenzaron a arremolinarse en mi mente. Abrí la boca, pero justo escuché a alguien gritar mi nombre.

Addison y su padre venían derecho hacia nosotras. La madre de Luke corrió al mostrador de información. El señor y la señora Calletti y la señora J. se estrecharon las manos y la escuché decir: «Mi hija lo ha encontrado». Señaló hacia los asientos en la sala de espera. «Sentaos, os contaré todo lo que sé».

Hannah

Después de que las sirenas se silenciaron y mis vecinos regresaron a sus casas, me senté en la sala y observé la cruz que colgaba por encima de la chimenea. Mi padre se quedó afuera durante mucho tiempo. Dijo que necesitaba aire fresco y un poco de tiempo a solas con Dios.

Eran más de la 01:00 a. m. cuando finalmente me metí en la cama. Cerré los ojos e intenté dormir, pero no podía quitarme la imagen de Luke de la cabeza. Veía su cuerpo sin vida doblado sobre el tablero, sus ojos semiabiertos y su piel sin color y fría al tacto. Sus labios carnosos estaban separados, y la saliva le caía hacia los lados.

Mi portátil todavía estaba abierto en la cama y miré la pantalla, pensando en todo lo que había investigado apenas una hora atrás. Hubo un golpe en mi puerta. Cerré la pantalla.

Mi padre asomó la cabeza en la habitación.

—¿Puedo entrar?

Asentí, mientras buscaba una caja de pañuelos desechables.

Se sentó a mi lado, me rodeó con sus brazos y me apretó fuerte, mientras hundía mi cara en su pecho y dejé que las lágrimas cayeran.

—No había nada que pudieras hacer.

—¿Estás seguro? —pregunté.

Sentí a mi padre asentir en mi hombro.

—Sí, cariño. Estaba casi muerto cuando lo has encontrado. Cuando los paramédicos llegaron ya se había ido.

—¿Cómo lo sabes? —La pregunta salió en forma de chillido.

—Fui el pastor asociado durante diez años. Me pasé una gran parte de esos años en hospitales, hablando con los pacientes, guiando a la gente en sus horas finales. Reconozco a la muerte cuando la veo. —Me tomó la mano aún más fuerte—. El color de su piel, la forma en que sus extremidades comenzaron a cambiar… —Se detuvo, y el cuarto volvió a quedar en silencio.

—¿Por qué? —susurré.

Quería saber por qué Luke estaba herido y por qué había conducido y por qué Emory no estaba con él. Siempre estaba con él cuando se detenían en la casa. Quería saber por qué su teléfono estaba en el suelo y por qué el asiento del acompañante estaba empapado en vómito. Quería saber por qué algo tan horrible le había ocurrido a él.

—Yo también he estado pensando en lo mismo. —Mi padre asintió—. Si él hubiera ido a la casa de Emory, no lo habrías visto. Si hubiera aparcado en cualquier otro lugar, todavía estaría allí, solo. Pero ha venido aquí. Tú lo has encontrado, quizá no a tiempo para salvarlo, pero por lo menos no ha muerto solo allá afuera. Él se ha detenido aquí. Debajo de la ventana de *nuestra* cocina. Y tú justo estabas buscando un vaso con agua. Hay un milagro en eso, cariño.

No sabía cómo decirle a mi padre que me había malinterpretado. Que yo ya sabía la respuesta. Luke se había detenido frente a nuestra casa porque siempre se detenía frente a nuestra casa los viernes a la noche. No había habido intervención divina, era una travesura.

Mi padre seguía hablando.

—Sé que parece muy injusto, ¿cierto? ¿Por qué el Señor traería a alguien a nuestras vidas y no nos permitiría ayudarlo? Pero he estado afuera durante un largo rato, he pensado, rezado y escuchado, y al final me he dado cuenta de que Luke no estaba fuera de toda posibilidad de recibir ayuda cuando llegó. Creo que me pudo escuchar en esos minutos finales, Hannah, y si pudo, si escuchó lo que le dije e hizo lo que le dije que hiciera, si pidió perdón por sus pecados y le pidió a Jesús que entrara en su corazón, él está con Él ahora. No hemos podido salvar su vida, pero me gustaría creer que hemos salvado su alma. —Mi padre sacudió la cabeza y dijo—: El Señor obra de maneras misteriosas, ¿no lo crees?

No estaba de humor. No quería escuchar sus historias sobre lo que estaba predestinado a ocurrir o aquello de que «todo pasa por una razón», y no creía que Dios mágicamente hubiera dirigido el coche de Luke a mi casa o me hubiera hecho tener sed en ese momento exacto como si no tuviera nada mejor que hacer.

Estaba cansada de rezar y llorar y de estar sentada pensando qué podría haber hecho distinto. Quería respuestas reales, sólidas, tangibles. Necesitaba moverme. Necesitaba actuar. Y necesitaba que mi padre se fuera, porque si escupía otro dicho tonto de esos de pegatinas de coche, temía gritar.

—Estoy agotada —dije—. ¿Podemos hablar de esto por la mañana?

Me abrazó.

—Por supuesto. Te despertaré si tu madre vuelve a llamar. —Me plantó un beso en la frente—. Has hecho algo bueno hoy. Pero lamento mucho que hayas tenido que ver eso. —Me palmeó suavemente la pierna—. Sigamos hablando de esto, ¿sí?

—Está bien —susurré.

Se fue de la habitación. Unos segundos más tarde, escuché que la puerta de su cuarto se abría y luego se cerraba. Esperé un largo rato, escuchando para asegurarme de que no volvería a salir. Y luego fui de puntillas a la sala de estar y a la cocina.

Miré por la ventana.

El coche de Luke seguía allí.

La casa estaba silenciosa, así que fui a la puerta principal y la abrí. Corrí de nuevo hacia el vehículo, me dirigí hacia el lado del conductor de puntillas, me agaché y levanté el pestillo y me deslicé detrás del volante.

En cuanto abrí la puerta, el olor fétido me invadió el olfato, pero esta vez era distinto: el coche olía a limón y a césped recién cortado. El vómito había sido limpiado del asiento del acompañante y el salpicadero estaba impecable también. Y ahí fue cuando me di cuenta de cómo mi padre había pasado su «tiempo a solas con Dios».

Me sentí culpable. Mi padre podía tener defectos de modo humano, pero en su interior, era una muy buena persona. Era su modo, hacer algo bonito como eso y nunca contárselo a nadie. Me hizo pensar cómo lo había tratado últimamente.

Eché un vistazo a mi alrededor. El resto del coche no estaba tan limpio. Había una botella de Gatorade a medio terminar en el posavasos, y una bolsa vacía de anillos de cebolla aplastada en el bolsillo del lado del asiento del pasajero.

En del hueco del centro, vi lo habitual, como cables de cargadores y auriculares. Me llamó la atención ver un pintalabios, así que lo levanté y lo abrí. Rojo intenso. Me podía imaginar un color así en Emory. Conté tres paquetes de Mentos sin abrir y uno que estaba casi vacío.

Luego vi un pedazo de papel azul en el suelo, detrás del asiento del acompañante. Me estiré, levanté el sobre y vi que tenía una «E» en el frente. Lo di vuelta. Luke no lo había cerrado. Por un segundo, deseé que lo hubiera hecho.

Me senté derecha en el asiento del conductor y volví a mirar a mi alrededor rápidamente. Y luego me acomodé frente al volante y saqué la tarjeta del sobre.

Había un pequeño corazón blanco en el centro y en el interior, en letra a mano que parecía la de un niño, sus palabras:

Em:

Te quiero. Amo verte ensayar en el escenario. Amo verte con tus amigos. Amo la manera en que juegas con tu pelo cuando estás nerviosa, y la manera en que me miras como si fuera la persona más importante del lugar. Amo verte con mi jersey. Amo escucharte gritar mi nombre en las gradas. Amo nuestros «buenas noches», y no veo la hora de decirte «buenos días».

Fiesta de graduación. Graduación. Road trip.

Luke

P. D.: Perdón. Sé que es un poco largo para el día 281. Tienes la libertad de citar mis palabras.

Estaba enamorado de ella. Eso quedaba claro. Lo podía escuchar en su voz. Lo podía sentir en el tono de sus palabras, y hasta en los espacios entre ellas y me sorprendió.

Y ahora estaba muerto, y mi corazón volvió a romperse, otra vez, no por mí y lo que había visto, sino por Emory. Luke había muerto en su coche, en mi patio, debajo de mi farola, en los brazos de mi padre. Y durante todo eso, Emory estaba justo a la vuelta de la esquina.

Odiaba haber sido yo quien lo había encontrado. No debería haber sido la última en agarrarlo de la mano. Debería haber sido ella.

Abrí la puerta y vomité sobre la acera.

Emory
Día 281, faltan 156.

A las 06.00 a. m. la doctora había salido a la sala de espera tres veces, trayendo novedades de lo que ocurría con Luke. La primera vez había dicho que trabajaban duro para reparar una pequeña rotura en el bazo. Que era muy prematuro para aventurar un diagnóstico, pero que estaban haciendo todo lo que podían.

La segunda vez nos dijo que Luke estaba luchando duro, pero que había perdido mucha sangre. Tenía un papel de autorización de transfusión, y el señor Calletti lo firmó y se lo devolvió. Nos advirtió que si sobrevivía a la cirugía, hasta que se despertara, ellos no tendrían manera de saber si tendría daño cerebral permanente. «Ha estado un tiempo sin oxígeno», dijo, con cuidado, «no sabemos cuánto ha durado eso».

La tercera vez nos dijo que él había despertado. Estaba atontado, medicado, pero vivo. Podía hablar. Parecía tener movimiento total en el cuerpo. El funcionamiento de su cerebro parecía normal.

El padre de Luke parecía a punto de llorar. Su madre sonrió con toda la cara. Addison me abrazó, pero yo debía estar en shock porque no me podía mover, ni sonreír, ni sentir nada. Esa imagen de él, azul y sin vida, todavía estaba metida en mi cabeza y no estaba segura de que fuera a descartarla hasta que tuviera algo con que reemplazarla.

Cuando pudiera ver su cara, tocar su piel, besar sus labios y escuchar su voz, quizás ahí sí podría creer que él pronto estaría bien.

En algún momento después de las 08.00 a. m., ella regresó. «Podéis turnaros para decirle hola, pero que sea breve, ¿de acuerdo?».

El señor y la señora Calletti se pusieron de pie.

El señor Calletti me señaló.

—Emory también puede entrar.

—¿Es de la familia? —preguntó la doctora, mirándolo de lado.

—Sí, lo es —dijo, y sentí que los ojos se me llenaban de lágrimas.

Pero no dejé que cayeran. Estaba demasiado feliz como para llorar.

—Ha tenido suerte de que lo encontraras en aquel momento —dijo la enfermera mientras comprobaba el suero de Luke—. Anoche casi se muere.

—Sí —dijo Luke, en voz muy baja. La enfermera no lo escuchó.

Miré sus ojos rojos y hundidos y su cara hinchada de tanta medicación que le habían dado durante las últimas siete horas. Sus rizos negros estaban apelmazados y pegados al costado de su cabeza, y los labios estaban secos y agrietados. Una bolsa de fluido amarillo colgaba del porta suero que había detrás de su hombro derecho, y goteaba hacia un catéter inserto en una vena de la mano.

—Esto le hará efecto rápido —dijo la enfermera—. Me iré hasta que se duerma, pero no hagas ruido, nadie puede saber que estás aquí.

Esperé a que se fuera del cuarto y luego me senté en la cama. Tomé su mano sin agujas entre las mías y le sonreí.

—Diablos, estás hecho una mierda.

Sonrió.

—Me siento veinte veces peor. —Intentó sentarse, pero hizo una mueca de dolor, respiró hondo y volvió a recostarse contra las almohadas, mientras apretaba los dientes.

—Espera, déjame ayudarte. —Me acerqué, levanté sus hombros con cuidado y ajusté las almohadas hasta que dijo que estaba cómodo.

Y luego miré alrededor del cuarto para asegurarme de que estábamos solos.

—Has fastidiado mi sorpresa.

Me bajé la cremallera de mi jersey hasta la mitad, así podía ver la camisola de encaje negra y escotada que llevaba debajo. Pareció hacer un enorme esfuerzo para levantar su brazo de la cama, pero movió despacio la mano hasta la cremallera y la bajó hasta que mi jersey se abrió del todo. Tomó un pedazo de tela entre su pulgar y su dedo índice.

—He echado a perder nuestra noche juntos.

Me acerqué para besarlo. Tenía un olor agrio, como a medicamentos en vez de a menta. Pero no me importaba.

—No has arruinado nada, habrá otras noches.

—Pero no habrá tortitas.

Solté una carcajada.

—Me aseguraré de que tengas tortitas cuando te despiertes.

—Me gusta que me hayas salvado la vida mientras usabas lencería. Eso es como si fueras una superheroína sexy.

Estuve a punto de corregirlo. Comencé a hacerlo. Pero luego no le encontré sentido. Está bien, Hannah lo había encontrado primero. Yo también estaba allí.

Me subí la cremallera de mi jersey y me senté de nuevo en la cama, a su lado.

—¿Tienes ganas de hablar de esto?

Justo antes de que su madre me dejara entrar a su habitación, me había dicho que él todavía podría estar en shock y que probablemente no querría hablar. Primero necesitaba dormir y curarse, me había dicho, y yo había estado de acuerdo. Pero Luke había pasado por una cirugía de casi tres horas, aislado en la Unidad de terapia intensiva otras dos horas, y tenía una fila de grapas que mantenían su estómago en su sitio. Así que si quería hablar, no lo detendría.

Dejó escapar un suspiro largo y pesado.

—No lo sé. No recuerdo demasiado. El doctor dijo que todo regresará a mí durante los próximos días, pero ahora es un puñado de escenas aleatorias e imágenes que no están en orden y no encajan juntas. Recuerdo que estaba en la fiesta de Shawn. Hablé con Ava. Recuerdo decirle a Dominic que me dolía mucho el costado y que pensaba que necesitaría una radiografía; creí que quizá me había fracturado una costilla o algo así. Pero incluso en aquel momento, no creí que algo estuviera *mal-mal*. Recuerdo haber recibido tu mensaje en el que decías que habías regresado a casa desde Los Ángeles, y en ese momento ya me sentía muy mareado.

—Entonces, ¿por qué fuiste a tu coche?

Me sonrió con sueño.

—Tú me estabas esperando.

Me di cuenta de que las drogas estaban haciendo efecto. Su cara estaba comenzando a relajarse y hablar le costaba más esfuerzo.

—Quería... despertarme contigo.

Probablemente debería haberlo retado por no haber ido directo a su casa, por no haberles pedido ayuda a sus amigos, y por no haber llamado a su madre. Debería haberlo mirado a los ojos y haberle dicho que había cometido un error, que nunca debería haber estado detrás del volante cuando casi no podía estar en pie, pero no pude decírselo.

—Luego no recuerdo más nada. —Sus párpados se cerraron un par de veces y me di cuenta de que estaba luchando para mantenerlos abiertos—. Luego de eso yo... yo... —Tartamudeó—. No sé cómo explicarlo. Tenía tanto dolor y de repente ya no. Se sintió... tan bien. —Sentí su mano relajándose en la mía—. No quería... irme del agua. —Decía cosas sin sentido. Arrastraba las palabras mientras sus párpados se cerraron.

Me acerqué más y le aparté el pelo de la cara. Sus rizos estaban ásperos y duros, no suaves como solían ser.

—Estás bien ahora. Pronto estarás afuera de aquí. Lo prometo. —Lo besé en la frente. Tenía gusto a sal—. Y me temo que estás en esto conmigo, porque no me iré de aquí hasta que tú lo hagas.

La bolsa de fluido amarrillo estaba casi vacía y su cuerpo entero parecía estar derritiéndose dentro de la cama. Su cabeza cayó hacia un costado, y dejó de luchar para mantener los ojos abiertos.

Me senté en el borde de la cama durante un largo rato, mirándolo. Parecía tan dulce, tan en paz y solo quería meterme en la cama a su lado, pero temía acercarme demasiado. Además, estaba tratando de que no me echaran y estaba segura de que al personal del hospital no le gustaría la idea de que los pacientes compartieran la cama.

En la esquina, había una silla bien grande tapizada en una tela escocesa de color verde y amarilla, y fui hacia allí y me dejé caer pesadamente. Me encogí como una pelota, metí las piernas dentro de mi jersey y cerré los ojos, mientras deseaba que la enfermera tuviera lástima de mí y me dejara quedarme por el resto del día.

Sentí el cansancio en todas partes, en mis manos temblorosas, en las respiraciones entrecortadas y en la pesadez en brazos y piernas. No veía la hora de cerrar los ojos, pero no podía posponer lo inevitable.

Le mandé un mensaje a Hannah.

Emory: Gracias por encontrar a Luke. Él estará bien.

A diferencia de lo que había hecho con los otros mensajes que había comenzado a escribir y había borrado durante los últimos dos meses y un poco más, esta vez presioné ENVIAR. Esperé y miré la pantalla para ver si aparecía una respuesta, pero no la hubo, así que dejé que mi cabeza reposara en la silla y cerré los ojos. Me imaginaba a Luke y a mí conduciendo a lo largo de la costa, con las ventanillas bajas, la música sonando a todo volumen y nosotros dos tomados de la mano. Mi boca sonrió mientras me quedaba dormida.

Hannah

Todo se sentía cálido. Y brillante. Busqué el edredón para ponerlo sobre mi cara y bloquear el sol, pero no lo pude encontrar. Cerré los ojos con fuerza y cambié de posición, lejos de la luz. Tomé aire y me retorcí cuando mi cerebro registró el olor. Limón. Amoníaco. Algo que parecía ser olor corporal y calcetines sucios. Abrí un ojo y me di cuenta de que todavía estaba en el coche de Luke.

Mi cuello estaba duro y la espalda rígida y solté un quejido mientras me retorcía en el sitio, miraba alrededor, tratando de encontrarle sentido a la noche. Y luego recordé por qué mis ojos estaban rojos e hinchados y mi garganta dolorida y seca.

Busqué mi teléfono en el asiento del acompañante. Había cuatro mensajes de mi madre, todos enviados a mitad de la noche, pero el que estaba arriba de todos fue el que llamó mi atención. Había llegado una hora antes, a las 06:43 a. m.

Emory: Gracias por encontrar a Luke. Él estará bien.

Coloqué mi pelo detrás de las orejas y me senté más derecha. Miré el teléfono.

—No —susurré, no porque no quisiera que fuese cierto, sino porque no podía creer que lo fuera. Lo leí otra vez. Y otra vez.

Él estará bien.

Estaba a punto de escribir una respuesta cuando mi teléfono sonó y una foto de mi madre apareció en la pantalla. Atendí enseguida.

—¿Es cierto? —pregunté.

—Sí, así parece. —Se rio mientras lo decía, como si no pudiera creer en sus propias palabras, y luego fue directo a los detalles. Hablaba rápido y usaba palabras como *transfusiones de sangre* y *cirugías* y *grapas,* pero aunque me esforzaba, no podía comprender. Todos esos detalles se escabullían por mi mente como agua entre los dedos.

Luke no estaba muerto.

Estaba vivo.

—Te habría llamado hace un par de horas, pero era todo tan «momento a momento», que no quería que te ilusionaras demasiado —dijo—. Pero una vez que cambiaron su estatus de crítico a estable, tenía que decírtelo.

—¿Él está bien? —Todavía no le creía.

—Emory está con él ahora —dijo.

Apenas escuché su nombre, recordé haber leído la tarjeta que Luke le había escrito y que mi corazón se había roto en mil pedazos por ella.

—Dile que estoy en camino.

—Hannah, espera —dijo mi madre. Pero corté antes de que terminara la frase.

Corrí hacia adentro para darle la noticia a mi padre y casi no tuve tiempo de cambiarme y ponerme vaqueros y una camiseta limpia, antes de que me llamara desde la cocina con dos tazones, uno con café fresco y el otro con té caliente.

El hospital estaba solo a seis calles, pero él condujo en silencio y en mi cabeza, yo ensayaba qué le diría a Emory.

Lo siento. Lo siento por lo que has escuchado. Por no defenderte. Por lo que dije. No me expresé bien. Por favor. Ya no puedo soportar estar peleada contigo.

Diez minutos más tarde, mi padre aparcó en el aparcamiento del hospital. Encontró un sitio libre cerca del frente y apenas detuvo el motor, salí como un rayo del coche. Mi padre venía detrás.

Adentro encontramos a mi madre sentada sola en la sala de espera. Nos dijo que la madre de Emory había ido a su casa para buscar ropa limpia para su hija y que la familia de Luke se acababa de ir también para buscar sus cosas y llevarse su coche. Emory todavía estaba con Luke, pero él estaba fuertemente sedado, así que era probable que siguiera durmiendo durante las próximas horas.

—¿Puedo verlo? —pregunté.

—Solo la familia —dijo mi madre—. Tampoco me han dejado pasar a mí.

—¿Pero sí a Emory?

Por un momento ella dudó.

—Los padres de Luke dijeron que ella era de la familia.

—Pero necesito verlo. —No precisaba horas, ni siquiera minutos. Necesitaba un segundo, dos como mucho, para probarme a mí misma que estaba vivo y reemplazar en mi cabeza esa imagen horrible por una nueva que no me persiguiera el resto de mi vida. Debía ver su pecho subir y bajar, y el color de nuevo en sus mejillas y sus dedos relajados en vez de cerrados y acalambrados.

Y necesitaba ver a Emory.

—Debo hablar con ella.

—Este no es el momento adecuado, Hannah.

Se me hizo un nudo en la garganta.

—¿Emory te ha dicho eso?

No parecía saber cómo responder a eso.

—No, pero está concentrada en Luke ahora. Por favor confía en mí. Tú y Emory tenéis mucho que solucionar, y lo haréis, pero no aquí, no ahora. —Me apretó las manos un poco más fuerte—. Ella volverá cuando esté lista. Necesita espacio.

—Le he dado espacio. No le quiero dar más espacio. Emory me necesita. En especial ahora.

—Ella volverá —dijo mi madre.

Yo no estaba tan segura de eso, ya no. Recordé el día en que había regresado de la iglesia y había encontrado a Emory temblando y caminando en mi cuarto. Me había contado lo ocurrido y yo había ido derecho a la sala a buscar a mi mi madre, aunque Emory me había rogado que no lo hiciera. Ella no estaba allí, pero mi padre sí, así que lo había llevado a mi cuarto. Cuando entramos, Emory se había ido.

—¿Por qué estaba mal? —preguntó él.

No sabía cómo decírselo. Comencé diciendo: «Hay un chico». Y ahí me cortó y me dijo: «¿Otra vez?». Mi padre puso los ojos en blanco y dijo: «Mira, sé que es tu mejor amiga y todo eso, pero ella ha cambiado. No estoy seguro de que esa amistad te convenga demasiado, ¿entiendes?». Y yo dije: «Lo sé».

No la defendí. Estuve de acuerdo con él.

Y Emory había escuchado todo.

Y luego lo empeoré. Ella me dijo que yo era una maldita oveja. Y le dije que quizás mi padre tenía razón, que quizá no debíamos ser más amigas.

—¿Me has escuchado, Hannah?

Mi cabeza me forzó a volver a la realidad.

—No. Perdón.

—He dicho que hay una capilla pequeña que parece bonita, justo a la vuelta de la esquina. —Señaló hacia un hall que estaba muy limpio—. Camina hasta el final, luego dobla a la izquierda y sigue los letreros. Si pasas por el patio, es que te has ido demasiado lejos.

No me moví.

—Ve, cariño. —Me envolvió con su brazo y apretó—. Te servirá.

En realidad, sonaba bien. Familiar. Me enderecé y me alejé, aturdida. Seguí las instrucciones de mi madre hasta que vi un letrero que decía «Capilla Interreligiosa» sobre una puerta de madera blanca. Tiré del picaporte y entré.

Sentí como si hubiera dejado atrás un mundo para entrar a otro completamente nuevo. En el lugar reinaba la paz y el silencio, muy distinto a los gritos agudos de los bebés y a los ruidos del noticiero de la sala de espera. Las paredes estaban pintadas en verde claro, y en cada una de ellas había fotografías enmarcadas de escenas de la naturaleza. La alfombra era de tono tierra y era suave debajo de mis pies, a diferencia del austero piso blanco e institucional de la entrada del hospital. Había olor a lavanda y a vainilla.

Había tres filas de bancos de madera oscura alineados a cada lado del pasillo angosto. Seguí el camino hasta el frente de la estancia, donde había una amplia repisa de madera, con pequeñas velas blancas.

Entre cada vela había textos religiosos. Una Santa Biblia. El I Ching. El Corán. La Biblia Hebrea. El libro de Mormón. El Tao Te Ching. El Gurú Granth Sahib. El Kojiki. El Libro de los Ritos. Hasta había un libro de meditaciones zen y otro de frases de personas famosas. Cada uno estaba colocado en una pieza de seda azul claro que lo protegía y lo exhibía como si fuera especial e importante.

Uno por uno sostuve cada libro en mis manos y me tomé el tiempo para admirarlo. Pasé el dedo sobre las portadas, disfrutando cómo sentía las letras en relieve sobre mi piel antes de abrirlo y de pasar por sus páginas delgadas. Estudié los bordes dorados y los escritos que parecían místicos y aunque no podía leer las palabras, pensé que la escritura era hermosa.

El último que levanté fue un libro de meditaciones Zen. Era más pequeño que los otros, con una simple portada roja. Pasé las páginas, echándoles una ojeada como había hecho con los otros. Justo al comienzo, vi una página que decía: «La mente del principiante». Describía los beneficios de la meditación diaria e incluía una lista de instrucciones. *Siéntate cómodo.* Así comenzaba el texto.

Miré alrededor. Estaba completamente sola. Caminé hacia el primer banco y me senté. No era demasiado cómodo, pero al menos me sentía segura. Pensé que si mis padres entraban podía murmurar un rápido *amén* y no pensarían nada raro de eso. Traté de cambiar de posición, doblando las piernas debajo de mí, como la ilustración mostraba, pero el banco era muy angosto.

Observé el lugar otra vez. Había un punto en el suelo, justo al lado de una de las velas, que parecía perfecto, así que llevé el libro de meditación y me senté con las piernas dobladas. Abrí el libro frente a mí y leí.

Presta atención a la respiración, decía. *No la fuerces. Respira normalmente. Presta atención a cada inhalación. Y a cada exhalación.*

Comencé a respirar, adentro y afuera, despacio, regular.

Los pensamientos llegarán, decía. *Está bien. Préstale atención a cada pensamiento y luego déjalo ir.*

Mis ojos se cerraron. Respiré hacia adentro y hacia afuera. Y traté de que los pensamientos entraran y salieran de mi mente, pero eran incesantes. Cuanto más trataba de visualizarlos y dejarlos ir, más parecían venir a mí y multiplicarse ante mis ojos. Y luego hubo uno que no pude ignorar: *¿Qué pasaría si mi madre entrara y me viera así?*

Abrí un ojo y miré hacia la puerta. Estaba cerrada, y todavía estaba sola en la capilla. Leí la página en busca de consejos.

Elimina las distracciones. Silencia tu teléfono. Cierra la puerta. Coloca una alarma y asegúrate de que nada se interponga entre tú y estos diez minutos.

Tomé mi teléfono y le mandé un mensaje a mi madre:

Hannah: Tenías razón, este lugar es agradable.
Hannah: Regresaré en quince minutos. Necesito estar sola.

Contestó casi de inmediato.

Ma: Tómate tu tiempo. Estaremos en la sala de espera.

Apagué el tono de llamada y regresé a la posición. Piernas dobladas. La espalda derecha. Las manos cómodas apoyadas sobre las piernas. El mentón para adentro. Los ojos cerrados. Respirando hacia adentro. Respirando hacia afuera. Respirando hacia adentro. Respirando hacia afuera. Mirando los pensamientos flotar sin rumbo. Sintiéndome frustrada cuando no me los podía sacar de encima.

Sentí un nudo en la garganta cuando pensé en Luke, afuera, frío, con la mejilla pegada a su volante. El estómago se me hizo un nudo cuando recordé el pánico en la cara de mi padre. Cada vez que pensaba en cómo Emory me había dicho que no me necesitaba y se había alejado, sentía ganas de llorar.

Debía haber estado haciendo algo mal, porque todo mi cuerpo temblaba y mi mente estaba tan silenciosa como una pista del aeropuerto de Los Ángeles.

Pero insistí. Y después de un tiempo, me di cuenta de que los pensamientos venían más lentamente y mi cuerpo no reaccionaba de la misma manera.

«Inhala», me dije. «Exhala. Concéntrate en tu respiración».

Sentí una pequeña sonrisa de alivio formándose en mi cara. La próxima respiración fue un poco más profunda, un poco más lenta. La miré, simulé que podía verla flotar en un círculo a través de la nariz y salir por mi boca.

Los pensamientos llegaban y se iban y yo los veía. Estaban allí todavía, pero parecían menos importantes ahora, más como pequeñas nubes que como una gran tormenta de mal agüero.

Y luego sonó la alarma.

Abrí los ojos y miré alrededor. No me sentía como una persona distinta, pero me sentía un poco más tranquila. Era bonito.

Tomé una foto de esas dos páginas antes de devolver el libro a su sitio en la repisa de la chimenea, por si quería intentar meditar otra vez.

Mientras caminaba de regreso a la sala de espera, pensé en lo que mi madre me había dicho antes, de que debía darle espacio a Emory y dejar que ella fuera a mí cuando estuviera lista para hablar. Parecía imposible, pero en el fondo, sabía que ella tenía razón.

Emory
Día 283, faltan 154 días.

Cuando pisé el corredor sentí que todas las cabezas se giraban hacia mí. En circunstancias normales, hubiese disfrutado la atención, pero había pasado las dos últimas noches durmiendo en un sillón áspero en una habitación de hospital y aunque me había dado una ducha esa mañana, mi pelo todavía se sentía grasiento, mis ojos parecían haber recibido un puñetazo y no confiaba del todo en que mis piernas me llevarían de clase a clase.

—Todos me miran —dije, mientras ponía la combinación en la puerta de mi taquilla..

—Sí, tienes razón —dijo Charlotte, mirando a su alrededor—. Y… Tess y Katrhyn vienen hacia ti.

No quería hablar con los amigos de Luke sobre lo ocurrido el viernes por la noche. Estaba cansada de pensar en ello. Y sencillamente, estaba cansada. Necesitaba que pasaran tres horas de clase para llegar al almuerzo, porque el único lugar en el que quería estar era en el silencioso teatro, simulando ser Emily Webb, escapando a su mundo y bloqueando el mío.

—Emory, ¿estás bien? —Tess me rodeó con sus brazos y luego retrocedió, así Kathryn podía hacer lo mismo.

—Estoy bien. —Dominic estaba allí, rodeándome el cuello con sus brazos desde atrás.

—Lo siento mucho, Emory. —Me soltó y se lanzó a hablar de lo que había ocurrido durante el partido y del viaje en autobús de regreso a casa—. Luke decía que le dolía el costado y sentía náuseas, pero los médicos lo habían revisado en el campo y no habían encontrado nada malo. Dijo que quería que le hicieran una radiografía durante el fin de semana. Estaba convencido de que tenía una costilla rota.

—Parecía estar bien —dijo Tess—. Hablé con él en la fiesta, y creo que parecía algo... mareado. —Tess dejó de hablar y me di cuenta por la expresión en su cara de que quizás había malinterpretado los hechos de esa noche.

—Se sentó mucho tiempo en el sofá —agregó Kathryn—. Estaba medio... pálido. Le pregunté si estaba bien y me dijo que estaba esperando que tú regresaras a tu casa. Parecía un poco como ido, supongo, pero...

Recordaba eso. Tyler, Charlotte y yo estábamos en el coche de regreso a casa, cuando Luke me había mandado un texto diciendo que se encontraba mal. Le dolía el estómago. Estaba mareado. Le dije que no pasaba nada si se quería ir a su casa, pero insistió en verme.

—Si hubiese sabido, lo habría llevado a casa —dijo Dominic.

—Todos habríamos hecho algo, lo juro.... —agregó Katrhyn, mirando a Dominic y a Tess para que la apoyaran.

—No teníais forma de saber lo mal que estaba —dije—. Luke tampoco lo sabía.

Repitiendo las palabras de la médica, expliqué qué había ocurrido. Les dije que el golpe que Luke había recibido durante el partido había dejado una pequeña perforación, casi microscópica en su bazo que nadie hubiese podido detectar sin una resonancia magnética. Les conté cómo su abdomen se había llenado lentamente de sangre mientras estaba en el autobús y en la fiesta. Cómo, cuanto más se había movido, el cuadro se había agravado y su presión sanguínea había descendido.

—El equipo de lacrosse tiene algunas tarjetas y cosas para él —dijo Dominic—. El entrenador está organizando una visita al hospital después del instituto.

—Eso le encantará.

El cuarto de hospital de Luke ya parecía como una tienda de flores que había explotado dentro de una fábrica de globos, pero no le iba a decir eso a Dominic.

—Está fuera de cuidados intensivos y lo han pasado a una habitación normal, así que puede recibir visitas. La idea es dejarlo ir mañana por la mañana y con suerte, regresará al instituto el próximo lunes.

—Escuché que no te has movido de su habitación durante todo el fin de semana —señaló Tess, cambiando de tema.

Puse los ojos en blanco.

—Una enfermera estaba ensañada conmigo. Intentó echarme como diez veces.

El timbre sonó.

—Nos tenemos que ir —dijo Charlotte, mientras hacía señas hacia nuestra clase de matemáticas con la cabeza.

—¿Nos vemos en el almuerzo? —preguntó Kathryn.

—No puedo —contesté—. Tengo ensayo de *Our Town*.

Tess volvió a abrazarme.

—Gracias por encontrarlo —dijo.

No lo había corregido a Luke unos días atrás y tampoco corregí a Tess.

Cuando el timbre del almuerzo sonó, corrí a toda velocidad hasta el teatro. No me detuve en la cafetería. Ni podía siquiera imaginarme comiendo algo.

Melanie y Tyler ya estaban en el escenario, ensayando su primera escena y cuando me vieron, los dos se detuvieron a mitad de la frase.

Cuando llegué al último escalón, la mitad del elenco estaba ahí, y se iban turnando para abrazarme y me hacían tantas preguntas que no llegaba a darme cuenta de quién me estaba preguntando.

—¿Cómo está Luke?

—¿Qué ha ocurrido?

—¿Estás bien?

Solté un bostezo.

—Luke estará bien. Y yo estoy agotada, pero bien.

—Deberías ir a dormir al cuarto del fondo —sugirió Melanie—. Te podemos despertar cuando sea la hora de ir a clase.

Mi cuerpo entero estaba débil y sentía mis ojos pesados. Sonaba bien eso de tirarme en ese sofá mullido y hundirme hasta el fondo en sus cojines de terciopelo verde, pero sonaba aún mejor estar con mis amigos en Grover's Corners, Nueva Hampshire, en 1901.

El escenario ya estaba preparado para el Acto Dos, había una gran plataforma que representaba la habitación de George y otra a poca distancia, que representaba la mía. Había dos escaleras altas entre ellas.

—¿Ensayamos la escena de los deberes? —sugerí, y el elenco se puso en acción.

Tiré mi mochila encima de la pila con las otras y subí a mi punto en la plataforma alta. Había practicado esa escena durante toda la semana, pero el diálogo era complicado, con muchas idas y vueltas y sabía que no lo dominaría hasta que Tyler y yo pudiéramos trabajar juntos en él.

Alcancé la cima y me senté con las piernas dobladas. Tyler se sentó en la otra plataforma, enfrente. Podía ver su guion en las manos, pero sabía que no lo necesitaba. Lo tenía a mano por si tenía que recordarme alguna línea.

Charlotte, que hacía de directora, se colocó en su marca y preparó la escena para el público. Mientras caminaba por el escenario iba diciendo sus líneas. Traté de no ponerme celosa de la actuación sólida que estaba realizando durante un ensayo totalmente voluntario e informal, en la hora del almuerzo.

Charlotte miró hacia Tyler y hacia mí y cambió a su voz normal.

—De acuerdo, ahora canta el coro y Simon Stimson dice sus líneas y luego... ¡comienza!

Tyler y yo nos sentamos, por separado, pretendiendo que hacíamos nuestra tarea escolar. Di la vuelta a páginas imaginarias y escribí con un lápiz imaginario. Y luego Tyler silbó.

—Emily —dijo Tyler, saludando con la mano.

—Ey, hola, George. —Solté un pesado suspiro—. No puedo trabajar para nada. La luz de luna es terrible.

Seguimos: hablaba uno, luego le contestaba el otro. Él me contaba sobre el problema de matemática con el que estaba luchando, y yo le daba pistas hasta que lo resolvía. Las líneas me salían fácilmente, hasta que hubo una pausa en el diálogo y era mi turno de retomar la conversación. Busqué dentro de mi cerebro, pero no encontraba mi línea por ningún lado.

Miré a Tyler y le pedí que me la recordara.

—Ensayo de coro —dijo.

—Claro. Lo tengo. Gracias. —La línea siempre me hacía pensar en Hannah e hice una nota mental para conectarla con ella, así no la olvidaría.

Medianoche. Coro.

Césped. Hannah.

Sacudí los hombros, me balanceé hacia atrás y hacia adelante, y me preparé de nuevo en mi sitio.

—¿Esta luz de luna no es *terrible*? Y está ensayando el coro. Creo que si contienes la respiración, puedes escuchar el ruido del tren hasta...

Volvió a ocurrir. No tenía idea de qué decir luego. Me caí otra vez sobre la plataforma y miré hacia las luces del escenario que colgaban por encima de mí.

—Nunca voy a aprender esto —dije, mientras mi brazo me tapaba los ojos.

Mi cerebro no parecía lo suficientemente grande como para manejar todo, la boda de mi madre, Hannah, las audiciones para entrar a la UCLA, las líneas de *Our Town*, y ahora Luke. No sabía cómo hacerlo.

—Ey. —De repente Tyler estaba al lado mío brindándome su apoyo con su mano en mi espalda. Debía haber subido hasta ahí arriba, pero no había sentido la plataforma moverse—. ¿Estás bien?

—No.

—Tú puedes con esto.

—¿Con qué exactamente crees que puedo? —pregunté—. No sé mis líneas, solo sigo haciendo perder tiempo a todos. ¿Y para qué? ¿El ensayo? ¿El tiempo en el escenario? A esta altura no me va a hacer entrar en la UCLA o a ningún otro lugar a decir verdad.

—Te das cuenta del mensaje de esta obra, ¿cierto? —preguntó Tyler.

—Claro. —Todavía seguía con el brazo en mis ojos—. Es sobre la vida en una granja, es sobre enamorarse y sobre ver morir a la gente que quieres. Así que, tú sabes, eso es maravilloso.

Ignoró el sarcasmo.

—Es sobre estar vivo. Sobre darse cuenta de todas las cosas pequeñas porque nadie sabe jamás si es la última vez que las verá.

Me recordaba a nuestros planes de verano. Nuestro *road trip*. Nuestro pacto de no pensar en el final de nuestra relación, para no perdernos el presente.

—Deja de pensar en lo que le ocurrió a Luke. Y en lo que *pudo* haberle ocurrido y lo que *casi* ocurrió. Él está bien. Está aquí. La vida sigue.

No me había permitido llorar. Ni una vez. No durante esas largas horas en la sala de espera con la señora J., cuando pensé que estaba muerto. No cuando la madre de Luke vino a decirnos que él estaría bien. No cuando finalmente lo vi, herido y roto y alterado y débil. No sé si fueron sus palabras o el cansancio o un combo de todo, pero cuando Tyler me atrajo hacia él y me abrazó con fuerza, enormes lágrimas comenzaron a caer por mis mejillas.

—Yo no lloro —dije en su hombro.

—¡Oh, eres una tipa dura!

Eso me hizo llorar aún más fuerte.

Pero tenía razón. Me aferré a la imagen mental de Luke y yo conduciendo por la costa, el viento cálido colándose por las ventanillas, los dedos de ambos, juntos, y descansando en la consola del centro.

Nos quedamos así durante un minuto y luego me sequé la cara y respiré profundo. Miré hacia abajo y vi a Charlotte de pie allí, mirándome con cara de preocupada como si no supiera si debía subir la escalera y unirse a nosotros o dejarlo solo a Tyler para que manejara la situación.

La saludé con la mano.

—Estoy bien —le dije. Luego miré a Tyler—. Ya he terminado. —Le di un beso en la mejilla—. Gracias, George.

—De nada, Emily.

Y luego me incorporé, me quité polvo imaginario de mis vaqueros y coloqué los pies en la marca.

—Comencemos de nuevo —grité al resto del elenco que estaba abajo.

Hannah

—Había planeado un sermón completamente distinto para la capilla de los lunes de esta mañana, pero lo guardaré para la semana próxima. Durante el fin de semana, algo terrible le ocurrió a nuestra familia, y luego ocurrió algo increíble.

Mi padre caminó por el escenario, se detuvo justo frente a mí y miró hacia abajo. Me veía bien porque las luces del escenario estaban tenues.

En un gesto de apoyo, Alyssa me rodeó con su brazo, sin quitarle los ojos de encima. Jack y Logan también lo estaban mirando y esperaban que continuara. Ya habían escuchado la historia; era de lo único que mi padre hablaba, pero ninguno tenía problema en volver escuchar la historia del chico que había muerto frente a la ventana de nuestra cocina.

—Todo comenzó con un vaso con agua. —Mi padre se detuvo en el medio del escenario—. Así es. Un vaso con agua. —Dejó sus palabras suspendidas en el aire—. Hannah no tenía motivo para dejar su habitación esa noche, excepto por el pequeño hecho de que tenía sed.

Él siguió. Les contó a todos cómo había abierto con valentía la puerta del coche, había ayudado a Luke a que se sentara, había tomado su pulso y había levantado su camiseta para ver su herida. Les contó cómo había corrido para solicitar ayuda y había llamado al 911, haciéndome quedar como una heroína racional, cuando en realidad había estado corriendo por todos lados, en pánico y temblando y descontrolada. Siguió explicando qué había ocurrido cuando había salido y él mismo había visto a Luke, que perdía sangre y oxígeno y casi no tenía pulso.

Me sentí enferma al revivir los detalles. Ya era lo suficientemente malo el hecho de que no pudiera dejar de pensar en la cara de Luke de aquella noche. En cómo su piel se había vuelto azul y sus manos habían comenzado a cerrarse y a ponerse rígidas. Al no tener ninguna imagen nueva con qué reemplazarla, esa era la que me había quedado en la cabeza. La que seguía viendo cuando cerraba los ojos. La que me despertaba varias veces por noche.

—Ese chico murió en mis brazos, mientras mi hija le sostenía la mano. Sé esto por encima de cualquier atisbo de duda. Se había ido, mucho antes de que la ambulancia llegara. Pero ocurrió un milagro. En esa ambulancia, respiró y su corazón empezó a bombear y el color regresó a sus mejillas. Y por lo que entendí, esa fue la parte sencilla, porque durante el resto de la noche, luchó con todo lo que tenía, a través de una transfusión de sangre y una cirugía de tres horas. El Señor decidió no llevárselo. Decidió darle una segunda oportunidad. No hubiese tenido esa segunda oportunidad si Hannah no lo hubiese encontrado. —Mi padre me miró y sonrió—. Luke está descansando en el hospital y nos dicen que estará bien.

Se escucharon varios *amén* desde todos los rincones de la capilla.

—La experiencia del viernes pasado me ha hecho pensar mucho sobre la muerte y sobre qué hay más allá de la vida que tenemos ahora —dijo, mientras apuntaba hacia el suelo con el dedo—. Cuando nuestro tiempo aquí se termine, todos estaremos cara a cara con Dios y deberemos decidir en qué creemos. Vosotros en esta sala... sois afortunados. Porque *sab*éis que este no es el final. Algún día iré al cielo. —Mi padre se sentó en el escalón, asintiendo despacio, mirando a los chicos del público—. Levantad vuestras manos si creéis que también iréis.

No me di vuelta para mirar, estaba segura de que cada mano en la sala estaba levantada. Pero la mía estaba donde había estado todo el tiempo, plana sobre mi pierna, mi palma presionada en mi muslo, tratando de mantenerme en silencio y quieta. Pensaba en todo lo que me habían dicho mientras crecía y en todo lo que había leído la otra noche. Los científicos más importantes del mundo no creían que el paraíso existiese. Las religiones principales del mundo ni siquiera podían ponerse de acuerdo de que existiera. Algunas creían en la reencarnación, otras en una vida opulenta después de la muerte, y otras ni siquiera tocaban el tema del paraíso porque su foco estaba enteramente en la vida, no en la muerte.

Quería levantar la mano, como hubiese hecho con ganas una semana atrás, aferrándome a la respuesta más sencilla, la que había creído durante toda la vida, pero no podía hacerlo. Ya no sabía en qué creía.

Mi padre estaba muy seguro de que lo que había ocurrido aquella noche estaba destinado a ocurrir. Estaba seguro de que cuando Luke se había detenido frente a mi casa, Dios me había llevado al fregadero de la cocina en ese momento exacto. Estaba seguro de que si Luke no hubiese sido atendido en esa ambulancia, estaría en el cielo mirándonos hacia abajo y dándonos las gracias por haber salvado su alma.

¿De dónde salía su certeza? ¿Dónde había ido a parar la mía? No quería dudar más, no luego de lo que le había ocurrido a Luke, pero era demasiada información para procesar. Más de lo que mi cerebro podía procesar. Quería *saber* de nuevo. Quería que las preguntas desaparecieran así podía estirar mi brazo hacia arriba y creer de nuevo. Pero era como si mi mano hubiera estado pegada a la pierna.

No podía sentarme allí ni un segundo más. Busqué mi mochila y caminé con rapidez hacia la puerta. Cuando estaba en el vestíbulo vacío, me giré lentamente, intentando descifrar cómo había llegado hasta allí y adónde podía ir. Todas las aulas estaban cerradas durante el Servicio de los lunes. La biblioteca aún no estaría abierta. El coche estaba cerrado con llave. Luego miré por encima de mi hombro y vi las escaleras que llevaban al palco, fui derecho hacia ellas y subí de dos en dos.

Cuando llegué al final, me tiré en el banco del fondo. Todavía podía escuchar a mi padre hablar, así que saqué los auriculares del bolsillo del lado de la mochila, los conecté a mi teléfono y lo encendí. Estaba abierto en la sesión de meditación que había estado escuchando al quedarme dormida la noche anterior.

—Concéntrate en la respiración —decía. Y así lo hice. Puse mis manos en ambos lados, las palmas hacia arriba, y dejé que mi cabeza cayera para adelante. Seguí las instrucciones, respirando por la nariz y soltando el aire por la boca, prestando atención a cada inhalación y exhalación.

El sermón debía haber terminado. Podía escuchar a Aaron tocando la guitarra y a la gente cantando junto a él. Y luego escuché que sonaba la campana. Pero no me moví. Quería esconderme en el palco todo el día e ignorar mis clases y a mis amigos y todo lo demás. Quería olvidarme de todo lo que había ocurrido durante los últimos tres días y aclarar mi mente.

Debían haber pasado unos diez minutos. Quizás un poco más. Dejé de pensar en el tiempo y en la muerte y en las dudas y en todo. Y por un momento, lo sentí. Ya no estaba luchando contra los pensamientos. Mi mente estaba totalmente en silencio. Yo estaba quieta. Se sentía increíble, como si mis huesos se hubieran ido y mi cuerpo entero estuviera lleno de helio. Me vi a mí misma elevándome del banco, flotando por el borde del palco y desplazándome por encima de toda la capilla como un globo perdido.

—¿Estás bien? —Abrí los ojos y vi a Aaron sentado a mi lado.

Era una pregunta simple, pero no sabía cómo responder. Estaba bien y no lo estaba. Me quité los auriculares y los dejé caer sobre mi falda.

Señaló la cabina de sonido, con su dedo pulgar.

—¿Quieres hablar?

Asentí. Por lo menos allí habría silencio.

Esperé mientras maniobraba con la llave en el cerrojo y abría la puerta con cuidado. Y luego ambos nos deslizamos adentro y fuimos derecho a las banquetas frente al monitor de la computadora, como si fuera nuestro lugar.

Aaron no dijo una palabra. Se sentó con sus manos en las rodillas, inclinado hacia mí, esperando que yo comenzara.

—Mi vecina, Emory, es actriz —conté—. Cuando estábamos en sexto grado, consiguió un papel en un programa de televisión. Solo grabaron el piloto y dos episodios, antes de que lo cancelaran. Después de eso, cada vez que mirábamos televisión juntas, me contaba todo lo que ocurría detrás de cámara. Me señalaba errores en la ambientación que nadie hubiera notado y me advertía que los actores debían estar sentados al costado, jugando con sus teléfonos o durmiendo una siesta hasta que llegara su turno de entrar a escena. Me dijo que no podría ver la televisión de la misma manera nunca más. La magia se había terminado.

Aaron asintió, pero no dijo nada.

Miré a través de la ventana de la cabina. Abajo, el escenario estaba vacío.

—Mi padre se ha colocado allí y ha contado lo que ocurrió el otro día, como si fuera un gran milagro, pero nunca mencionó nada de los paramédicos, de cuando lo entubaron, de los medicamentos que inyectaron en el brazo de Luke o de las paletas que le pusieron sobre su pecho cuando se lo llevaron en la ambulancia. Solo habla de magia. Como esos programas de televisión, en los que todo pasa por la historia en escena y nunca por lo que ocurre fuera de ella. Él está a cargo de lo que la gente ve y escucha. Y ven y escuchan lo que él quiere que ellos vean y escuchen. Me siento Dorothy en *El mago de Oz* —continué—. Como si estuviera corriendo la cortina y me enterara de que todo lo que pensaba que era grande, brillante y real es en realidad solo un hombre orquestando todo con algunas palancas y máquinas de sonido. —Hablaba rápido, como si tuviera miedo de no poder terminar si paraba—. No es que yo crea que mi padre miente. No miente. Él cree en todo lo que dice. Y si esto hubiese ocurrido unos meses atrás, yo también lo habría creído. Hubiese amado la historia que él ha contado. Hubiese estado en la primera fila y me hubiese sentido bendecida como una santa por haber sido elegida por Dios para ser parte de un milagro. Pero ya no lo veo de esa manera.

Aaron no me dejó de mirar en ningún momento.

Me peiné con los dedos, mientras ordenaba mis ideas.

—No quiero sentirme de esta manera. Me gustaba la magia. Me gustaba el show.

—Lo lamento —contestó Aaron.

—No, esa es la cuestión, no lo lamento. Se siente bien tener curiosidad. Me gusta cuestionar. Me siento despierta. Pero también tengo miedo. Tengo miedo de que cada duda que tenga me arrastre lejos de mis padres y de la gente de la iglesia, como Alyssa, Logan, y Jack y *tú*, que creéis con todo vuestro corazón, porque no estoy segura de estar cien por cien dentro ahora, ¿entiendes? Y eso es aterrador —dije, pero también era excitante. Me vi flotando alrededor de la capilla, sin peso y libre—. Me siento despierta. Tengo miedo de seguir abriendo puertas, pero tengo tanta curiosidad por descubrir qué hay detrás de ellas. Y ahora sé demasiado. No puedo regresar. No quiero hacerlo.

Cuando finalmente me detuve para respirar, me di cuenta de que Aaron tenía una gran sonrisa en su rostro.

—Sueno como una loca, ¿verdad?

—No. Suenas feliz.

—¿En serio? —Solté una risa nerviosa—. Creí que sonaba tan confundida como me siento.

—No suenas confundida para nada.

Tenía razón. No estaba confundida. Me sentía fuerte. Valiente. Viva. Roja.

Aaron se quitó la gorra y la colocó sobre el escritorio y me encontré siguiendo sus movimientos. Mi mirada se detuvo en su pecho, luego en sus hombros y en sus labios. Pensé en nuestro intercambio de mensajes el viernes por la noche y en todos los otros que habíamos tenido durante el fin de semana. Recordé la naturalidad con la que había tocado su pierna cinco días atrás.

Y después pensé en Alyssa o en Emory, las verdaderas pelirrojas osadas, y dejé que mi mano se deslizara por su rodilla. Y esta vez no se echó atrás.

Lo miré por debajo de mis pestañas.

Esperé que se moviera.

Esperé que quitara mi mano de su rodilla.

Esperé que hiciera algo o dijera algo, *cualquier cosa*, pero seguía mirándome, con esa expresión en la cara que yo no lograba descifrar.

Y luego las comisuras de sus labios se elevaron levemente, fue algo fugaz, pero lo vi.

Me deslicé desde la banqueta y él separó las piernas, como si quisiera que yo me colocara entre ellas, y lo hice. Me acerqué, y dejé que mi mano trazara un sendero por su pierna y su cadera. Lo escuché contener un suspiro. Y luego sentí su mano en mi espalda.

Pensé en Alyssa y en cómo me odiaría para siempre si supiera lo que estaba ocurriendo. Pero no me detuve. Y luego pensé en Beth y en qué horrible era yo por dejar que eso pasara. Pero tampoco me detuve. Porque no quería hacerlo. No podía recordar una sola vez en mi vida en que hubiera hecho algo tan malo, algo completamente egoísta, solo porque *quería* hacerlo. Lo sentía... liberador.

Y sabía, en el fondo, que él evitaría que ocurriera. Me moví despacio, esperando que me detuviera. Pero no lo hizo. Y luego su boca estaba justo ahí, a un centímetro de la mía. Todavía no podía convencerme de besarlo. Pensé en Alyssa y en Beth y en el hecho de que él era director de mi coro, y en que debía odiarlo por quedarse los ahorros para mis estudios. Y Dios, ni siquiera podía pensar en qué diría mi padre si supiera lo que estaba ocurriendo aquí mismo, en *su iglesia*.

Y luego sentí las manos de Aaron en mi cintura, en mi piel, y no pude soportarlo más. No debería haber hecho eso, pero lo hizo. Y no debería haberme inclinado para besarlo, pero lo hice.

Al principio sus labios eran una línea dura entre los míos, y empecé a alejarme, pero luego se suavizaron. El beso fue tierno y dulce. Luego separó los labios y también lo hice yo, y todo cambió completamente.

Sus dedos estaban debajo de mi blusa, trazando la curva de mi cintura y me tocaba como si se hubiera imaginado haciendo eso antes. Lo cual me pareció gracioso ya que yo no me había imaginado que algo de eso pudiera ocurrir. Era la primera cosa espontánea que hacía en la vida.

Me acerqué y abrí la boca un poco más, mientras ignoraba el latido de mi corazón y mis piernas temblorosas, y lo besé aún más fuerte. Pero luego sentí sus manos en mis hombros, apartándome gentilmente.

—Lo siento —susurró.

Di dos pasos hacia atrás y coloqué los dedos en mis labios. Ya lo echaba de menos.

—No debí haber hecho eso —dijo, respirando rápido—. No sé en qué estaba pensando, Hannah. Lo siento. Esto no volverá a ocurrir.

Mi corazón se hundió en lo profundidad de mi pecho. Yo quería que volviera a pasar. Deseaba que siguiera pasando. Pero todo lo que pude decir fue:

—Está bien. En serio.

—No, no está bien. No lo entiendes.

No desvié la mirada.

—¿Qué es lo que no entiendo?

—No puedo. No aquí. No contigo.

Todo en mi vida parecía estar fuera de eje. Todas las cosas que daba por ciertas ya no sabía si eran ciertas. Pero esas horas con Aaron, filmando el vídeo, editándolo en la cabina de sonido, mandándonos mensajes por la noche, tarde, en una clara violación al código tácito entre profesor y alumno, todo había sido divertido y lo sentía como algo bueno. Estar con él me hacía sentir bien, en todos los sentidos. No podía recordar el momento en que había querido besarlo, pero no me imaginaba *no* queriendo hacerlo.

—Por favor, bésame de nuevo. —Me sorprendí al decirlo en voz alta, pero me sentí aliviada de haberlo hecho.

Ninguno de los dos se movió, por lo que fue un minuto entero. Y luego bajó el dedo suavemente por mi espalda. Sentí escalofríos en todas partes. Se acercó.

—¿Hannah? —Hubo un golpe fuerte en la puerta de la cabina de sonido. Al otro lado escuché la voz de mi padre—. ¿Estás allí?

Aaron apartó la mano y yo salté hacia atrás. Giró con su banqueta frente al ordenador y agarró el ratón, como si todo ese tiempo hubiese estado trabajando.

—Aquí. —Mi voz temblaba y mis manos también, mientras iba hacia la puerta. No había forma de que pudiera salirme con la mía, mientras abría el picaporte, sentía mi corazón latir.

—Hola. —Sonreí.

Mi padre me miró.

—¿Qué haces aquí arriba?

Señalé hacia los ordenadores.

—Aaron me estaba mostrando todas las respuestas a nuestros vídeos.

Las palabras sonaban ridículas. No había manera de que pudiera creerme. Mi cara debía estar completamente ruborizada, y Aaron seguía mirando a mi padre y me miraba a mí y se lo veía culpable.

—Te has ido de la capilla, y quise asegurarme de que estuvieras bien.

—No me he ido... estaba... —Tartamudeé, intentando encontrar palabras que tuvieran sentido.

—Está bien —dijo él, interrumpiéndome—. No debería haberte puesto en el centro como lo hice. Sé que ha sido traumático para ti. No debería habérselo contado a todos. Debería haberte dejado decidir y hablar cuando estuvieras lista.

Me abrazó. Mientras lo hacía, miré a Aaron, preguntándome si estaríamos pensando lo mismo.

Mi padre no habría estado orgulloso de ninguno de los dos si hubiera sabido lo que acabábamos de hacer... o lo que estábamos por hacer de nuevo antes de ser interrumpidos.

¿Qué le diría a Alyssa? ¿Qué le diría Aaron a Beth?

—No hablaré más de ello, ¿de acuerdo? A menos que tú quieras. —Mi padre me besó en la frente.

—Sí, gracias —dije, limitando las palabras para que no se diera cuenta de que me temblaba la voz.

—Ve —dijo, señalando a la puerta—. Llegas tarde. Ve a clases.

Mientras iba hacia la puerta, levanté la mano en dirección a Aaron.

—Hasta luego —saludé.

—Nos vemos —contestó.

Emory

Día 284, faltan 153 días.

Después del ensayo del martes, Tyler me dejó en la casa de Luke. Me bajé del coche, caminé hacia los escalones y abrí la puerta principal.

—¡Hola! —dije, mientras dejaba mi mochila al lado de una pila de zapatos.

Estaba ansiosa por ver a Luke en su propia habitación, en su propia cama y sin esa horrible bata de hospital y de nuevo en esos jersey destruidos de Denver que tanto amaba.

—¿Emory? —La señora Calletti vino desde la cocina, limpiándose las manos en su delantal, y parecía sorprendida de verme.

Me sentí como si hubiera ido a una fiesta la noche equivocada.

—Oh... Hola. Luke dijo que tenías un ensayo importante después de la escuela y que no ibas a poder venir a cenar con nosotros esta noche.

Había mencionado que tendría un ensayo hasta tarde, y Luke había dicho que no tendrían cena familiar de todos modos, porque le habían dado instrucciones precisas de quedarse en cama durante los siguientes dos días. Pero nunca me había dicho que no fuera, y yo nunca había dicho que no lo haría. No había faltado a una noche de Calletti *Spaghetti* desde que Luke y yo habíamos empezado a salir.

—Pero es martes.

Sonrió.

—Bueno, estoy muy contenta de que estés aquí.

Pensé que iría de nuevo a la cocina, pero se me acercó.

—Llegamos a casa esta mañana. Creí que estar en su propia cama lo pondría de buen humor, pero todavía está raro. Casi no come. Se ha pasado todo el día viendo películas en su portátil. Intento hablar con él, pero me dice que lo deje tranquilo y lo deje dormir. Y eso es una mentira, porque sé que no está durmiendo. Creo que casi no ha dormido desde el accidente.

No había sido un *accidente*, pero a mí tampoco se me ocurría una mejor forma de llamarlo.

—Estará contento de verte. Ve arriba. La cena estará servida en veinte minutos.

Regresó a la cocina mientras yo comenzaba a subir las escaleras.

En general pasaba rápido junto a las fotos familiares que había en las paredes, pero esa noche fui más despacio, estudiándolas mientras subía. Me detuve más en las de Luke en jerséis en distintos momentos de su vida, hasta llegar a las de su infancia. Tenía los mismos labios carnosos y rizos oscuros en un cuerpo más pequeño, mientras sonreía y agarraba un palo de lacrosse.

Toqué a su puerta. Nadie contestó, así que la abrí.

—¿Estás presentable? —susurré. No hubo respuesta.

Cuando entré, lo vi. Estaba sentado en su cama con la espalda apoyada sobre las almohadas, viendo algo en su portátil. Su pelo se veía igual de apelmazado que en el hospital. Sus ojos estaban enrojecidos y las ojeras estaban aún más pronunciadas.

Cuando me vio, tiró del cable de los auriculares y cerró el portátil de un golpe.

—¿Qué haces aquí? —preguntó. Se sentó más derecho e hizo un gesto de dolor, como si por un momento se hubiera olvidado que hacerlo le resultaba doloroso.

Le clavé la mirada.

—Qué bien verte a ti también —dije, irónicamente.

—Estoy contento de verte, es solo que... quiero decir... creí que no vendrías. —Miró su cama y luego volvió a mirarme—. De haber sabido que vendrías me habría lavado un poco. Acabo de llegar a casa. Todavía huelo a hospital.

Su madre me había dicho que habían regresado del hospital por la mañana, pero no se lo dije. Me senté en el borde de la cama con una pierna debajo de la otra.

—No me importa. —Me acerqué y lo besé—. Solo soy yo.

—No eres solo tú. —Tomó un mechón de mi pelo y jugó con él entre sus dedos.

—Te traje algunas cosas para alegrarte. —Metí la mano en mi mochila y saqué una bolsa plástica—. Periodismo barato —dije, mientras tiraba dos revistas sobre su cama—. Así te puedes poner al día sobre los romances de los famosos y aprendes sobre lo que no hay que usar. —Volví a buscar en la mochila—. Sudoku. Esa fue idea de mi madre. Yo no sé cómo resolverlo, pero ella dice que es fácil y que mantendrá tu mente ocupada. —Volví a buscar, saqué unos libros y los tiré cerca de sus caderas—. Estos son algunos de mis favoritos. Este era un misterio muy bueno, y este —dije, levantado otro— lo leí en un día. No podía soltarlo.

Abrió la boca para decir algo, pero puse mi dedo sobre sus labios y levanté una ceja.

—No. Para. Hay más. —Di la vuelta la bolsa y dejé caer una cascada de Mentos que aterrizó con un suave golpe cerca de él.

Comenzó a reírse.

—¿Cuántos paquetes has comprado?

—Treinta y cuatro. Por el número de tu jersey. —Parecía una cosa bonita, algo que haría una novia, y pensé que lo valoraría, pero su cara cambió y de repente me di cuenta de lo que había hecho. Durante un tiempo no volvería a usar su jersey. Probablemente ya estaba afuera del equipo por esa temporada. Y podía no volver a ser el número treinta y cuatro nunca más.

Pero lo dejó pasar.

—Me encanta —dijo. Se sentó para besarme pero luego se detuvo en seco, agarrándose su costado—. Vas a tener que acercarte. Sentarme aún me duele. Y cuando me muevo y cuando respiro y cuando hago cualquier cosa. Me dicen que me sentiré mejor mañana, cuando me quiten las grapas.

Me acerqué y lo besé. Y cuando me alejé, señalé su portátil.

—¿Qué mirabas cuando entré?

Negó con su cabeza.

—Nada.

—¿Era algo porno? —Levanté una ceja.

Comenzó a reírse, pero luego se sujetó el costado e hizo un gesto de dolor.

—No —dijo en un quejido—, no estoy viendo porno. Lo creas o no y aún contigo sentada tan cerca de mí, es lo último que hay en mi mente.

Suspiré dramáticamente como si estuviera ofendida.

—¿Quién eres tú y qué has hecho con mi novio?

Inclinó su cabeza.

—Confía en mí, no quieres saber lo que estoy haciendo.

—Sí, quiero. Enséñamelo.

Dudó, pero luego dijo «Está bien», y, con cuidado, se movió para hacerme lugar. Me recosté a su lado y compartí la misma almohada, y descansé la cabeza en su hombro. Abrió su portátil y la colocó de manera que los dos pudiéramos ver la pantalla.

Había una foto de un chico con un jersey rojo y blanco, y con un balón en la mano. El titular decía: «Mariscal de campo muere por rotura de bazo». Fui con el ratón hacia abajo, leyendo la historia por encima. Y luego me di cuenta de que había docenas de pestañas abiertas. Con cuidado de no lastimarlo, me incliné y comencé a clickear en cada una. Aparecían títulos como «Jugador de lacrosse de instituto muere luego de desplomarse en el campo» y «Jugador de fútbol muere horas después de resultar herido en la cancha».

Había leído suficiente. Me estiré y cerré su portátil.

—¿Qué estás haciendo?

No contestó enseguida.

—No puedo parar de pensar en lo que ha ocurrido. Quiero hacerlo, pero no puedo. Esa noche entera y luego, después de... —Se detuvo.

—¿Cómo podría ayudarte leer sobre atletas que *han muerto*? —pregunté, mientras golpeteaba sobre su portátil—. En serio, hasta la pornografía hubiese sido mejor. —Me reí de mi propio chiste, pero ni siquiera intentó sonreír.

Recordé lo que Tyler había dicho la noche anterior.

—Deja de pensar en lo que ha ocurrido. Terminó. Estás a salvo y saludable, aquí, donde perteneces. Además, no puedes irte. Tenemos un trato. Lo sellamos con un apretón de manos.

—¿En serio?

—Sí, estaré aquí, firme a tu lado, hasta el 20 de agosto. —Me acerqué y lo besé—. Debemos ir a la fiesta de graduación y conseguir nuestros diplomas y me tienes que llevar de camping, Dios me ayude.

Me sonrió, pero no parecía de verdad.

—No estoy minimizando lo que te ha ocurrido, de ninguna manera, pero has salido con dieciocho grapas en tu pecho y puntos internos en tu bazo. Tu familia aún está aquí. Yo aún estoy aquí. Tus amigos están aquí. Te has quedado fuera de la temporada, pero te curarás y jugarás lacrosse de nuevo y todo esto será un recuerdo lejano. Podría haber sido peor, ¿no?

Él asintió pero no me miraba. Bajé la cabeza, intentando que se concentrara en mis ojos para descifrar qué le ocurría.

—Creo que puedes pasar tu tiempo pensando en lo que podría haber pasado —seguí— o puedes estar aquí feliz por ello. Yo estoy feliz de que estés aquí.

—Yo también —murmuró.

—Bien. —Lancé el portátil al pie de la cama, lejos de su alcance—. No más noticias. Juega a algún videojuego. Ve una serie completa en Netflix. Nada de porno de muerte. Nada de *verdadero* porno. ¿Puedes hacer eso por mí, por favor?

Me besó.

—Está bien.

Le sonreí.

—Y… ¿quizá también ir a darte una ducha rápida?

—¿Tanto huelo?

—Bastante. —Fruncí la nariz—. Además, creo que te hará sentir mejor.

No dijo nada. Tampoco se movió hacia el baño.

—¿Qué? —pregunté.

—Aún no he mirado la incisión.

—¿Ni un poco?

—Le eché una miradita cuando me cambié en el hospital esta mañana y casi vomito.

—¿Quieres que la mire yo primero? —Quizá había sonado demasiado entusiasmada—. No soy impresionable. En realidad me fascinan estas cosas.

Comencé a tirar de la sábana hacia abajo, pero me palmeó la mano.

—De ninguna manera.

Se estaba riendo y era de verdad. Era bueno ver un destello de él otra vez.

—Tienes razón —dijo—. Una ducha ayudará.

Lo besé. Sus labios no eran tibios y suaves como solían ser y deseé haber comprado cacao en la tienda antes.

—Tú date una ducha y yo buscaré los *spaghetti*. —Le di una palmadita en la pierna—. Y mientras cenamos en la cama, vamos a empezar a planear ese *road trip* que tienes en mente. Buscaremos en Internet los mejores lugares para acampar y donde haya la menor cantidad de insectos de aquí a Oregón. ¿No suena romántico?
—Mucho.
—Fiesta de graduación. Graduación. *Road trip*.
—¿Em?
—Sí.
—Te quiero.
Le di un beso rápido en los labios.
—Por supuesto que sí.
Bajé las escaleras con la sensación de que había hecho algo bien.
Era como si las cosas hubieran vuelto a la normalidad.

Hannah

Luke estaba de pie en mi porche.

Estaba acostumbrada a verlo borroso cerca de la ventana de mi habitación en la oscuridad, y la última vez que lo había visto, estaba doblado y sin vida en el asiento delantero de su coche. Nunca había esperado verlo aquí.

Llevaba la misma chaqueta deportiva que siempre usaba.

Parecía cansado, pero mejor. Limpio. Mucho más saludable que aquella noche una semana atrás.

—¿Luke? —Miré el porche buscando a Emory, pero estaba solo—. ¿Qué haces aquí?

—Hola, Hannah. —Movía sus llaves nerviosamente y miraba por encima del hombro—. ¿Puedo entrar?

Todavía no tenía ni idea de qué hacía en mi casa, pero abrí más la puerta y entró. Miré hacia abajo y vi mi uniforme escolar a cuadros azules y verdes, y deseé haberme cambiado de ropa al llegar a casa.

—Guau. Esto es extraño —dijo, mientras caminaba por la casa y miraba de arriba a abajo mientras íbamos de habitación en habitación—. Tu casa es exactamente igual que la de Emory pero invertida.

—Sí, todas las casas en esta calle comparten el mismo plano de planta. Son imágenes frente a un espejo.

Seguía mirando alrededor, absorbiendo todo.

—Su sala de estar está hacia allí. —Señaló hacia mi cocina—. Y su cocina está por allá —dijo, señalando mi sala.

Al decirlo, algo de la estancia le llamó la atención. Seguí su mirada hasta la enorme cruz de madera que colgaba sobre la chimenea. En la repisa debajo, vi mi foto escolar más reciente y un viejo retrato familiar de los tres.

Luke fue hacia allí.

—¿Ese es tu padre? —preguntó.

—Sí.

Lo observó durante un largo rato y me sentí aliviada de que ya no me mirara. Me dio tiempo para recuperar el aliento y pensar en algo para decir.

—Parece agradable —dijo Luke—. Me preocupaba.

—¿El qué? —pregunté.

—No saber cómo era su rostro.

No sabía qué responder a eso, así que empecé a acelerarme.

—¿Tú, esto... quieres algo para beber? Tenemos limonada, agua, leche... —Me di cuenta de que sonaba como si estuviéramos en algún tipo de cita de juegos para niños, así que agregué café, aunque yo odiaba el café.

—Estoy bien, gracias. —Miró alrededor otra vez—. ¿Puedo? —preguntó, señalando el sofá de la sala de estar.

—No, digo, sí, siéntate —balbuceé—. Por favor. —Jamás había estado sola con un chico en mi casa, menos con uno al que había visto morir en mi patio delantero.

Sacudió sus llaves de nuevo, se tranquilizó y las colocó en los bolsillos delanteros de sus vaqueros. Cuando se inclinó hacia adelante, hizo una mueca.

Gruñó y maldijo para adentro.

—Lo siento. Me han quitado las grapas hoy por la mañana, pero todavía estoy dolorido. Me sigo moviendo de esta manera, porque me olvido de cuánto duele.

Me senté en uno de los sillones frente a él.

—No imaginé que estaría tan nervioso. Pero es que... —Señaló hacia la casa de Emory—. Ella no sabe que estoy aquí.

—Oh —dije.

—Quizás te preguntes por qué estoy aquí.

Me mordí fuerte el labio mientras él pasaba los dedos por su pelo, y miraba la cruz encima de la chimenea. O quizás miraba otra vez nuestro retrato familiar.

—Al principio no lo recordé. Supuse que Emory había sido la que me había encontrado. Y cuando saqué el tema, ella no me corrigió. Pero supongo que es comprensible. —Cortó un hilo de sus vaqueros—. Pero ahora sé que has sido tú. Y tu padre, así que... supongo que solo... quería venir y daros las gracias a los dos.

Levantó la vista hacia la cruz de nuevo y luego volvió a mirarme.

—En realidad esa es solo parte de la razón por la que vine. Yo... medio que... necesito hablar con alguien. Quiero decir, no cualquiera. —Se enredó en sus palabras—. Necesito hablar contigo... sobre lo que me ocurrió aquella noche.

Por costumbre, tomé mi pequeña cruz de plata que colgaba de mi cuello y la sostuve entre mi pulgar y mi índice, apretándola hasta que sentí las puntas afiladas enterrarse en mi piel.

—¿Qué necesitas saber?

—Todo —suspiró—. Estos últimos días han sido tan extraños y esto va a sonar muy raro, pero por alguna razón creo que eres la única persona que lo entenderá.

—Ok...

—No sé por dónde comenzar —susurró.

Pensé en el truco que mi padre siempre usaba conmigo cuando tenía algo importante para contarle.

—Comienza con algo sencillo, como el día de la semana.

—Mmm, está bien. —Sonrió nervioso—. Era un viernes —dijo, y desde ahí las palabras parecieron surgir con más facilidad. Me habló sobre el partido, sobre cómo se había lastimado y sobre la fiesta—. Siendo honesto, no recuerdo haber decidido conducir hasta aquí. Supongo que estaba en piloto automático. —Respiró hondo y me clavó la mirada—. Esperaba que tú pudieras agregar lo que falta después de eso.

Cada vez que pensaba en aquella noche, me sentía mal del estómago. Todo estaba aún allí, los detalles frescos y escondidos en los recovecos de mi mente. Nos sentamos y se los conté. Le conté que estaba en la cocina y había visto su coche dirigirse hacia el cordón. Le conté que lo había visto adentro, desplomado sobre el volante.

Luego se quedó en silencio.

—¿Puedo enseñarte algo? —Metió la mano en el bolsillo, y de nuevo hizo muecas de dolor al sacar su teléfono. Abrió la pantalla en dirección a mí.

Estaba en pausa en un video de una chica de pelo corto, piel oscura y una cicatriz larga que comenzaba en su oreja derecha y terminaba cerca de su boca. Su nombre estaba en tipografía blanca y en mayúsculas, y se veía en la esquina izquierda de abajo de la pantalla: *Sienna, 19*.

Luke presionó la tecla *PLAY*.

—Hace tres años —comenzó ella—, mi familia y yo íbamos en coche a un restaurante local. Solíamos ir allí cada domingo por la noche. Mi padre conducía. Mi madre estaba en el asiento delantero. Mi hermana y yo estábamos hablando de un grupo que nos gustaba a las dos y mi madre se dio la vuelta para decir algo sobre ellos. Y eso es lo último que recuerdo.

Miré a Luke. Sus ojos estaban pegados a la pantalla.

—Más tarde la policía me dijo que un camión había pasado con luz roja y había chocado directo contra nuestro coche. Había golpeado contra el asiento del acompañante. El impacto mató a mi madre y a mi hermana. —Se detuvo e inhaló profundamente—. Mi padre y yo sobrevivimos. Yo estaba bien, más allá de esto —contó, mientras recorría con sus dedos una larga cicatriz.

Quería tomar su teléfono y poner PAUSA. No quería mirar. Era horrible.

—Estuve en coma durante tres días. Según el informe del médico, estaba inconsciente cuando llegaron. Y pude haber estado inconsciente en el sentido tradicional, pero por dentro, estaba totalmente presente, consciente en un nivel que nunca antes había experimentado. Yo estaba allí. Podía oír las sirenas y las voces mientras trataban de revivirme. Si alguna vez los volviera a escuchar, reconocería esas voces al instante.

Sienna miró hacia el lado, como si reviviera el momento. Y luego se inclinó hacia la cámara.

—Según el informe del médico, mi corazón se detuvo. Yo estuve clínicamente muerta por un poco más de dos minutos, y mientras lo estuve, pude decirles adiós a mi madre y a mi hermana. —Frunció los labios. Y luego una sonrisa lenta se extendió por la cara, haciendo que la cicatriz de su lado derecho se viera aún más pronunciada—. Esta experiencia cambió todo. Estoy contenta de estar viva, y sé que algún día veré a mi madre y a mi hermana de nuevo. Están esperándonos a mi padre y a mí.

El video terminó.

—¿Te parece que esto es loco? —preguntó Luke.

Y aunque yo había tenido mis propias dudas últimamente, saqué todo de mi mente y le dije lo que sabía que necesitaba escuchar.

—No, no creo que eso sea loco.

Fue como si la palabra *no* le hubiese dado el permiso que necesitaba para continuar. Buscó algo en su bolsillo otra vez, y sacó un pedazo de papel. Me lo dio y tan pronto como lo abrí, reconocí el logo de arriba de la hoja, por haberlo visto en la parte trasera de la ambulancia.

Despacho prioridad 1 a una residencia particular. Al llegar al lugar, hombre de 18 años encontrado inconsciente en asiento del conductor del coche. No responde a las preguntas. Sin respuesta a la estimulación dolorosa. Pulso no encontrado. Pupilas no reactivas. Piel fría, pulmones despejados y sin obstrucciones.

Paciente fue llevado a una camilla por EMTx2, reclinado en posición Fowler baja, con los pies elevados. El equipo comenzó el traslado. Miembro del equipo escuchó un sonido débil del paciente y comenzó reanimación con paletas.

Paciente revivido. Pulso: 80. Presión arterial: 60/30. Informe oral y escrito entregado y se le otorga el cuidado al personal del hospital.

—Los doctores dijeron que el cerebro solo puede aguantar tres minutos sin oxígeno, de otro modo, hay una alta probabilidad de daño cerebral permanente. Según todo lo que me han dicho, durante tres minutos estuve muerto.

Mis ojos seguían yendo a esa línea en el informe: *Pulso no encontrado*. Pensé en la chica del vídeo.

—¿Recuerdas qué te ocurrió?

Asintió.

—Sí, cada segundo.

Los dos nos quedamos callados. Ninguno parecía saber qué decir a continuación.

—¿Cómo fue? —pregunté con cuidado.

Pensó unos segundos.

—¿Alguna vez te has despertado luego de un sueño que parecía tan real que si cierras los ojos de nuevo puedes verte otra vez allí, pero cuando tratas de explicárselo a alguien nunca sale bien?

—Por supuesto.

—Fue así. Solo que cuando te levantas de un sueño como ese, sabes que fue un sueño. Esto pareció real. Sé que estaba en otro lugar, Hannah. Un lugar real.

—¿Cómo era? ¿Qué viste? —Necesitaba todos los detalles—. ¿Había un túnel? ¿Una luz intensa? ¿Gente que quieres esperando para darte la bienvenida el otro lado? —Era el tipo de detalles que había estado buscando, el tipo de cosas que probarían que yo tenía razón en creer en todo aquello en lo que había creído. Necesitaba saber más—. ¿Has intentado contárselo a tus padres? ¿A tus médicos?

—Más o menos. En el hospital, la enfermera dijo que había visto a muchas personas con muerte clínica y los que se despiertan siempre tienen una historia para contar. Dijo que cuando el cerebro no puede comprender algo, automáticamente llena los agujeros con imágenes aleatorias. Mis padres prefirieron un abordaje más científico. Mi padre dijo que lo que ves cuando mueres es solo el cerebro perdiendo oxígeno y comenzando a apagarse. Va juntando imágenes, pero nada de eso es real. Pero todo lo que ocurrió esa noche fue *real*. Fue tan real como la conversación que estamos teniendo ahora. —Sacudió la cabeza despacio—. Es raro. Yo nunca había pensado en qué ocurre cuando morimos. No hasta cinco días atrás. Y ahora… —Se detuvo—. Ahora no sé cómo dejar de pensar en eso. Algo raro me ocurrió aquella noche y no he sido capaz de explicárselo a alguien. —Cerró los ojos—. Yo estaba aquí, pero no estaba aquí. Escuché la voz de tu padre. Se escuchaba lejana, pero podía escucharlo hablar. Y luego todo desapareció. Y ya no me sentí más atemorizado o solo. Como si estuviera listo para irme. Totalmente en paz con todo. Y luego te escuché a ti.

—¿Me escuchaste?

Asintió.

—Has estado allí, dos veces. La primera vez te escuché de lejos, como a tu padre. Pero la segunda vez, tu voz fue clara como el agua. —Hizo una pausa y me miró directo a los ojos—. ¿Recuerdas lo que dijiste?

Volví a esa noche. Había corrido hasta la casa de Emory y luego de vuelta. Cuando vi a los paramédicos llevándolo dentro de la ambulancia, corrí entre la muchedumbre y luego a la calle. Y después me detuve al lado de la camilla y puse mi boca en su oído.

—Dije «no has terminado aquí». —Mi voz temblaba—. Te dije que no te podías ir aún, porque no habías terminado aquí.

Asintió.

—¿Por qué has dicho eso?

Ni siquiera había pensado en qué diría antes de decirlo. Creí que Luke estaba muerto. Supuse que mi padre había pasado todo ese tiempo tratando de que su alma fuera al cielo, así que lo mínimo que podía hacer era decirle que, en primer lugar, no muriera.

—Tuve meningitis cuando tenía diez años —conté—. Tenía una fiebre muy alta, altísima, y apenas podía mover el cuello. Fue espantoso. El pastor de nuestra vieja iglesia vino a verme. Yo contagiaba, así que tuvo que usar una máscara sobre la nariz y la boca, pero se sentó a mi lado y conversó conmigo durante un rato largo. Le pregunté si moriría, ¿y sabes qué hizo?

Luke negó con la cabeza.

—Se rio. Directo en mi cara.

—¿Tú pensabas que estabas muriéndote y él se rio de ti? Qué duro.

—¿No es cierto? De todos modos, me dijo que había un lugar en el cielo para mí, pero que no lo ocuparía durante un largo tiempo. Me dijo que Dios tenía planes para mí aquí, y eran demasiado grandes, demasiado importantes como para que yo me fuera tan temprano. —Recordé a nuestro antiguo pastor, sentando al borde de mi cama. Con sus ojos llenos de convicción—. Y luego se quitó la máscara, me sonrió y dijo: «Hannah Jacquard, no has terminado aquí».

—Y mejoraste —adivinó Luke.

—En realidad, no. Empeoré. Después de eso, terminé en el hospital, y luego *realmente* creí que estaba a punto de morir. Pero seguía repitiéndome esas palabras. *No he terminado aquí. No he terminado aquí.* La fiebre finalmente paró. Mi padre dijo que entre mi fe y todos los rezos de toda la gente, Dios no tuvo más opción que escuchar.

Luke sonrió.

—Algo debió haberme hecho un *clic* cuando te vi en la camilla esa noche. No creí que me pudieras oír. Dije lo primero que se me ocurrió.

Asintió, como si estuviera digiriendo todo.

—Cuando llegaron los paramédicos, nunca encontraron mi pulso. Luego una de ellos me escuchó haciendo un leve ruido, y empezó a hacerme las maniobras para resucitarme. Y aquí estoy. Pero no estaría aquí si no fuera por ti.

Sentía cosquillas en los dedos y mi pecho se sentía liviano.

Yo le había salvado la vida.

—Gracias —me dijo.

—De nada —le contesté.

—Pero... ahora tengo un problema. No sé qué hacer con todo esto. No puedo dormir. No puedo comer. Emory quiere que todo regrese a la normalidad, pero no sé cómo hacer eso, cuando lo único en lo que puedo pensar es en esos tres minutos. Y cuando trato de hablar de eso, todos me dicen que lo que ocurrió no fue real. Pero sé que fue real. Y tengo que hablar de ello, tengo que recordar, de otro modo, la sensación se irá apagando, y no puedo permitir que eso ocurra.

Me puse de pie y fui hasta el sofá, al lado de él.

—Yo creo que ha sido real.

Cerró sus ojos y tomó una gran bocanada de aire, como si yo hubiese dicho lo que precisaba escuchar.

Le quería contar de la investigación que había estado haciendo. Cómo había aprendido que cada religión tenía una visión un poco distinta sobre la muerte y la vida después de la muerte. Creí que lo encontraría tan fascinante como yo.

—¿Puedo ir a la iglesia contigo? —preguntó.

—¿Qué? —Era lo último que esperaba que dijera.

Parecía tan sorprendido por mi reacción como yo lo estaba por su pregunta.

—Creí que te gustaría. Emory me dijo que siempre tratabas de que ella fuera contigo.

Me preguntaba cómo se lo habría contado Emory. Presentía que no había sido en términos elogiosos hacia mí o hacia mi familia.

—Por supuesto —le dije—. Cuando quieras.

—¿El domingo?

—¿Este domingo?

Asintió.

Lo decía en serio. Era evidente que había pensado en esto.

—Claro. Voy a cantar con mi grupo a *capella*. Puedes venir a vernos. Será divertido. —Señalé la foto familiar que él había mirado antes—. Y mi padre estará allí, lo puedes conocer. A todos mis amigos les resulta fácil hablar con él.

Luke se dio la vuelta y miró afuera de la ventana, hacia la casa de Emory. Me daba cuenta de que algo le molestaba.

—¿Hay muchos chicos de Foothill, allí?

—Ninguno. Todos van a Lakeside. Es más cerca. —Me senté a su lado—. Covenant está a dos ciudades de distancia. No te encontrarás a nadie que conozcas. Te lo prometo.

—¿Y no se lo dirás a ella?

Casi me rio en su cara.

—Dado que no nos hemos dirigido la palabra en más de tres meses, puedes quedarte tranquilo de que tu secreto está a salvo conmigo. —Me llevé el índice y el pulgar a los labios, y giré una llave imaginaria.

—Gracias —contestó. Inclinó la cabeza hacia un lado, estudiándome—. ¿Qué ha ocurrido entre tú y Emory?

Su pregunta me agarró desprevenida.

—¿Ella no te lo ha contado?

—No. Se niega a contármelo.

Si no sabía por qué estábamos discutiendo, eso significaba que no le había dicho todo lo que había ocurrido antes de la pelea. Y si no se lo había dicho, ciertamente no seré yo quien lo haga.

—Deberías preguntarle a Emory. —Me deslicé hacia el borde del sofá y me di la vuelta para enfrentarlo—. Deberías *hacer* que te lo cuente. Es muy importante que lo haga.

Estaba completamente confundido.

—¿Por qué?

—Pregúntale a ella —dije, y lo dejé ahí.

Emory
Día 286, faltan 151.

—Perdón. ¿Me repites la línea otra vez?

Charlotte levantó su copia de *Our Town* y leyó: «No puedo seguir…».

—Comprendido. —Gesticulé con la mano, interrumpiéndola. Y luego me puse derecha, tomé aire con fuerza, y cerré los ojos, poco a poco volviendo de nuevo a mi personaje de Emily Webb en su pueblo Grover's Corners.

Visualicé el pueblo. La calle principal. La farmacia. El establo y la cerca blanca que rodeaba mi casa. El cementerio.

Abrí los ojos y los fijé en Tyler.

—¡No puedo seguir! —grité—. Todo marcha muy rápido. ¡No tenemos tiempo de mirarnos el uno al otro! —Me cubrí la cara e hice un sonido de llanto, pero sé que no he logrado sonar muy auténtica. Olvidar esa línea me había apartado del ambiente.

Corrí hacia Charlotte, con pánico en mi voz e intenté concentrarme en mis próximas líneas.

—No me percaté de que todo eso estaba ocurriendo y no nos dimos cuenta. Llévame de nuevo, arriba de la colina, a mi tumba. —Me moví al frente, hacia mi marca—. Pero primero, espera. Déjame mirar una vez más.

Todo estaba silencioso. Eché un vistazo hacia mi izquierda y luego hacia mi derecha. Fijé la mirada en el público y dije las palabras de Emily Webb con toda mi pasión.

—Adiós. Adiós, mundo. Adiós, esquinas de Grover… Mamá y papá. —Eché un vistazo alrededor del teatro de nuevo—. Adiós al *tic-tac* de los relojes. Y a los girasoles de mamá. Y a la comida y al café. Y a los vestidos recién planchados y a los baños calientes. Y a dormir y a despertarse. Oh, tierra… ¡eres demasiado maravillosa para que nadie lo adivine! —Caminé hacia mi próxima marca en el escenario. Levanté la vista hacia Charlotte—. ¿Algún ser humano se da cuenta de la importancia de la vida, cuando la viven, cada minuto?

—No —dijo con certeza—. Los santos y los poetas, tal vez. Ellos se deben dar cuenta.

Estaba silencioso de nuevo y eché una última mirada alrededor, frunciendo los labios, mientras observaba el escenario y el auditorio.

—Yo estoy… —Me había olvidado mi línea—. Yo estoy…

—Lista para regresar —murmuró Charlotte.

—Estoy lista para regresar —dije.

—Ok, deteneos ahí —gritó la Señora Martin desde la primera fila. El elenco lanzó un suspiro general y sentí que mis hombros se relajaban. Todos daban vueltas por allí, mientras ella subía los escalones hasta el escenario—. Emory, tienes que aprenderte esas líneas.

—Lo sé —contesté—. Lo siento, me falta poco, las memorizaré.

—Esta escena final es muy importante. —Me miraba, pero hablaba en un tono bastante alto que todos podían escuchar—. Este es el famoso monólogo final de Emily Webb. Es importante. Cada palabra tiene que sonar de verdad. Cada pausa tiene que acercar al público con los oídos y los ojos bien abiertos, a la espera de que vuelvas a hablar. La obra entera depende de las palabras finales de Emily.

—Sin presiones —comentó Charlotte, mientras me codeaba.

La señora Martin la miró.

—Es mucha presión. Escuchad, *Our Town* es sobre el milagro increíble y lo bella que es la vida, incluso en los peores momentos. Emily tiene una segunda oportunidad de ver el mundo y lo valora con una mirada renovada y una perspectiva nueva. En esta escena, está tratando de pasarte información a ti, al público, diciéndote que cuando te levantes cada día absorbas el mundo alrededor de ti, como si nunca más lo volvieras a ver.

La señora Martin chasqueó los dedos.

—Tengo una idea. —Se dio la vuelta para hablarle al elenco otra vez—. En esta escena, Emily Webb dice adiós a los relojes y a los girasoles y a los baños calientes. ¿Vosotros qué creéis? ¿Serían esas las cosas que vosotros elegiríais?

Tyler se encogió de hombros. Charlotte negó con la cabeza. Melanie dijo:

—La parte del café ha sido muy buena. —Todos rieron.

—Esta obra es nuestra. Nuestro pueblo. Señores, levantad la mano.

Nueve de nosotros levantamos las manos.

—A Emory le han tocado estas líneas, pero las dice por todos vosotros. Este es vuestro adiós al escenario. A esta escuela. A este gran capítulo de vuestras vidas. —Caminó hacia un lado y otro del escenario—. Hagamos que las cosas a las que Emily Webb les dice adiós sean también nuestras.

La señora Martin caminó hacia una mesa que estaba al lado del escenario y tomó una pila de papeles.

—Pensad en tres cosas que sean importantes para vosotros. Sed específicos como lo es Emily. Por supuesto, echaréis de menos a vuestras familias y amigos, pero quiero más que eso. ¿Qué extrañaríais de ellos? Pensad en vuestras habitaciones, en este campus, en vuestras casas, en vuestro mundo, pensad en las cosas pequeñas que extrañaréis de aquí. Si supierais que os estáis yendo de esta tierra para siempre, ¿a qué cosas querríais decir adiós? —Comenzó a arrancar pedazos de papel y a pasarlos a todos nosotros—. Encontrad un lugar en el escenario y sentaos. Escribid.

Charlotte, Tyler y yo nos sentamos en círculo, y todos los demás hicieron lo mismo, reuniéndose en distintos sitios, y cubriendo el escenario.

Pensé en mi cuarto, mis libros, mi portátil, mi ropa, pero no podía pensar en nada a lo que quisiera decirle adiós. Y luego pensé en mi madre. Y en Luke. Y por algún motivo que no podía explicar, en la vista desde la ventana de mi habitación.

Por más enfadada que estuviera con Hannah, si me estuviera yendo de esta tierra para siempre, me gustaría decirle adiós. A los treinta y seis escalones que separaban su ventana de la mía. A los diecisiete años de recuerdos. Sentí las lágrimas en mis ojos, pero me mordí el labio bien fuerte para mantenerlas en su lugar mientras escribía *Nuestro pedazo de césped*.

Nadie sabría qué significaba o por qué era importante, pero yo sí.

El teatro estuvo en silencio durante unos diez minutos mientras pensábamos y escribíamos, hasta que algunos comenzaron a reírse. La señora Martin tomó eso como la señal para terminar, y comenzó a recoger nuestros papeles.

Me llamó de nuevo al frente del escenario.

—De acuerdo, Emory. Hagamos esto otra vez.

Caminé hacia el borde, y miré las filas y filas de asientos vacíos, preparándome para cerrar los ojos y regresar a Grover's Corners. Pero antes de hacerlo, me sujetó de los hombros, me giró y me hizo colocarme de espaldas al auditorio.

—Hazlo de nuevo Emory, pero quédate aquí esta vez. Mira a tus compañeros de elenco. Ahora, este es tu público.

Respiré largo y profundo y al mismo tiempo cerré los ojos. Exhalé. Sacudí las manos, y luego abrí los ojos.

—Adiós.

Miré a Tyler. Luego a Charlotte.

—Adiós, mundo. Adiós Instituto Foothill. Adiós a... —La señora Martin me dio un pedazo de papel y lo leí en lugar de la línea que debía decir—. Canciones que me hacen llorar. —Me dio el siguiente papel—. Crema batida. Adiós a... la voz de mi madre. —Esa me dejó un nudo en la garganta. Miré alrededor a mis compañeros de clase, todavía sentados en el escenario y sonriéndome—. Adiós a bailar. Y al olor después de la lluvia. Y al cheesecake con galletitas de chocolate. —Miré a Tyler, sabía que esa era de él y me hizo el gesto de un beso—. Adiós a la pizza de *pepperoni*. Y a mis libros favoritos. Adiós a besar. —Me reí mientras lo decía y así lo hicieron todos también—. Adiós a nuestros adornos de navidad —continué, mientras sentía el peso de todas las cosas que mis amigos y yo amábamos.

Cuando la señora Martin me dio el último papel, lo leí primero para mí. No tuve problemas en escribirlo, pero no estaba segura de poder compartirlo sin emocionarme.

—Adiós a este escenario y a todas las personas que me permite ser.

Miré al grupo, levanté los brazos hacia los costados y dije la línea de Emily Webb:

—Oh, tierra... ¡eres demasiado maravillosa para que nadie lo adivine!

Mientras caminaba a casa desde el instituto, pensé en aquellas tres cosas que había escrito en esos pequeños papeles. Las cosas a las que querría decirles adiós.

Saqué mi teléfono y escribí: *¿Césped?*

Mi dedo se movió por encima de la tecla ENVIAR, pero no logré presionarla.

Hannah

Fui directo a mi cuarto, me puse mi ropa para correr, me levanté el pelo en una cola de caballo y me senté al borde de la cama, para calzarme. Me apuré a hacer los estiramientos, ansiosa por correr. Tenía mucho en qué pensar.

En el porche, puse mi lista de reproducción, me coloqué los auriculares y subí el volumen. Estaba a punto de correr hacia abajo por las escalaras, cuando algo llamó mi atención. Miré hacia la izquierda y vi a Emory poniendo la llave en la cerradura. Fui hacia la puerta y me escondí detrás de una planta. Asomé la cabeza.

Estaba a punto de entrar a su casa, cuando se detuvo. Se giró para mirar mi casa. Por un segundo, detuvo la vista en mi cuarto y luego miró hacia donde yo estaba escondida.

Y luego dio un paso hacia el interior y desapareció.

La eché de menos más en ese momento que en ningún otro momento desde el día en que nos habíamos peleado. Sin darme tiempo de pensar en ello, busqué mi teléfono y escribí: *¿Césped?* Estaba a punto de presionar ENVIAR pero me detuve.

Pensé en Luke sentado en mi sala de estar el día anterior, pidiéndome que no le dijera a Emory que había estado allí o que iría a la iglesia conmigo el domingo. Le dije que su secreto estaba a salvo conmigo. Pero si la veía, no sabría cómo mantenerlo solo para mí.

Metí mi teléfono de nuevo en el bolsillo y comencé a correr en la dirección contraria.

Emory

Día 289, faltan 148.

Dejé mi cuarto el domingo por la mañana, deseosa por servirme un café. Tyler, Charlotte y yo habíamos ensayado toda la noche y nos habíamos quedado hasta tarde en la cafetería.

Casi no había visto a Luke en toda la semana. Cada vez que hablaba de ir a su casa, me contaba que estaba con mucho dolor. Cuando le preguntaba si podía pasar y llevarle más libros o revistas o pastillas Mentos, decía que solo necesitaba dormir. Addison dijo que ella casi no lo había visto tampoco. Podía contar con los dedos de una mano la cantidad de veces que él había dejado su cuarto y cada vez que iba a ver cómo estaba, él estaba en cama, tapado, con su portátil enfrente y un par de grandes auriculares en sus orejas.

—Está comportándose de una manera muy rara —me dijo ella el martes.

—Estará bien. —Traté de sonar tranquilizadora como si supiera de qué hablaba—. Regresará al instituto el lunes y luego todo volverá a la normalidad. Ya lo verás.

Y deseaba que fuera cierto. Odiaba cuánto lo echaba de menos. Aún peor, odiaba lo poco que él parecía extrañarme a mí.

—Buenos día, dormilona —dijo mi madre, mientras yo vertía el café en mi taza. El imbécil y ella estaban sentados en la mesa del comedor, con el enorme cuaderno de anotaciones para la boda abierto frente a ellos.

—Hola —mascullé—. ¿Qué hay de nuevo?

En realidad no quería saber. La pregunta simplemente se me escapó y enseguida me reprendí a mí misma por eso. ¿Por qué no podía ir a la cocina, servirme mi café y regresar a mi cuarto?

—Hoy es el gran día de la prueba de tartas —contestó mi madre. Sonaba demasiado alegre.

—Parece que es necesario ir a seis pastelerías en un radio de cincuenta kilómetros para encontrar la mejor tarta —agregó el imbécil.

Lo observé mientras le sonreía a mi madre y dije:

—No sé cómo un pastel puede ser tan distinto a otro.

Ella se rio en un tono un poco más elevado que su voz normal.

—¡Ey, para! —Le dio un golpe con el dorso de la mano—. Será divertido. Además no es que te esté llevando al dentista a que te hagan un tratamiento. Solo comeremos un poco de tarta.

—De acuerdo. Iremos entonces a las seis pastelerías. —Le acarició la nariz y luego le dio dos golpecitos en la punta—. Mi novia puede tener todo lo que quiera. Si no se decide, tendrá una tarta de cada local.

Lo único que podía hacer era no vomitar mientras se refería a mi madre en tercera persona. Luego se dio la vuelta, en su silla, y me miró.

—¿Quieres venir con nosotros, Emory?

—¡Oh, eso es una gran idea! —Mi madre celebró la propuesta con un par de aplausos entusiastas—. ¡Será un bonito paseo familiar!

¿El qué? ¡Oh, Dios mío!

—Perdón, no puedo… —Me obligué a sonreír e inventé algo—. Estaré con Luke hoy. Es más: vine a ver si podía llevarme la camioneta. Él todavía no tiene permitido conducir, no hasta que sus puntos internos se hayan curado del todo.

Mi madre y el imbécil intercambiaron una mirada.

Los había escuchado unas noches atrás hablando de mí. Él estaba enfadado porque ella no me había castigado por haberle mentido y no decirle que Luke se había quedado en casa a pasar la noche. Ella se rio y dijo que la última vez que me había castigado yo tenía trece años. Él le dijo que yo me comportaría mejor si ella me hubiese castigado. Después de eso, escuché con atención, a la espera de que mi madre me defendiera, pero no lo hizo.

—¿Qué planes tenéis para hoy? —preguntó.

—El médico de Luke ha dicho que necesita ponerse en pie y empezar a caminar, así que pensé llevarlo a dar un paseo. —Inventaba a medida que hablaba, pero no era una mala idea—. Llevaremos sándwiches y haremos un picnic.

—Eso suena bien.

El imbécil no dijo nada. Estaba estudiando uno de los menús de pasteles como si quisiera memorizarlo.

—Las llaves del coche están en el bolso —dijo mi madre—. En la mesa, al lado de la puerta de entrada. —Mientras iba hacia allí, los escuché murmurar entre ellos.

Estaba en el recibidor, buscando las llaves, cuando vi una pila de cartas en la mesa. Me sobresalté. Era domingo. El correo no llegaba los domingos. Debía ser del día anterior. Me llamó la atención un paquete pequeño, de color blanco, con el borde que sobresalía.

—Mamá —dije—. ¡Mamá! ¡Paquete!

—¿Qué?

Lo agarré. Vi que el remitente era el Departamento de Artes Dramáticas de la UCLA. Regresé al comedor con el sobre presionado sobre mi pecho.

—Paquete de la UCLA.

Me miró y se levantó de un salto.

—Los rechazos no vienen en paquetes. ¡Ábrelo!

—No puedo. Las manos me tiemblan demasiado.

—¿Quieres que lo abra yo?

—No. —Me reí—. Está bien, allá vamos.

—Son buenas noticias, lo sé. —El imbécil trataba de mostrarse entusiasmado, pero no terminaba de lograrlo.

Pasé el dedo debajo de la solapa, rompí el sello y saqué un folleto muy colorido junto con una carta que estaba colocada arriba con un clip. La leí para mí.

Querida Emory Kern: Nos complace informarle que ha sido aceptada...

Dejé de leer y miré a mi madre.

—Entré.

—Entraste. —Su cara se iluminó.

—Entré.

Mi madre me rodeó con sus brazos y me apretó con fuerza, estrujándome como una esponja.

—¡Oh, Emory! Estoy muy orgullosa de ti. Sabía que entrarías. —Me soltó, sujetó mi cara con ambas manos, me besó en las mejillas y volvió a abrazarme. Luego me soltó—. ¡Déjame verla! —Tomó la carta de mis manos y la leyó.

—Felicidades. —El imbécil se acercó como si fuera a abrazarme, pero retrocedí, lo miré y le indiqué que no con la cabeza. Mi madre estaba tan ocupada con la lectura de la carta, que no se dio cuenta.

Me abrazó de nuevo y me devolvió el paquete.

—¡Ve! Llévate la camioneta. Vete. Seguro que estás deseando enseñarle esto a Luke.

Después de la semana que habíamos tenido él y yo, me pregunté si le importaría siquiera.

Me detuve en la cafetería y salté del coche. Era un día perfecto para estar afuera. Había un aire fresco, primaveral, soleado y sin viento.

Adentro, pedí sándwiches gigantes, una bolsa de patatas para compartir y dos botellas de agua. Metí todo en mi mochila junto con la manta de picnic que había sacado del armario del vestíbulo. Allí dentro también estaba el sobre de la UCLA y sonreí para mí.

Conduje por las calles arboladas del barrio de Luke y doblé en su largo y angosto acceso para coches. Aparqué junto al BMW de su madre, dejé el motor encendido y corrí los escalones hacia arriba. Toqué la puerta mientras trataba de recuperar el aliento.

Addison abrió.

—Hola —dijo. Parecía sorprendida de verme—. ¿Qué haces aquí?

—Vengo a secuestrar a tu hermano —contesté, mientras señalaba la camioneta—. He guardado un enorme almuerzo para hacer un picnic y pensé en invitarlo también a dar un paseo ligero por las laderas. Parece que necesita que le levanten el ánimo.

—Luke no está aquí. —Addison tenía una expresión rara en el rostro—. Se ha ido por la mañana, temprano.

—¿No se suponía que no debía conducir?

—No está conduciendo. Le ha pedido a mi madre que lo llevara. Dijo que tenía que salir de aquí un par de horas, porque estaba enloqueciendo y ella cedió.

—¿Adónde?

—No lo ha dicho. Pero estoy segura de que el único motivo por el cual mi madre lo ha dejado ir es porque ha dicho que pasaría el día contigo.

Hannah

La capilla estaba llena. Alyssa, Logan, Jack y yo estábamos sentados en la primera fila. Cuando el pastor presentó a SonRise, los cuatro subimos al escenario y nos colocamos en nuestros puestos, detrás de los micrófonos.

Miré hacia abajo y vi a Aaron al final de los escalones, usando unos pantalones chinos y un jersey gris con escote en V. Tenía el pelo peinado hacia el lado y parecía elegante y como un chico común, pero yo echaba de menos la gorra. Me pregunté dónde estaría. Probablemente en la cabina de sonido.

La cabina de sonido.

Por un momento, todo estuvo en silencio. Hasta que Alyssa comenzó a contar. «Cuatro, tres, dos, uno».

Casi no podía soportar mirar a Alyssa. Yo había besado a Aaron. Su futuro marido. Yo lo había besado y él me había besado también. Ahora estaba de pie en frente de nosotros, moviendo las manos al compás de la música y yo solo podía pensar en cómo sentía sus dedos en mi espalda, en mi piel. La miré y vi cómo le sonreía al público, y me invadió la culpa.

Los cuatro nos movimos al mismo tiempo, dos veces a la derecha, dos veces a la izquierda, y luego de nuevo a la derecha, mientras cantábamos.

Bom... bom... bom... bom.

Logan tenía las primeras líneas.

Qué cambiante mi corazón y qué aturdidos mis ojos. Lucho por encontrar algo de cierto en tus mentiras.

Localicé a Luke enseguida. Estaba sentado en el último banco hacia la izquierda, en la parte más alejada de la capilla. Llevaba una camiseta abotonada y su pelo estaba bien, como si hubiera tratado de domar sus rizos oscuros con un poco de gomina o algún producto similar.

Me miró y me saludó con la mano. Le sonreí y para no perder mi lugar en la canción, me obligué a concentrarme en la vidriera que había cerca del fondo de la capilla y en sus detalles en rojo, azul y verde. Cuando llegó mi turno, canté:

Y ahora mi corazón se choca con cosas que no sé.

Mi debilidad siento que finalmente debo mostrar.

Traté de conectarme con las personas del público, como mi padre me había enseñado a hacer, mirando a los que parecían perdidos en sus pensamientos o a aquellos que podrían tener un interés especial en escuchar las palabras que cantaba. De todos modos, mi atención volvía a Luke. Por alguna razón, sentía que él necesitaba escuchar las palabras más que cualquiera en la sala.

Cuando levantamos la voz al unísono en las líneas finales, lo miraba con fijeza.

Despierta mi alma.

Despierta mi alma.

Fuiste hecha para conocer a tu creador.

Los feligreses comenzaron a aplaudir mientras nosotros nos tomábamos de las manos para hacer la reverencia final. Luego echamos nuestras cabezas un poco hacia atrás, miramos hacia el techo y susurramos: «Gracias Jesús», al unísono, como hacíamos siempre. En aquel momento, cuando aún estaba perdida en la música, todas mis preguntas se desvanecieron y realmente lo sentí.

Nos sentamos y miré por encima de mi hombro, intentando parecer natural mientras buscaba a Luke. No lo podía ver, había mucha gente entre nosotros.

—Todo el mes estuvimos hablando del Evangelio de Juan —dijo el pastor—. El propósito de este evangelio, explicado por el mismo Juan, era demostrar que Jesucristo era el hijo de Dios y que quienes creían en él, podrían tener la vida eterna.

Juan 3:16 apareció en la pared detrás de él en letras en negrita. Escuché el sermón con más atención de la usual, tratando de hacerlo desde el punto de vista de Luke. Era extraño pensar en escuchar aquellas palabras por primera vez, cuando en realidad casi las daba por sentadas. Eran todo lo que conocía. Me di cuenta de que la mayoría de las religiones que había estado estudiando ni siquiera tenían una biblia con el libro de Juan. El Nuevo Testamento no existía para ellos. Ninguna de las cosas que nuestro pastor decía allí arriba eran importantes para estas otras creencias, mientras que sí lo eran para mí.

Durante toda mi vida, había creído que Jesús era el hijo de Dios. Que caminaba por la tierra realizando milagros, curando a los enfermos y alimentando a los que padecían hambre. Él hablaba de paz, de tolerancia y de perdonar. Y al ser crucificado, se había levantado de entre los muertos para darnos al resto de nosotros el acceso a un paraíso al que de otra manera no habríamos accedido. Su vida había sido un regalo. Su muerte un regalo para mí y para gente como yo.

Me acordé del día en que había decidido ser salvada. Tenía diez años. Ni siguiera recordaba haber tomado la decisión, solo había sentido una atracción magnética, y me había puesto de pie, separándome de mis amigos en el último banco y había ido al pasillo. Mientras la música sonaba, había dado lo que se había sentido como un millón de pasos, hasta que había llegado al frente del salón.

Nuestro pastor me esperaba allí. Cuando llegué, tomó mis manos entre las suyas.

—¿Entiendes que eres una pecadora? —preguntó.

—Sí.

—¿Estás preparada para arrepentirte de tus pecados?

—Sí.

—¿Invitas a Jesús a convertirse en el Señor de tu vida, para gobernar y para reinar en tu corazón desde este día en adelante?

—Sí.

Contesté a esas preguntas, que sentía en lo profundo del alma, con lágrimas cayendo por mis mejillas. Creía con todo mi ser. Pero ahora sabía que, mientras dos mil millones de cristianos también lo creían, tres mil millones de personas muy religiosas no lo creían. Para ellos, Jesús era un hombre. Un hombre importante, un profeta y un mensajero, pero no el hijo de Dios.

¿Quién tenía razón? ¿Nosotros? ¿Ellos?

Una cosa tenía por cierta: el Jesús a quien había invitado a mi corazón aquel día, no hubiese querido que nosotros nos juzgáramos los unos a los otros y que nos peleáramos por nuestras creencias.

Me pregunté cómo estaría tomando Luke ese sermón. ¿Le estaría dando las respuestas que buscaba? ¿Le daría paz?

Aaron se puso de pie con su guitarra en la mano y tomó su lugar, sobre la banqueta en el centro del escenario. Comenzó a tocar un par de acordes, mientras nuestro pastor terminaba el sermón. Luego nos pidió que nos levantáramos y cantáramos el himno número 454, «Qué amigo tenemos en Jesús».

Alyssa se inclinó hacia mi hombro.

—Logan, Jack y yo iremos al centro, ¿quieres venir?

Me imaginé a Luke en la última fila. Me pregunté si estaría aún allí o si todo eso lo habría hecho huir hacia el aparcamiento. Él quería respuestas y no estaba segura de que las encontrara en el sermón. Esperaba que al terminar el encuentro, se quedara y conversara con mi padre.

Cuando había aparecido en casa, Luke parecía querer certezas y yo no estaba en ninguna posición como para dárselas. Pero mi padre sí podía hacerlo. Nunca le faltaban las certezas.

—Os veré allí. Tengo algo que hacer justo después. —No mencioné a Luke.

Alyssa dijo «sí, bien», y saltó a la segunda estrofa sin mirar su libro de himnos.

Inclinamos la cabeza para la bendición y en cuanto todos dijeron «amén», el lugar volvió a la vida. Los presentes se levantaron y empezaron a juntar sus cosas, mientras charlaban unos con otros y se iban por las puertas dobles. Cuando la capilla quedó casi vacía, caminé hacia Luke.

El libro de himnos estaba abierto en su regazo, y pasaba las páginas, e iba leyendo las letras de las canciones. Me senté a su lado.

—Guau. Tú *realmente* sabes cantar —dijo Luke—. Eres buena.

—Gracias. Los cuatro hemos estado juntos desde octavo. Cantamos en distintas iglesias, festivales y ese tipo de lugares, y competimos contra otros coros juveniles alrededor de todo el país.

—¿Cantáis canciones de Mumford and Sons?

—No solo de Mumford and Sons. También cantamos temas de Lumineers. Hardwell. Sia. —Me detuve allí pero podría haber seguido—. Es medio como lo nuestro. Tomamos canciones populares y se las cantamos a Jesús.

—¿En serio?

De repente me di cuenta de qué aburrido sonaba eso.

—Eh, sí.

—Yo solo… guau. Está bien. —Cambió de tema—. ¿Tienes un disco o algo dónde escucharos?

Me reí.

—No, pero tenemos una página web que es genial y un canal de YouTube con más de seis mil seguidores.

Ambos levantamos la mirada al mismo tiempo y vimos a mi padre, que venía caminando por el pasillo hacia nosotros. Llevaba vaqueros y un jersey azul oscuro que hacía que sus ojos parecieran aún más brillantes que de costumbre. Extendió la mano hacia Luke.

—No te imaginas lo feliz que estoy de conocerte. Y en circunstancias mucho mejores esta vez.

—Estoy contento de estar aquí. —No sabía si se refería a la iglesia o a estar en la tierra, como concepto general. Luke dobló el borde del libro de himnos y luego lo colocó en el estante de madera sobre el banco.

Mi padre se sentó a su lado. No sabía si debía quedarme o dejarlos solos. Lo miré para que me orientara, pero él estaba completamente concentrado en Luke.

—Espero no avergonzarte por decir esto, Luke, pero he captado la expresión de tu cara cuando SonRise estaba cantando.

Luke se sentó más derecho y entrelazó los dedos en el borde del banco. Fijó su mirada en el suelo.

—Parece que tu alma ha tenido algo así como un despertar —dijo mi padre.

Luke asintió.

—Eso es algo bueno, ¿sabes?

—¿Lo es?

—Creo que es algo maravilloso, y también es algo que da un poco de miedo. —Mi padre se colocó en dirección a él—. ¿Quieres hablar de ello?

Durante un largo rato, Luke no dijo nada.

—No sé cómo hacerlo —contestó finalmente.

Mi padre me miró y me hizo señas con la cabeza para que me fuera hacia el fondo de la sala, y yo sabía que esa su forma de decirme que los dejara hablar en privado. Me deslicé del banco lo más silenciosamente que pude y me fui de la capilla.

Cuando llegué al vestíbulo, me senté en el último peldaño de la escalera que llevaba a la galería, y descansé la barbilla sobre mis manos. A través de la gran ventana, podía ver las cabezas de mi padre y de Luke. El resto de la iglesia estaba vacío y en silencio.

—¿Hannah? —Aaron estaba en las escaleras detrás de mí—. ¿Estás bien?

—Sí. Solo necesitaba un lugar silencioso para pensar un segundo.

—¿Quieres que te deje sola?

—No, está bien.

Se sentó en el escalón detrás de mí.

—Has estado espectacular hoy. —Sentí su mano rozar mi hombro y contuve el aliento. Quería darme vuelta y mirarlo, pero temía que dejara de tocarme, así que en vez de eso, con cuidado me tiré hacia atrás hasta que sentí su rodilla. Me recosté sobre ella, y él tomó el gesto de la manera que yo quería, como un permiso para que siguiera. Echó mi cabello hacia un lado y luego deslizó el pulgar por la piel de mi nuca. Se me puso la piel de gallina.

—¿Qué estamos haciendo aquí? —pregunté.

—¿Por qué me lo preguntas? Tú eres la que está sentada en los escalones.

Miré hacia atrás y le sonreí.

—No me refería a eso.

—Lo sé. —Aún pasaba sus dedos despacio por mi piel—. ¿Está bien?

Traté de mostrarme tranquila, aunque sentía que mi cuerpo se derretiría en la escalera.

—Sí, está bien.

Mis ojos estaban medio cerrados, mi cabeza inclinada hacia él.

—¿Puedo preguntarte algo? —le dije.

—Ajá —contestó.

—¿Cuándo supiste que te gustaba?

Cuando se rio, sentí su aliento como un soplo cálido sobre la piel.

—En Seattle.

Un mes antes, habíamos estado todos juntos en la Competición de Coros Cristianos a *capella* de las Luces del Norte, en Seattle. Me pasé el fin de semana escuchando a Alyssa contando que ella y Aaron habían estado solos en el ascensor del hotel, y cómo él la había mirado durante la cena y le había dicho que le gustaba su vestido, y que su cuarto de hotel estaba solo a dos puertas del suyo.

Si había pasado el fin de semana pensando en Aaron había sido porque Alyssa no me había dado opción. Pero tan pronto como él dijo «Seattle», mi mente saltó al vuelo de regreso a casa.

Alyssa, Jack y Logan estaban juntos en una fila, y Aaron y yo estábamos al otro lado del pasillo. Estaba decepcionada por el lugar que me habían asignado, yo quería sentarme al lado de Alyssa. Ella sabía cuánto odiaba volar. Cuando había turbulencias, ella siempre sabía exactamente cómo calmarme.

Durante la primera hora, todo anduvo bien, pero luego hubo turbulencias. El letrero de cinturón de seguridad se encendió, y el piloto habló por el altavoz y les pidió a todos, incluidas las azafatas, que tomaran asiento. En un momento, el avión cayó bruscamente y me quedé sin aliento y mis nudillos se volvieron blancos de lo fuerte que me agarré de los apoyabrazos.

Aaron colocó su mano sobre la mía.

—¿Estás bien?

Negué con la cabeza sin mirarlo.

—Cierra los ojos —me dijo, y lo hice.

»Respira —me dijo, y lo hice—. Bien, ahora imagina que eres un palo flotando en el río. —Su voz era suave y tranquilizadora, y me permití perderme en ella—. Deja que el agua te lleve alrededor de las rocas. —Abrí los ojos. Estaba usando la mano para mostrarme cómo el palo se movía con los giros y las curvas. Cerré los ojos otra vez. Era mejor de esa manera—. Nosotros somos el palo y los pozos de aire son las rocas. Vamos a deslizarnos por allí y a dejarlos atrás, ¿de acuerdo?

Asentí.

—El avión sabe exactamente cómo hacer esto, ¿sí? —Mientras lo decía, me desenganchó los dedos del apoyabrazos. No me soltó la mano enseguida.

Aaron me apretó los hombros, volviéndome a la realidad.

—Entonces, ¿por qué estás sentada sobre los escalones? —preguntó.

Gesticulé hacia el santuario.

—Espero a mi padre.

Aaron observó a través de mi hombro.

—¿Con quién está? ¿Ese es un amigo tuyo?

¿Luke era *mi* amigo? Siempre había sido el novio de Emory. Había pasado tiempo con los dos, durante los meses previos a que ella y yo dejáramos de hablarnos, pero eso era distinto. Apenas lo conocía, pero también era mi amigo.

—¿Recuerdas al chico que murió frente a nuestra casa la noche del viernes?

—Sí, por supuesto.

—Es él.

Emory
Día 290, faltan 147.

Luke regresó al instituto el lunes.

Cuando entré al comedor, lo vi de inmediato, en su lugar habitual, en la mesa habitual, rodeado por toda la gente habitual y alrededor de veinte más.

Se veía mejor, más como él mismo. Su cara ya no estaba tan hinchada, pero todavía podía ver las ojeras debajo de sus ojos.

A medida que me acercaba podía escuchar el sonido de las preguntas a su alrededor. Todos querían saber por qué no le había dicho a nadie que sentía dolor esa noche, cómo era ir en una ambulancia y si era raro pensar que en sus venas corría sangre de otra persona.

Para cuando llegué a su lado, estaba tratando de evitar las preguntas de Dean Foster sobre los puntos que habían usado para arreglar la rotura en el bazo, y si le había dolido cuando le sacaron las grapas.

—Hola. —Le di un beso—. ¿Estás bien aquí? —susurré.

Luke negó levemente con la cabeza, pero lo sentí sobre mi mejilla, y eso fue todo lo que necesité para entrar en escena.

—Disculpad. Necesito llevármelo durante un minuto. No os preocupéis, fans —dije, mientras le despejaba el camino para irnos—. Lo traeré enseguida.

Lo guie pasando las mesas, entre las multitudes y hacia el hall, y luego encontré un lugar tranquilo para escondernos entre dos paneles de lockers.

—Gracias —dijo—. Eso ha sido un poco abrumador.

Lo rodeé con mis brazos, me puse de puntillas y lo besé. Esperé que apoyara las manos en mis caderas, como siempre hacía, pero las dejó quietas al lado de su cuerpo.

—¿Cómo va tu primer día de regreso al instituto?

—Bueno, me he pasado la última hora en la oficina del consejero académico. Creí que obtendría alguna orientación o algo de asesoramiento, pero en vez de eso me ha informado que mi beca estaba en suspenso. Supongo que me lo esperaba... solo que creí que mi entrenador me daría la noticia, no un tipo al que jamás había visto.

—De todos modos, es solo temporal, ¿cierto?

—Al principio sonó así. Comenzó diciendo que querían esperar unas pocas semanas para ver cómo me recuperaba, así podían saber si podría jugar el año próximo o no. Pero luego comenzó a hablar de mis resultados en los exámenes de admisión a la facultad y sobre mis calificaciones y, bueno... no son para nada brillantes. —Se miró los zapatos—. No hay manera de que entre a Denver o a cualquier otra universidad D-one[1] en base a mis notas y nada más. Se supone que debo empezar a hacer una lista de todas las universidades a las que quisiera entrar, en caso de que Denver retire su oferta. Me dio un largo discurso sobre cómo me he confiado en mis habilidades físicas, lo que sea que eso signifique, y me dijo que durante el resto del año necesito concentrarme en mis calificaciones y actividades extracurriculares.

—¿El resto del año? Estamos a mediados de marzo.

---

1. Las universidades D-one se caracterizan por ofrecer hockey, basquetbol, béisbol y fútbol, entre otros deportes.

Soltó un largo suspiro.

—Sí, ese es el problema.

Owen Campbell pasó y lo palmeó en la espalda.

—Estoy contento de que estés bien.

Luke sonrió mientras me apretujaba el brazo.

—Gracias —dijo, apretando los dientes—. Yo también lo estoy.

Owen siguió caminando, ajeno a todo.

—Te veo en el entrenamiento —dijo.

Esperé que Owen se alejara.

—¿Entrenamiento?

—El coach dice que espera que vaya, aunque no pueda jugar. Apoyar al equipo y todo eso. Pero no puedo ir. Por lo menos no hoy.

—Deberías ir. Regresar a la normalidad, ¿entiendes?

Puso los ojos en blanco.

—¿Qué?

—Creí que me ibas a levantar el ánimo, no a hacerme sentir peor.

Me propuse no tomármelo personalmente. La semana anterior había sido de mucho dolor, medicación, cirugías y camas de hospital, y su primer día de escuela había estado lleno de preguntas y de malas noticias.

—Bien. Si no vas a lacrosse, no iré a mi ensayo. Podemos ir a la cafetería, pedir pastel de manzana con helado, sentarnos en nuestro box y hablar.

Miró hacia el techo.

—Solo quiero ir a casa. Estoy agotado. —Apartó mis manos de sus hombros.

—¿Duermes mejor?

—No demasiado.

—¿Sigues quedándote toda la noche despierto, investigando sobre atletas fallecidos?

Negó con la cabeza, pero tuve una extraña sensación de que me mentía. Se había comportado de forma rara durante todo el fin de semana. Cuando le pregunté dónde había estado el domingo y por qué les había mentido a sus padres y les había dicho que pasaría el día conmigo, me dijo que había conducido a la playa para estar solo y pensar. Sentí que también mentía sobre eso.

—¿Has pensado en hablar con alguien? Por ejemplo... ¿un psicólogo?

—¿Por qué haría eso?

—Podría servir. Es normal sentirse deprimido después de lo que te ha ocurrido.

—¿Deprimido? —Se rio—. ¿Qué te hace creer que estoy deprimido?

La repuesta que me guardé para mí era que estaba comportándose exactamente como solía hacer mi madre. Frío. Enojado. Evitando a todos y alejándose de las cosas que le importaban. El viejo Luke jamás hubiese ido a la playa sin mí.

—Muchos atletas que se han lesionado pasaron por esto. Lo he investigado. —Busqué mi teléfono—. Te puedo mandar links. Es algo que ocurre mucho.

Tomó el teléfono de mi mano, cerró el buscador y me lo devolvió.

—No estoy deprimido.

Y luego me besó. Quería creer que era porque realmente deseaba hacerlo, pero sentí que lo hacía solo para callarme.

—Está bien, tú ganas —dijo—. Vayamos a la cafetería. Un batido suena muy bien.

—¿Sí?

—Sí.

—De acuerdo —dije—. Finjamos que ese lugar es una máquina del tiempo. En el instante en que entremos por la puerta y nos sentemos en nuestro box, el tiempo habrá retrocedido a dos semanas atrás. Nada malo ha ocurrido, nadie se ha lastimado y nada pasará.

Abrió la boca para decir algo, pero pareció cambiar de idea. Luego me sonrió.

—Me gusta cómo suena eso.

Hannah

Era casi la medianoche, pero no podía dormir. Solo podía pensar en Aaron.

Ese día, más temprano, Alyssa y yo habíamos limpiado después del ensayo, y cargábamos el equipo desde el escenario hacia el cuarto de música, cuando él vino a ayudarnos. Alyssa coqueteaba con él sin tregua, pero él seguía mirándome y me dedicaba esas semisonrisas que hacían que mi cara se sonrojara. Creí que ella se había dado cuenta, pero cuando entramos al coche, se dio la vuelta, me miró y dijo: «Dios, ¿has *sentido* la tensión sexual entre Aaron y yo?».

La había sentido, pero no entre ellos. Era entre nosotros. Cada vez que estábamos juntos. Todo el día. Incluso durante las clases, solo pensaba en estar sola con él en la cabina de sonido, con sus manos en mi cintura y sus dedos en mi nuca y su boca en la mía.

¿Estás despierto?, escribí.

Mientras miraba la pantalla y esperaba que me contestara, pensé en la expresión de alegría de Alyssa en el coche, y sentí una oleada de culpa. Y luego una segunda ola, aún más grande, rompió sobre mí, cuando pensé en la expresión de Beth en aquella foto que había visto una vez...

Sabía que todo eso estaba mal. Pero en cuanto la pantalla de mi teléfono se encendió con un mensaje nuevo, el agua se calmó y las olas desaparecieron, y Aaron estaba allí, y hacía que mi corazón latiera, mi cara sonriera y los dedos de mis pies se encogieran. Me hacía sentir que yo era importante para alguien y que no estaba tan sola.

Aaron: Sí. Hola.
Hannah: Hola.
Hannah: No puedo dormir.

Pensé en cuando se había sentado detrás de mí en las escaleras el otro día, y en la manera en que había echado mi cabello hacia un costado y pasado su dedo por mi piel.

«¿Qué haces aquí?», le había preguntado. Pero nunca me había contestado.

Hannah: Pregunta para ti.

Escribí rápido para no acobardarme.

Aaron: Dime.
Hannah: ¿Recuerdas eso que pasó y que tú dijiste que nunca volvería a pasar?

Hubo una larga pausa. Finalmente, contestó.

Aaron: Sí.

Me llevó un largo rato armarme de coraje. Mientras miraba la pantalla mi corazón latía muy rápido. Aaron estaba esperando. Ahora era demasiado tarde. Yo había comenzado eso y debía continuarlo.

Hannah: ¿Estás seguro de que no volverá a ocurrir?

Contestó enseguida.

Aaron: No.

Pateé las mantas y ahogué los gritos en la almohada.

Hannah: Bien.
Aaron: Te veo mañana.

Mañana. Regresé al comienzo del intercambio de mensajes. Estaba leyéndolos de nuevo, cuando sentí un golpe suave en la ventana de mi habitación. Me abalancé sobre la cortina, la eché hacia un lado y miré hacia abajo. Había alguien parado en el jardín.
Abrí la ventana y asomé la cabeza.
—¿Emory?
—No, soy Luke.
—¿Luke? —pregunté, con desconfianza—. ¿Qué haces aquí?
Se asomó a la luz proveniente de la farola de la calle.
—Debo hablar contigo. —Señaló hacia la puerta de entrada y luego salió de entre los arbustos y desapareció por un minuto.
Me subí la cremallera de mi jersey y fui de puntillas al vestíbulo.
—Hola. —Usaba su chaqueta del Instituto de Foothill y se refregaba las manos para entrar en calor—. Te habría mandado un mensaje al teléfono, pero no tengo tu número.
Miré hacia la calle con paranoia.
—¿Dónde has aparcado?
—Debajo de la lámpara que hay allí, donde aparco siempre. —Hizo señas hacia la ventana de la cocina.
Sentí que me atravesaba una ola de adrenalina. Estaba metiendo a un chico a mi habitación en medio de la noche, y romper las reglas era bastante emocionante. Durante meses había visto a Luke

colarse a la casa de Emory y siempre había pensado cómo se sentiría eso.

Miré por encima de mi hombro para asegurarme de que mis padres no nos habían escuchado, y luego puse el dedo en mis labios.

—Shh... sígueme. —Caminamos por el pasillo, y nos metimos en mi cuarto—. ¿Qué haces aquí? —pregunté otra vez.

—Me he escapado. Tenía que enseñarte algo. —Se sentó sobre mi cama y sacó el teléfono del bolsillo—. He estado investigando sobre las ECM. —Debo haberme visto confundida, porque agregó—: Experiencias cercanas a la muerte. Mira. —Posicionó el teléfono de manera que yo pudiera leer—. Hay millones de personas como yo. Sus historias están en todas partes en Internet, son personas que han muerto y luego regresaron.

Abrió su aplicación de Notas y puso su teléfono sobre mis manos. Pasé por una larga lista de nombres junto a lo que habían visto al morir: *luz brillante. Campo abierto. Túnel y luz. Jesús. Fuego. Cachorro de la infancia. Abuela.*

Sonrió y me codeó.

—Esa me molesta. Yo no he visto a *mi* abuela y te aseguro que era su favorito.

Estaba de buen humor. Mejor que las últimas dos veces que lo había visto.

—¿Qué son todos esos enlaces?

—Sus vídeos. —Se pasó los dedos por el pelo, como si intentara encontrar las palabras adecuadas—. Todos han grabado sus historias, cierto, pero ninguna de ellas coincide con lo que me ha ocurrido a mí. Sigo buscando alguna que lo explique, ¿entiendes?

Lo miré.

—¿Por qué esto es tan importante para ti?

Suspiró.

—Solo lo es. Ayer por la noche he tratado de contárselo de nuevo a Emory, pero cada vez que intento hablar con ella, me mira como si estuviera loco. No quiere escuchar nada de esto. No quiere pensar en mí muriendo, y no quiere que *yo* piense en mí mismo muriendo, y pareciera creer que si yo no hablo de ello, en algún momento me olvidaré de todo este asunto y...

—Todo regresará a la normalidad —dije, terminando su frase.

Asintió.

—Exacto. Pero... esa es la cuestión. No me quiero olvidar. No quiero regresar la normalidad. Y no quiero ser la persona que fui. Es como dijo tu padre el otro día: mi alma se ha despertado. Y ahora soy distinto. Sé más. Siento más. —Se levantó y empezó a caminar por la estancia—. Luego de que me fuera de la iglesia, ayer, no podía soportar la idea de regresar a casa, así que conduje pasando donde debía bajar, y antes de darme cuenta, estaba entrando a la autopista de la costa del Pacífico. Seguí conduciendo, y pronto estaba en el océano. Me senté allí durante un larguísimo rato, pensando en la conversación que había tenido con tu padre y empecé a darme cuenta de que me había pasado el tiempo mirando vídeos y tratando de comprender qué me había ocurrido a través de las historias de estos extraños. Pero no está funcionando, necesito contar *mi* historia. Temo que si no lo hago, me olvidaré de los pequeños detalles, ¿entiendes? —Puso sus dedos a ambos lados de la cabeza y los presionó allí—. No quiero olvidarme.

Sus palabras me hicieron pensar en algo que había encontrado mientras hacía mi investigación por la noche.

—El alma tiene sus propios oídos para escuchar cosas que la mente no comprende —dije.

Asintió.

—Es bonito. ¿Es una frase de la Biblia o algo así?

—No, en realidad es Rumi.

—¿Rumi?

— Es un poeta musulmán.

—Oh.

—Mira —dije—. Casi no te conocía antes. No tengo conexión con el viejo Luke, así que esa persona que eras, no me interesa. Dime lo que viste.

—No puedo.

—Claro que puedes.

Miró a su alrededor, observando las cosas en mi pared. Miró la cruz que colgaba junto a mi puerta, y la estantería llena con libros y fotos enmarcadas de mis amigos y yo.

—No aquí —dijo—. No ahora. Pero confía en mí, si pudiera decírselo a alguien, sería a ti.

Eso me hizo sonreír. Y me dio una idea.

—Corro casi todos los días —dije—. Tomo la misma ruta, y siempre termino en un punto en lo alto de la colina. Hay un gran peñasco y me encanta subir hasta la cima y solo sentarme allí... pensando y mirando el mundo debajo. ¿Tienes un lugar así?

—¿Si tengo una roca favorita? —contestó irónicamente—. Eh, no. —Luego se puso serio—. Yo conduzco. Pongo mi música lo más alto que puedo, y conduzco hasta que encuentro un lugar en el que pueda aparcar, como hice ayer.

Fue una buena respuesta, pero en realidad no era lo que tenía en mente.

—Necesitas un cuarto o algo. Un lugar que te haga sentir seguro. Algún lugar silencioso y tranquilo donde puedas estar solo.

Pensó en ello.

—En realidad, me gustó estar en tu iglesia. En ese lugar me sentí así. Por primera vez en una semana, no me sentí abrumado ni atemorizado por mis pensamientos

Era perfecto. La iglesia estaría silenciosa.

—¿Y si hacemos un vídeo? No para publicar online ni nada... solo para ti. —Estaba escuchando, así que seguí—. Has dicho que tenías miedo de olvidarte. Si lo grabas, cuando empieces a olvidarte detalles de la experiencia, puedes ver el vídeo y recordarlos todos. Y se lo podrías enseñar a Emory. De esa manera, se lo podrías decir, sin tener que contárselo en realidad.

Lo pensó durante unos minutos.

—Yo podría ayudar. Nuestro director de coro tiene una cámara profesional. Él podría grabarte. —Luke parecía estar asustado, así que retrocedí—. O podrías conducir a algún lugar tranquilo, colocar tu teléfono en el tablero del coche y hacerlo tú mismo. No me necesitas allí.

Pero yo quería que me necesitara allí.

—¿Cuándo? —preguntó.

—Cuando estés listo. Sin prisas.

Luke lo pensó un largo rato. Estaba segura de que declinaría la oferta.

—Te veo mañana a la misma hora, a la vuelta de la esquina debajo de la farola —dijo.

Emory
Día 1.

Luke y yo nos conocimos una noche de viernes en la última semana antes de terminar la escuela.

Él y sus amigos habían ido a la cafetería. Mis amigos y yo estábamos allí desde hacía horas. Se la pasaba mirando hacia nuestra mesa y cuando lo mencioné, Charlotte me desafió a que me acercara a su mesa y le hablara.

Nunca había declinado un desafío, así que salté desde mi asiento en la esquina del box hasta arriba de la mesa, pisando canastas de patatas fritas, vasos de café y tartas de queso a medio comer, mientras la camarera me miraba mal desde una mesa cercana.

Caí en el suelo con un golpe seco y caminé directo hacia él. Le pregunté si quería sumarse a nuestro grupo, se levantó y me dio la mano como si ya lo conociera. Lo guie hacia nuestra mesa. Todos hicieron sitio para que se sentara a mi lado.

—Soy Luke Calletti —dijo. Yo ya sabía eso.

—Emory Kern.

Nos dimos la mano. Tenía cabello oscuro y con rizos, ojos verdes penetrantes y labios gruesos. Mientras hablaba, yo los miraba, pensando qué se sentiría al besarlos. Era guapo. Realmente guapo.

—¿A qué instituto vas? —preguntó.

—Al tuyo —dije, mirando su boca.

—Entonces, ¿por qué no te conozco?

Me encogí de hombros como si no supiera la respuesta, pero la sabía: mismo instituto, mundos distintos.

Después de una hora o más, sus amigos se fueron a una fiesta, pero él se quedó conmigo. Y seguimos hablando. Luego mis amigos se fueron a sus casas, pero me quedé con él. Y seguimos hablando. Y al rato, éramos nosotros dos sentados solos en el box, donde compartimos la última porción de pastel de manzana y bebimos café negro, mientras su teléfono vibraba y sonaba sobre la mesa.

—Veo que tienes esa aplicación que te manda alertas todo el tiempo, así pareces muy popular frente a las chicas que tratas de impresionar —dije.

Sonrió.

—Mis amigos me preguntan dónde estoy. —Silenció el teléfono y le dio la vuelta sobre la mesa, ocultando la pantalla.

—Deberías ir a tu fiesta.

—Solo si vienes conmigo.

—No me gustan las fiestas. Pero aceptaré un viaje de regreso a casa si te queda de camino.

Nos fuimos de la cafetería juntos y caminamos hacia el aparcamiento para estudiantes del Instituto Foothill.

—Ese es mío —dijo, señalando a un solitario Jetta rojo estacionado al fondo, en la zona de las canchas de tenis.

Eran solo tres calles hasta mi casa, pero hablamos durante todo el camino, y cuando Luke se detuvo frente al acceso para coches, no estaba lista para decirle adiós.

—¿Quieres entrar? —pregunté—. Mi madre trabaja hasta tarde hoy.

—¿Y tu padre?

—Vive en Chicago.

Me siguió adentro. Nos sentamos uno al lado del otro en el sofá de la sala de estar; primero, inocentemente, pero luego se inclinó para besarme y eso fue suficiente. Nos hundimos más adentro, en el sofá, mientras yo miraba la puerta, preparada para quitarlo de encima y volver de un salto a mi sitio apenas escuchara las llaves de mi madre en la cerradura. Pero me perdí en su boca sobre la mía y en sus manos sobre mi piel, y antes de darme cuenta, le estaba preguntando si tenía protección. En silencio me reprendí por ser tan impulsiva, pero decidí que no me importaba. En ese momento lo deseaba y él me deseaba y no quería parar, así que no lo hice. Más tarde cuando le di el beso de las buenas noches en el porche, se apartó y me miró. Y luego sonrió y dijo:

—Creo que me he metido en grandes problemas, Emory Kern.

Me hizo reír. Me puse de puntillas, lo abracé por el cuello y lo miré directo a los ojos.

—Estás en problemas muy grandes.

Arqueó las cejas.

—Esto será divertido.

—Serán los mejores días de tu vida, supongo.

Presioné mi cuerpo contra el suyo y lo besé con más fuerza. Parecía que nos conociéramos desde hacía meses, aunque en realidad no nos conocíamos para nada. Me solté y levanté la vista hacia él.

—Ey, solo quiero que sepas que... nunca he hecho algo así. Tuve un solo novio. Estuvimos juntos unos seis meses. Hasta hoy por la noche, nunca había dormido con nadie salvo con él. —Solté una risa nerviosa. No estaba segura de por qué le estaba diciendo eso. En realidad no era de su incumbencia. Y no debería haber importado. Un hombre no hubiera justificado un romance de una noche de esa manera. Pero por alguna razón, yo seguía hablando—. Soy impulsiva, pero en general no soy *tan* impulsiva. Solo que... realmente me gustas.

Me besó de nuevo.

—No me debes explicaciones. Tú también me gustas mucho.

Nos besamos debajo de la luz del porche durante un largo rato. Tenía miedo de que si seguíamos, acabaría invitándolo a mi habitación a pasar la noche y le permitiría esconderse en mi armario. Mi madre estaba tan ocupada con su nuevo novio y su negocio de *catering*, que probablemente no se daría cuenta de que él estaba allí.

Pero luego su teléfono sonó y miró la pantalla.

—Es mi madre —dijo—. Llego tarde. —Me besó en la frente—. No puede dormir hasta que llego a casa, así que voy a sacarla de su miseria.

Me derretí. ¿Podía ser aún más adorable?

—Ey, tengo una idea —dijo—. ¿Quieres tener uno de esos romances cursis de película de verano de los ochenta?

Me reí.

—Sí, quiero.

—Genial. —Me dio un beso en la mejilla—. Te pasaré a buscar mañana. Seremos un cliché total e iremos a la playa.

Hannah

No podía recordar la última vez que había estado en la iglesia tan tarde por la noche. Todo parecía distinto. Silencioso. Tranquilo. Agarré el respaldo del último banco y lo apreté fuerte con los dedos. Todavía amaba esa sala, pero ya no me hacía sentir como antes. No me hacía sentir especial o conmovida o inspirada. No estaba deslumbrada y por un momento, eso me llenó de tristeza. No quería que esa sala se sintiera como cualquier otra.

Comenzamos a caminar por el pasillo hacia el escenario, y cuando Luke y yo estábamos a mitad de camino, la puerta del lado se abrió. Aaron llegó al escenario cargando parte del equipo de grabación.

Preparó todo sobre el banco y se unió a nosotros, al final de los escalones. Ambos se estrecharon las manos y Aaron señaló hacia el escenario.

—He traído algunas cosas. Distintos tipos de micrófonos... —Señaló hacia el equipo—. Pero este es tu show, dime solo con qué te sientes más cómodo.

—No estoy seguro de sentirme cómodo con alguna de estas cosas —dijo Luke, mientras se reía nerviosamente—. Supongo que deberíamos empezar antes de que me eche atrás y lo iré resolviendo a medida que avance.

Aaron trajo el micrófono corbatero.

—Comencemos con este. —Lo abrochó en la camiseta de Luke, le pasó el cable alrededor de su cintura y le calzó la batería en el bolsillo trasero del pantalón—. ¿Cómo lo sientes?

—Bien —dijo Luke—. Gracias

Aaron comenzó a preparar el trípode.

—¿Dónde te quieres sentar? —le pregunté a Luke.

Su mirada se paseó por el salón como si memorizara todo, desde las estrechas ventanas de *vitraux* espaciadas uniformemente a lo largo de las paredes, hasta la enorme cruz metálica que colgaba sobre la fuente bautismal. Luego caminó hacia el borde del escenario, se sentó en el escalón más alto, puso sus codos sobre las rodillas y descansó la cabeza sobre las manos.

—No tienes que hacer esto, ¿sabes?

Era cierto, y no podía evitar preguntarme si no había cometido un error al llevarlo allí, llamar a Aaron y hacer de eso algo más grande de lo que debería ser.

—En realidad. —Miró hacia arriba y en detalle el lugar—. Me gusta justo aquí.

—¿En el escalón? —pregunté, y Luke asintió.

Me di la vuelta para mirar a Aaron, señalé la cámara y le indiqué, sin hablar, dónde debía ubicarla.

—Perfecto. Entonces será justo aquí. Iré a encender las luces del escenario.

—No —dijo Luke, decidido—. Me gusta así. —Cuando Aaron le explicó que la cámara no iba poder grabarlo bien, dijo—: Es la idea.

En silencio, Aaron preparó el trípode y lo colocó hacia el costado, así Luke se veía de perfil, y luego me llamó. Se hizo a un lado para que pudiera ver la pantalla.

Me pregunté si estaría celoso. En mi interior deseaba que sí.

La cara de Luke estaba en las sombras. Yo podía distinguir sus rasgos, pero a menos que alguien supiera quién era, probablemente no podría identificarlo. Era perfecto. Así era como él lo quería hacer. Miré por encima de la cámara.

—¿Quieres verlo antes? —le pregunté.

—No —dijo, sin vueltas—. Confío en ti.

Aaron le pidió que probara el micrófono y cuando Luke dijo «probando, probando», pude notar que le temblaba la voz.

—De acuerdo —dijo Aaron mientras apretaba el botón grabar—. Estamos grabando, pero no te apures. Editaré esto, así que no te preocupes por cómo suena. Cortaré las pausas o cualquier cosa que no te guste, así que tómate tu tiempo.

El lugar estaba tan silencioso que podía escucharme respirar.

Luke miró directo a la cámara.

—Hola, mi nombre es Luke.

Me moví hacia el lado, así podía mirar al verdadero Luke y no al de la pequeña pantalla.

—Para ser honesto, no estoy del todo seguro de por qué estoy haciendo esto. —Se movió en el lugar y me miró—. Me siento un idiota, Hannah.

—Es que lo piensas demasiado. Finge que estás solo. Es solo tú y la cámara.

Luke señaló hacia el primer banco, donde yo me sentaba todos los lunes por la mañana al lado de Alyssa, Jack y Logan.

—Quizá sería más sencillo si pudiera verte.

—Oh, está bien. —Crucé el salón y me senté cerca, frente a él pero fuera de cuadro. Se reclinó hacia atrás, descansando sus brazos sobre el escenario, y ya se lo veía más cómodo. Tomó una larga bocanada de aire y lo soltó con fuerza.

—Hola —repitió—. Mi nombre es Luke. Y bueno, morí hace once días. —Se rio un poco mientras lo decía—. Estuve muerto durante tres minutos. Tres minutos no parecen demasiado tiempo, pero lo es. Poned el cronómetro de vuestros teléfonos en tres minutos y no hagáis nada más. Solo sentaos allí. Yo he hecho eso unas cien veces desde... —Dejó de hablar y luego me echó una mirada inquisidora.

—Está bien —le prometí—. Sigue hablando.

—Quizá tú puedas preguntarme algo.

Había cientos de preguntas arremolinándose en mi cabeza, pero quería comenzar con algo pequeño, algo sencillo, para ayudarlo a reconstruir lo que había ocurrido exactamente en esos tres minutos.

—¿Qué es lo último que recuerdas?

—Estaba en una fiesta. Salí y me metí en el coche, y apenas me senté detrás del volante sentí un dolor terrible en mi lado izquierdo, como si me estuvieran acuchillando, pero seguí conduciendo. Cuando llegué al cartel de *STOP*, que hay afuera de tu casa, finalmente me levanté la camisa y miré. Todo mi lado izquierdo estaba morado. En la oscuridad casi parecía negro. Y sentí que me desmayaría, así que pisé el acelerador. Lo único en lo que pensaba era en atravesar la calle para poder aparcar.

Recordé aquella noche. Me acordé de cómo su coche había rodado hasta detenerse, como si nadie estuviera conduciéndolo.

—¿Qué ocurrió luego?

—Agarré mi teléfono que estaba en el asiento del acompañante, pero se cayó al suelo cuando pisé el acelerador. Cuando traté de alcanzarlo de nuevo, vomité. Y luego... supongo que me desmayé.

Sujeté con fuerza la cruz que llevaba colgando y la apreté entre mis manos hasta que dolió.

—Escuché tu voz. Y luego la voz de tu padre. Y luego todo había desaparecido.

Descansé los codos sobre mis rodillas y me incline más cerca. No podía quitarle los ojos de encima.

—De pronto estaba en un austero cuarto blanco, solo que no era un cuarto. No había paredes. Pero estaba de pie sobre algo sólido y tenía agua azul, tibia, hasta las rodillas. —Sonrió al recordarlo—. No era solo tibia, era como una bañera. Y no era solo azul, era más como el color de los zafiros. Y brillaba. Era espesa, como la miel, pero no era pegajosa ni nada similar. Mis piernas parecían pesadas, pero podía moverme, y cuando lo hice, el agua se amoldó a mi piel, como si envolviera mis piernas. Suena raro, pero lo sentía... reconfortante. Seguro. Me quedé allí y el agua comenzó a subir, primero por encima de mis rodillas, luego pasando la cintura, y hasta mi pecho. No sentí miedo cuando subió hasta mi barbilla; de alguna manera sabía que podría respirar incluso si cubría mi boca y mi nariz. Y cuando finalmente ocurrió, abrí la boca y la bebí, y la podía sentir deslizarse por mi garganta y llegar a mi estómago y hasta las puntas de mis dedos y hacia abajo, hasta los dedos de mis pies. Y se sentía... como... amor puro. Amor por mi familia y por todos lo que alguna vez había conocido... —Descansó su mano en el pecho—. Fue algo indescriptible. Como si mi cuerpo entero desbordara amor puro. Nunca antes había sentido tanto amor.

Mientras lo decía, se notaba que su cabeza estaba en otro lugar y asumí que estaba reviviendo esa sensación. No creí que lo envidiaría, pero un poco sí lo envidiaba. Yo quería sentir «amor puro». Quería experimentar algo así... Algo tan incontenible, indescriptible y profundo que ya no había lugar para todas mis preguntas y dudas.

Luego Luke sacudió la cabeza, regresó mentalmente donde estábamos, y me miró. Puso los ojos en blanco.

—¿Ves por qué no quería contarte todo esto?

Tenía piel de gallina en mis brazos.

—Esto es increíble. Sigue hablando.

—No lo combatí. No quería hacerlo. Cerré los ojos y estiré los brazos hacia los costados y dejé que el agua me levantara del suelo. Floté por allí y me reí, porque todo era tan increíble. Era... perfecto. —Volvió a sonreír.

—¿Podías ver la superficie? —pregunté.

—Sí, pero no estaba tratando de alcanzarla. Solo estaba flotando y bebiendo el agua, y la sentía moverse por mi cuerpo. Sentía paz. —Cerró los ojos como si volviera a estar allí—. Sentí que flotaba de esa manera por horas. Y luego escuché tu voz. —Abrió los ojos de nuevo y los fijó en los míos—. No se escuchaba lejana por el agua ni nada parecido. Se escuchaba bien clara.

—No has terminado aquí —dije.

Asintió.

—Y enseguida supe qué querías decirme con eso. Pensé: *Tiene razón, no he terminado.* Y eso fue todo. Fue como si alguien hubiera quitado el tapón de la bañera. El agua se fue rápidamente hacia todos lados, derramándose por los bordes del salón sin paredes, y fui arrojado a la superficie, luchando por respirar. Y tan solo así —chasqueó sus dedos— estaba en la parte trasera de la ambulancia. Escuché a una persona del servicio de emergencias decir: «¡Ya lo tengo!».

Sonreí.

Luke no sonrió.

—Estaba muy triste. —Se tocó la frente—. Ni siquiera sentía dolor, me sentía… muy vacío. Y solo. Dios, la tristeza eran tan intensa. Quería regresar a ese cuarto, regresar al agua.

Estuve conteniendo las lágrimas, pero sus palabras pudieron más.

—Lo siento mucho —murmuré, aunque disculparme porque él estaba vivo no tenía ningún sentido.

—Lo primero que recordé al despertarme después de la cirugía fue el agua y volví a sentir la tristeza. Durante los días siguientes, comencé a unir todas las piezas del rompecabezas.

Estaba en silencio, y pensé si debía hacer otra pregunta.

—¿Cómo es tu vida ahora? —pregunté.

—No puedo dormir, no puedo comer. Esos tres minutos me obsesionan, solo quiero regresar allí, no porque quiera morir o algo similar, solo quisiera sentir esa sensación de nuevo, ¿entiendes?

Asentí.

Sacudió las manos y se movió en el lugar. Creí que había terminado. Pero luego me miró y dijo:

—Pregúntame algo más.

Sabía exactamente qué preguntar. Había querido preguntárselo desde el día en que se había aparecido en mi casa.

—¿Crees que has visto el paraíso?

Me miró fijo de nuevo.

—Cuando era niño tenía terror de morir. Odiaba todos esos libros y películas apocalípticas en las que enormes cantidades de habitantes de todo el mundo habían sido eliminados. Básicamente, odiaba cualquier cosa que tuviera que ver con la muerte. Tuve pesadillas durante meses. —Hizo una pausa. Y luego miró directo a la cámara—. No sé si vi el paraíso. Pero creo que mi alma estaba en camino hacia otro lugar. Estoy feliz de estar vivo, pero algún día sé que estaré en esa agua de nuevo. No estoy listo para morir, pero ya no tengo miedo.

Me levanté y caminé hacia él. Me senté a su lado en el escalón más alto y lo rodeé con mis brazos. Me devolvió el abrazo.

—Gracias —dijo.

—De nada.

Sentí cuánto me necesitaba. No recordaba cuándo había sido la última vez que alguien me había necesitado tanto.

Y en ese momento me di cuenta de que así era como mi padre se sentía todo el tiempo. La gente lo necesitaba de esa manera cada día. Me ayudó a comprender su pasión y su empuje, como jamás lo había hecho antes. Podía ver por qué era adictivo.

—¿Ves? —Me solté y le sonreí—. Te lo dije.

—¿El qué?

—No estás ni *cerca* de haber terminado aquí.

Condujimos a casa en silencio. Yo no sabía qué decir y creí que él ya había dicho todo, así que solo vi pasar el vecindario a través de la ventanilla.

Unas pocas calles más adelante, Luke frenó en el semáforo y apoyó la cabeza en el volante. Soltó un gran suspiro, como si lo hubiese estado conteniendo durante kilómetros. O quizás durante once días.

—¿Te sientes mejor? —pregunté, y él asintió—. Bien —dije, mientras descansaba mi mano sobre su espalda.

La luz del semáforo cambió a verde y él se detuvo en el cruce.

—Gracias por las preguntas, eso ha ayudado mucho, pero… creo que ahora no puedo enseñarle a Emory el vídeo.

—Me aseguraré de que Aaron me borre del vídeo.

Avanzamos unas calles más.

—¿Por qué no me dices que ocurrió entre vosotras?

No le podía dar detalles, así que no di precisiones.

—Solo dije algo que no debería haber dicho. Y ella dijo algo que no debería haber dicho. Ya sabes cómo son esas peleas. Las palabras se escapan y en cuanto eso ocurre, deseas poder volver el tiempo atrás, solo por treinta segundos, y deshacer todo. Pero no puedes. —Hice una pausa—. Las palabras de Emory se quedaron grabadas en mi cabeza. No se iban. Comencé a cuestionar todo lo que siempre había sabido, y durante un corto tiempo, la odié por eso. En menos de un minuto, con solo unas pocas palabras, me había sacado una gran parte de mi vida. Me encontré escuchando los sermones de mi padre de otra manera. Iba a mi roca de rezos y me sentaba allí durante horas, intentando sentir algo. —Descansé mi palma en el pecho—. Una presencia. Una voz. Algo. Pero había comenzado a ver todo de manera distinta.

Todo.

Lo que le había ocurrido a Luke once días atrás e incluso lo que le había ocurrido en la iglesia hacía veinte minutos.

—¿Cómo qué? —preguntó.

Puse una pierna debajo de la otra y me di vuelta hacia él.

—Hace dos semanas, te hubiese dicho, sin dudar, que habías tenido una visión de tres minutos del paraíso. Te habría dicho que *hay* vida después de la muerte, sin duda, y que tú la habías visto. No hubiese sabido eso, por supuesto, pero lo habría creído con tanta certeza que hubiera sonado creíble. Te hubiese dicho que el agua azul y espesa te estaba lavando desde adentro hacia afuera. Te hubiese dicho que si alguna vez querías volver a flotar allí, había una sola opción: invitar a Jesús a tu vida como tu Señor y salvador. Pedirle el perdón por tus pecados y elegir renacer. Eso es lo que se *supone* que debería decirte ahora mismo.

Me sonrió.

—¿Pero?

—Pero no puedo. Estoy completamente deslumbrada por lo que has visto, pero no tengo idea de qué es.

—Muchas gracias. Eso no es de gran ayuda. —Arqueó una ceja. Por su expresión me daba cuenta de que estaba bromeando.

Le seguí el juego.

—Y tú pensabas que yo tenía certezas.

—Hija de un pastor…

—Buscando respuestas —contesté, terminando su oración.

Luke se detuvo bajo la farola al lado de mi casa. Aparcó el coche, pero no detuvo el motor. Comencé a salir, luego paré y me di la vuelta para mirarlo.

—Mi padre está convencido de que hay un motivo importante por el cual he sido yo quien te ha encontrado esa noche. Que eso fue parte «del plan de Dios». —Hice el gesto de poner las comillas en el aire—. Pero sé que solías entrar a escondidas al cuarto de Emory y siempre aparcabas aquí. Me levanté a buscar agua y te vi.

—¿Crees que hubo alguna razón para que me encontraras? ¿Que todo ha sido parte de una fuerza mayor que está detrás de esto? —preguntó Luke.

Lo pensé.

—No estoy segura. Pero, repito, en estos tiempos no estoy segura de nada.

Estaba silencioso otra vez, miraba fuera del parabrisas como si observara algo.

—No quites tu voz del vídeo. Quiero que Emory la escuche.

—¿En serio? ¿Por qué? —le pregunté.

—¿Quién sabe? Quizá sí ha ocurrido por algún motivo. Quizá puede que yo sea el pegamento que las una otra vez.

Emory
Día 292, faltan 145.

En el comedor, Charlotte y yo pagamos nuestros almuerzos y nos fuimos en direcciones opuestas.

—Te veo en diez minutos —le avisé.

Miré hacia la mesa de Luke. Estaba animada. Más ruidosa que de costumbre, todos se reían y hablaban unos sobre otros y se peleaban por tomar la palabra.

Me deslicé a su lado.

—Hola, Em. —Puso su mano en mi pierna y se acercó a besarme. Era un beso escolar. Un beso bonito. Un beso real.

—Estás de buen humor hoy —comenté.

—Sí, así es.

—¿Qué hay de nuevo? ¿Has tenido noticias del entrenador de Denver?

—No todavía. —Dio un gran mordisco a su sándwich y lo bajó con su gaseosa.

—¿Te sientes mejor?

Dio otro mordisco.

—Te quedas corta —dijo, entre dientes, con la boca llena de comida—. Dios, me muero de hambre, y esto está delicioso. ¿Cuándo ha mejorado tanto la comida de aquí?

Aún no había abierto el paquete con mi sándwich de jamón y queso, pero estaba segura de que tendría el gusto de siempre.

Luke terminó su sándwich e hizo un bollo con el envoltorio. Tomó un gran sorbo y siguió hasta que el ruido dejó en claro que ya no había nada salvo hielo. Luego se dirigió a Dominic.

—¿Vas a comerte esas patatas?

Dominic dijo que no con su cabeza y le tiró la bolsa de patatas a Luke.

—Ayer por la noche he dormido como una roca —comentó Luke, mientras la abría—. Mi madre tuvo que despertarme esta mañana y te juro que si no lo hubiese hecho, creo que habría dormido todo el día. —Devoró las patatas en cuestión de segundos y le di mi agua. Tomó tres largos sorbos.

—Perdón, no puedo parar de comer —dijo, entre risas.

Me reí también.

—No, está bien, en algún punto puedes ir más despacio y realmente probar la comida. —Bromeé—. Pero...

Me interrumpió.

—Esa es la cuestión. Estoy saboreando cada bocado. Es como si mis papilas gustativas estuvieran recargadas. —Bebió otro trago de agua—. Hasta el agua tiene un gusto delicioso.

—Quizás es alguno de tus medicamentos —dije, aun sonriendo. No me importaba la razón. Solo estaba contenta de verlo animado.

—Quizá. —Terminó el resto de mi agua.

Metió la mano en el bolsillo de su abrigo con capucha y sacó un paquete de Mentos. Me llamó la atención el envoltorio. Pensé en el que estaba pinchado en mi pizarra, el que tenía el mapa que él había dibujado.

Me di la vuelta para enfrentarlo, me senté a horcajadas y puse una pierna encima de la suya. Y luego tomé su cara en mis manos y lo besé. Tenía gusto a fiambre, a Doritos y a menta, todo junto, mezclado, pero no me importaba. Estaba de vuelta.

—¿A qué se ha debido eso? —preguntó.

—¿Qué harás el sábado por la noche?

—*Mmm*. Sábado... —Miró hacia el costado como si estuviera repasando mentalmente su agenda superapretada y se rio porque yo ya sabía que no tenía que ir a ningún lugar—. No tengo planes —dijo—. ¿Por qué?

—Bien. Tenemos una cita.

—¿En serio?

—Sip.

—¿Qué haremos? —preguntó.

—No te lo diré. Es una sorpresa.

Puso su frente contra la mía.

—Me gustan las sorpresas.

—Sé que te gustan. —Lo besé una vez más antes de ponerme de pie y agarrar mi sándwich—. Me tengo que ir al teatro. ¿Me buscas esta noche para el partido?

—Estaré allí a las seis. —Me levanté y empecé a irme, pero sujetó mi mano—. ¿Em? ¿Puedo pedirte un favor estúpido?

—Por supuesto.

—¿Puedes usar mi jersey hoy a la noche? Sé que es tonto, pero verte vestida con eso, me hace sentir como el chico que era dos semanas atrás.

Lo rodeé con mis brazos desde atrás.

—Planeaba hacerlo —le susurré en el oído.

—Gracias. —Me atrajo más cerca y me besó con más fuerza. Esta vez no era un beso escolar. Ni siquiera pareció. Me dejó con ganas de desaparecer y pasar solos el resto del día, hablando y riendo y besándonos, como solíamos hacer. Dios, había extrañado besarlo.

Salí del comedor y me dirigí hacia el teatro, sintiendo que mis pies ni siguiera tocaban el suelo. Luke estaba de regreso. Yo estaba de regreso. Éramos Luke y Emory otra vez, y todo iría bien.

Hannah

Una vez finalizado el ensayo de SonRise, subí a la cabina de sonido y golpeé la puerta. Aaron la abrió tan rápido que me pregunté si había corrido desde el otro lado de la estancia.

—Allí estás. Justo a tiempo. Ven a mirar.

Se sentó en su banqueta y se estiró hasta el ratón.

—Le he puesto un poquito de luz. Creí que Luke querría dejarlo un tanto oscuro, y no podía hacer mucho más sin que la imagen quedara borrosa, pero he ajustado un par de cosas para que se lo pueda ver un poco mejor.

Luke todavía estaba en las sombras y todo conservaba el mismo ambiente misterioso, pero podía ver un atisbo de una sonrisa en su cara. Estaba más claro, pero todavía estaba oscuro, de la forma en que Luke quería.

—Está perfecto.

Aaron presionó *PLAY*.

—Hola. Mi nombre es Luke. Para ser honesto, no estoy del todo seguro de por qué estoy haciendo esto.

Aaron y yo nos sentamos en silencio, mirando a Luke hablar sobre el agua azul y espesa, el cuarto sin paredes y la abrumadora sensación de amor que sentía. Y luego chasqueó los dedos y explicó cómo había terminado, cómo mis palabras lo habían terminado, y sentí que mi corazón se rompía por él. La expresión de Luke cambió. Se emocionó. Luego escuchamos mi voz.

—¿Crees que has visto el paraíso?

Habló sobre temer a la muerte, y dijo que creía que su alma estaba segura y en camino hacia otro lugar. Luego, con los ojos fijos, dijo a la cámara:

—Sé que estaré en esa agua de nuevo. No estoy listo para morir, pero ya no tengo miedo.

La imagen se fundió a negro.

—Es espectacular —comenté.

—Sí, lo es. Sabe expresarse y es encantador —agregó Aaron—. Te va atrapando, incluso antes de la parte sobre el agua. Él es tan… auténtico.

Sabía a lo que se refería Aaron. El vídeo era crudo y emotivo, sin filtro y potente. Te invitaba a pensar y a valorar la vida. Me generaba ganas de llorar y de hacer piruetas, todo al mismo tiempo.

—Me ha recordado a los chicos que elegimos para los vídeos testimoniales. Sincero y comprometido sin ser empalagoso —dijo Aaron—. En realidad, tengo una idea.

Lo miré con el rabillo del ojo.

—¿Qué?

—¿Qué te parece si le pides a Luke que hable en la noche de admisiones? Podría dar su testimonio en vivo.

Solté una carcajada.

—Estás bromeando, ¿verdad? No hay manera de que haga eso. Ni siquiera viene a este instituto. Y además, no va a decir que sí. —Hice una pausa—. Solo nos ha dicho a nosotros lo que le ha ocurrido. Nadie más puede ver esto.

Aaron se movió en el lugar.

—Sobre eso… tu padre vino hace unas horas. Fui a abrir la puerta y no pensé en esconder lo que estaba haciendo. Fue directo al ordenador, pensando que yo estaba trabajando en los vídeos de la campaña, y ha visto la cara de Luke. No tuve otra alternativa que mostrarle el vídeo.

Eso significaba que mi padre me había escuchado haciendo las preguntas. Sabía que me había escapado de mi habitación en medio de la noche. Me retorcí las manos, nerviosa por tener que volver a casa.

—Debe haber estado furioso.

—No, para nada. Le ha encantado.

Dejé de moverme.

—¿En serio?

—Estaba feliz de verte hablando con Luke sobre lo ocurrido. Y no dijo nada, pero creo que también estaba algo contento de ver su capilla de fondo.

Me imaginé a mi padre sentado frente al monitor un par de horas más temprano, mirando a Luke en el escenario, hablando con honestidad sobre lo que le había pasado, y de repente, todo se volvió más claro.

—Fue idea de mi padre que Luke hablara en la noche de admisiones, ¿cierto?

—¿Cómo has sabido eso?

Lo miré a los ojos.

—Lo conozco.

Aaron estaba impresionado.

—Luke es un chico guapo, bueno, normal, que antes no era creyente, pero ha muerto y regresó cambiado. Cree que algo importante le ha ocurrido.

—No sabe qué le ha ocurrido. —lo corregí.

—Quizá no, pero está comenzando a darse cuenta de que es parte de algo más importante. ¿No crees que debería compartir eso?

—No, si no quiere hacerlo.

Pensé en la conversación que habíamos tenido con Luke luego de grabar el video. No creía necesariamente que había ido al cielo. O quizá sí lo creía, y yo le había dicho que quizá no había estado allí. No estaba segura. De una u otra manera, todavía estaba intentando comprender todo eso. No podía empujarlo a un escenario frente a cientos de aspirantes y de sus padres, y hacerlo hablar.

—Luke ha experimentado algo intenso esa noche —dijo Aaron—. Está tratando de entender qué significa todo eso. Y hablarlo contigo y una cámara… parece haber ayudado un poco, ¿no crees?

Debía admitir que Aaron tenía razón sobre ese punto. Luke parecía una persona completamente distinta mientras conducía a casa desde la iglesia, como si se hubiera quitado un peso de los hombros. Y me había mandado mensajes todo el día, en los que me contaba que todo tenía un sabor mejor, que los colores eran más intensos y su sentido del olfato parecía aumentado. Dijo que cuando había regresado a su casa no había buscado ningún testimonio sobre experiencias cercanas a la muerte y que se había quedado dormido enseguida y no se había despertado hasta que su alarma había dejado de sonar, por la mañana. Desde el accidente no había dormido tres horas seguidas.

—Dirá que no —agregué. Aaron no respondió. Solo se sentó allí, mirándome, esperando a que siguiera—. Le preguntaré, pero lo quiero hacer en persona.

Necesitaba que Luke me mirara a la cara y supiera que no estaba bajo presión de aceptar.

Saqué mi teléfono y comencé a escribir un mensaje para él. Escribí: *El video está listo. Es increíble. ¿Pasas por casa hoy por la noche?* Presioné ENVIAR y solté el teléfono en la mesa al lado del teclado. Sonó enseguida.

Luke: No puedo hoy por la noche. ¿Mañana?
Hannah: Claro.
Luke: Te veo en la esquina.

—Viene mañana por la noche —le dije a Aaron.

—Oh... Bien. ¿Cuándo?

—A la medianoche, supongo. Esperará a que sus padres y los míos estén durmiendo. Tiene que escaparse de su casa. No está autorizado a conducir.

Aaron sujetó el ratón y empezó a clickear, a cerrar páginas y a arrastrar archivos a carpetas. No me miraba. Pensé en nuestro intercambio de mensajes algunas noches atrás. Recordé cómo habíamos coqueteado, hablando de lo que se suponía no debía ocurrir de nuevo, pero podía ocurrir de nuevo.

—No tengo derecho a estar celoso —dijo, en voz baja.

—No, no lo tienes. —Él era el que tenía una novia. Él era el que estaba rompiendo todas las reglas—. Pero ¿estás celoso?

Aaron se dio la vuelta. Me miró como si tuviera algo para decir, pero no estaba seguro si debía decirlo.

—Vosotros dos, en el escenario... cuando te ha abrazado.

—Él necesitaba un amigo.

—Parecía más que eso.

—No lo era. —Negué con mi cabeza—. Es el novio de Emory. Trato de ayudarlo.

Aaron suspiró.

—Mira, entiendo que no tengo derecho de pedir esto, pero debo saberlo. —Enrolló un cable de micrófono alrededor de su dedo—. ¿Ha tratado de besarte después?

Estaba celoso. *Sin duda*, estaba celoso. Como había dicho, no tenía derecho a estarlo, pero me gustaba que lo estuviera.

—No.

—¿Querías que lo hiciera?

Lo miré directo.

—No, para nada.

—¿Estás segura?

—Te lo he dicho. Quiero que *tú* me beses. Me he pasado toda la semana queriendo besarte de nuevo.

Trazó mi mentón con su dedo y pasó su pulgar por mis labios. Y luego se acercó y puso su boca sobre la mía. Sus labios eran suaves y tibios, y cuando los separó, yo hice lo mismo. Debería haberle preguntado por Beth, pero no quería saber nada. Sabía que debería haberlo detenido, pero no lo hice.

—¿Por qué sonríes? —preguntó, entre besos.
—Esto —dije—. Tú. —Y eso lo hizo besarme aún más fuerte.

Emory

Día 293, faltan 144 días.

—¡Finalmente! —dijo mi madre, mientras caminaba desde la esquina, con una gran caja en los brazos—. Te esperé toda la tarde. ¿Dónde has estado?

—¿Dónde crees? La obra se estrena en una semana. He estado repasando la letra con Charlotte y con Tyler en la cafetería. —Ella había estado perdida en su pequeño mundo últimamente, era como si se hubiera olvidado de lo que ocurría en el mío. Pero no dejaría que me afectara. Venía de hacer el tercer acto completo, improvisando, y empezaba a sentir que, después de todo, no era pésima—. Debo decirlo: estoy encendida.

—Por supuesto que lo estás —contestó mi madre—. Te dije que te aprenderías las líneas. Siempre lo haces.

Intenté recordar cuándo me había dicho eso, pero me quedé en blanco. Tampoco dejé que eso me afectara. En cambio, señalé la caja y cambié de tema.

—¿Por qué estás tan entusiasmada?

—¡Han llegado la invitaciones y están aquí, dentro de la caja!

Mi buena predisposición se terminó. El brillo que traía al llegar fue reemplazado al instante por un incómodo nudo en la profundidad de mi estómago.

Mi madre se colocó detrás de mí, empujándome hacia la cocina con la caja.

—Vamos —cantó—. Mirémoslas.

Su enorme planificador de boda estaba en la mesa, abierto en la lista de invitados. Puso la caja al lado, desapareció en la cocina y regresó con un cuchillo.

—Tambores, por favor...

Creí que bromeaba, pero luego señaló la mesa y abrió los ojos bien grandes. Tamborileé los dedos en el borde de la mesa, mientras ella deslizaba el cuchillo por la cinta que cerraba la caja, y la abrió por la mitad. Luego levantó la tapa y sacó una caja blanca más pequeña y envuelta en una cinta dorada brillante.

—Oh, es tan hermosa.

—Es una caja, mamá.

—Lo sé... —Tiró de la cinta y se cayó en la mesa. Luego levantó la tapa y tomó la invitación que estaba encima de todo. Me la dio. El papel era suave y de un color verde claro, y lo miré mientras ella levantaba otra invitación y leía en voz alta:

—Jennifer Fitzsimmons y David Mendozzi tienen el honor de solicitar vuestra presencia en su boda.

Paró de leer y puso su brazo frente a mi cara.

—¡Tengo escalofríos!

Yo no tenía escalofríos, tenía un nudo del tamaño de Canadá en la garganta, pero le regalé una sonrisa falsa y volvió a admirar la invitación.

—Oh, me encantan las letras con relieve. —Pasó la yema de los dedos por las letras—. ¿No te parece elegante?

No contesté. Seguí husmeando la caja.

—¿Cuántas hay?

—Sesenta. La lista de invitados tiene noventa y dos personas, la mayoría son parejas, pero quería tener algunas extra por si decido agregar a alguien más.

Tomé su organizador y miré la lista. Noventa y dos nombres. Noventa y dos personas que iban a ir a una ceremonia en la ladera de la colina, a bailar en una carpa enorme bajo pequeñas luces blancas, y a comer y a beber el equivalente a miles de dólares en comida y vino. Me imaginé que los amigos del imbécil conformaban la mayor parte de la lista, pero muchos de los nombres me eran familiares. Amigos del ámbito del *catering*. Amigos del instituto. Parejas que ella y mi padre solían invitar a cenar a casa, y familias que solíamos visitar y con las que solíamos irnos de vacaciones.

Quizás todos irían a su boda, pero ni uno de ellos se había molestado en llamar o mandar un mensaje cuando mi madre no se podía levantar de la cama. Hubiera dado todo porque sola una de esas noventa y dos personas hubiera aparecido en la puerta en aquellos tiempos.

—¿Invitas a los Jacquards? —pregunté.

—Por supuesto. Los conocemos de toda la vida. —Sacó el celofán y comenzó a apilar las invitaciones y los sobres en dos pilas prolijas—. Y para ese entonces, vas a tener que ingeniártelas para estar en un mismo lugar con Hannah, porque no voy a dejar que esta pelea ridícula entre vosotras arruine mi día.

—No es ridícula —murmuré.

Chequeé la lista. Luke y su familia también estarían allí. Si era necesario podría esconderme con ellos cuatro.

Husmeé en la caja y señalé un pequeño paquete envuelto en celofán y atado con un moño azul brillante.

—¿Qué es eso?

Mi madre lo alcanzó, deshizo el moño y quitó el envoltorio.

—Oh, Emory, mira. Es nuestra tarjeta de Reserva la fecha.

De fondo había una foto en blanco y negro de ella y David en la playa, él arrodillado, dándole un anillo, y ella cubriéndose la boca, como si estuviera en shock. Un fotógrafo local había montado la imagen. En la vida real, el imbécil se lo propuso una noche en nuestra casa. Yo salí un sábado por la noche y ella no estaba usando un anillo. Cuando regresé, llevaba uno.

—Deberíamos colocarles las direcciones a todas las tarjetas este fin de semana. *The Knot* dice que hay que enviar las tarjetas de Reserva la fecha de seis a ocho meses antes de la boda, así que ya estoy muy retrasada.

Este fin de semana.

Después de eso, ya no habría marcha atrás.

Hannah

En este punto, ya debería haber estado harta del vídeo de Luke. Casi había perdido la cuenta de cuántas veces lo había visto, pero hacerlo junto a él, me hacía sentir que lo miraba por primera vez.

En pantalla, Luke se dirigió a la cámara y dijo:

—Algún día sé que estaré en esa agua de nuevo. No estoy listo para morir, pero ya no tengo miedo.

La pantalla se fundió a negro y en el coche había silencio.

—¿Qué piensas? —le pregunté.

Hizo una mueca.

—Es algo bueno, supongo. Pero es raro verme a mí mismo hablar así de lo que ha ocurrido. Parece que tengo todo tan… claro, pero la mayor parte del tiempo no me siento así.

—Estabas siendo totalmente honesto.

—Sí —deslizó un dedo por la pantalla y rebobinó el vídeo hasta el comienzo—. No estoy seguro de poder hacer eso de nuevo, pero…

—¿Estás contento de haberlo hecho? —pregunté, terminando su oración.

Me sonrió.

—Estoy contento de haberlo hecho.

Mientras presionaba *PLAY* para mirarlo una segunda vez, pensé en lo que Aaron había dicho. Miré el rostro de Luke. Se lo veía aliviado. Feliz. Más feliz de lo que jamás lo había visto.

—Se supone que tengo que hacerte una pregunta —dije, cuando terminó el vídeo. Debía decirlo rápido antes de acobardarme—. Tenemos un evento importante de admisión, pronto. Es básicamente la manera en que logramos que los chicos soliciten el ingreso a Covenant. SonRise va a cantar y también lo hará el equipo de baile. Y algunas personas compartirán sus testimonios.

Me observó.

—Si esto está yendo donde creo que está yendo, de ninguna manera.

—¿Por qué no? Es el mismo lugar, solo que con doscientas personas más allí. —Creí que una broma aligeraría las cosas, pero no hubo ni un rastro de sonrisa.

—De ninguna manera —repitió.

—Estoy bromeando. Me imaginé que ibas a decir eso. Mi padre necesita a otro orador y justo entró a la cabina de sonido cuando Aaron estaba editando esto y le gustó mucho el vídeo y pensó...

Luke me cortó.

—Espera. ¿Tu padre ha visto esto?

Me envaré y me preparé para que me reprendiera por haber sido tan descuidada.

—Ha sido un accidente. Lo siento.

Esperé que estuviera enojado o avergonzado, pero no pareció importarle.

—No pasa nada, es tu padre. Él estaba allí cuando ocurrió, así que... —Su frase quedó suspendida en el aire, sin completar—. ¿Él es quien quiere que hable en tu evento de Admisiones?

—Sí.

—¿Por qué?

Me sorprendió que lo preguntara, pero parecía que en serio no entendía por qué a la gente le importaría.

—Se ha conmovido con el vídeo, y creo que le ocurrirá lo mismo a otra gente. La gente se puede identificar contigo, ¿entiendes?

Eres un chico normal, promedio, a quien le ha ocurrido algo extraordinario. Cuando hablas, haces que la gente te quiera escuchar.

Luke tamborileó los dedos en el volante, digiriendo todo. No quería presionarlo, pro no podía dejar de pensar que Aaron tenía razón.

—Parece que hablar de lo que te ha ocurrido te está ayudando, ahora duermes, comes. El día que apareciste en mi puerta estabas maltrecho y roto. Pero ahora te veo como te recordaba. Como el Luke anterior a que todo esto ocurriera.

Luke miró a través de la ventana durante casi un minuto entero.

—Honestamente, ya no sé quién soy.

No tenía ni idea de cómo responder a eso, así que me senté sin decir nada, esperando que él rompiera el silencio otra vez.

—No puedo decirle que no a tu padre, estoy en deuda con él.

Negué con la cabeza.

—No le debes nada. En serio. Haz esto porque quieres hacerlo, no porque te sientas obligado a hacerlo por mi padre o por mí o por alguien más. Hazlo porque hablar sobre lo que te ocurrió te ayuda a quitártelo de la cabeza.

—¿Cuándo es? —preguntó, finalmente.

—El próximo viernes. A las siete en punto.

Luke lo siguió pensando. Luego agregó:

—Tengo un partido de lacrosse.

Creí que eso era todo, pero luego movió la cabeza con fuerza y dijo:

—Pero qué diablos, de todos modos no puedo jugar. Y no puedo tolerar ver a mi equipo en el campo, hablando de sus planes para ir a la facultad, mientras yo me siento en el banco y les doy aliento, como un idiota. Dile a tu padre que lo haré.

—¿Estás seguro? —pregunté.

—Será divertido. —Hizo una mueca con la boca.

Emory
Día 295, faltan 142.

Había reclutado a Tyler, a Charlotte y a Addison para que me ayudaran con mi cita.

Apenas terminó el ensayo el sábado, Tyler nos condujo a la casa de Charlotte, y arrastramos una caja de plástico con la palabra CAMPING escrita al costado, desde el garaje hasta el jardín trasero. Soltamos todo en el césped.

Tyler abrió la caja, y empezó a hurgar dentro, mientras Charlotte desataba un hilo de la bolsa larga y angosta, y sacó la tienda de campaña de color azul y naranja.

—Primero la desenrollas y la apoyas en el césped, plana, justo así —dijo Charlotte, mientras lo iba haciendo—. Luego metes estas varillas a través de estos pequeños bolsillos. Toda la estructura se va levantando mientras avanzas. Una vez que todas las varillas están puestas en cada uno de los bolsillos, las metes dentro de las arandelas, y las clavas con estas estacas, aunque no es que habrá viento ni nada, así que en realidad no es necesario que hagas esta parte.

—Espera, retrocede. ¿Qué son arandelas? —Me mostró los pequeños agujeros con las coloridas costuras reforzadas que estaban alineadas en los bordes de la tienda—. Esa es una buena palabra. Me gusta. Arandela. —La dije un par de veces más.

—Chica rara —me dijo, dándome una varilla fina y flexible.

—Agarra de ese lado, yo agarraré de este.

—Vale, entonces, cuando uno ya está acampando, ¿qué haces luego de levantar la tienda? —pregunté.

—Entras y te desnudas —dijo Tyler.

—No puedo —dije, aún trabajando con la tienda—. El doctor no le ha dado el alta definitiva. He visto las instrucciones postoperatorias y son muy claras. Tres semanas, no antes. Además —agregué —no quiere que vea la cicatriz.

—¿No la has visto? —Charlotte terminó su lado de la tienda. Yo seguía luchando con mi lado.

—Dice que es asquerosa. Y quizá lo sea, pero en realidad no me importa. —Al fin logré poner la varilla por encima de la tienda. Comencé con el otro lado.

Tyler regresó a la caja de *camping*.

—Bueno, si te acuestas con él, estas te podrán servir —dijo, mientras sacaba de la caja dos largos palos de metal y los sostenía en el aire.

—¿Para qué diablos son esos? —pregunté.

—Para hacer *s'mores*[2] —dijo Charlotte.

—Oh. —Me imaginé el brasero en el patio de Luke. Sus padres siempre se sentaban allí afuera, después de las cenas de Calletti *Spaghetti*, con sus pies encima del borde del fogón y copas de vino en la mano—. Sí, definitivamente necesitamos *s'mores*, agrégalos a la pila. —Luego debíamos hacer las compras. Agregué galletas Graham, chocolates y malvaviscos a mi lista mental.

—Y si os aburrís, podéis pelearos. —Tyler le dio uno de los palos de metal a Charlotte y los dos comenzaron a bailar en el césped, haciendo como que se batían a duelo.

---

2. Postre tradicional norteamericano típico de las hogueras nocturnas y campings. Consiste en un malvavisco tostado y un pedazo de chocolate entre dos galletas Graham.

Terminé mi lado de la tienda. Y cuando me eché hacia atrás admirando mi trabajo, sonó el teléfono en mi bolsillo. Lo saqué y leí la pantalla.

Addison: ¡No hay moros en la costa!

—Chicos. —Sacudí mi teléfono en el aire y Charlotte y Tyler dejaron de pelear—. Está llegando.

Llevamos todo a un lado y lo cargamos en el maletero del coche de Tyler.

Tenía los pies en el borde del fogón y fingía leer un libro, cuando Luke abrió la puerta de vidrio y salió al jardín.

—¿Qué ocurre?

—¡Sorpresa! —Me levanté y señalé la bolsa de malvaviscos, la caja de galletas integrales Graham y las enormes barras de chocolate. Luego señalé la tienda azul y naranja que había montado en el césped. Las pequeñas hebras de luces la hacían brillar de adentro hacia afuera.

—Dijiste que querías convertirme en una acampante, ¿recuerdas?

Me puse de puntillas y lo besé. Luego lo sujeté del brazo y lo llevé hacia el césped. Mientras corría el cierre de la tienda de campaña y gateaba adentro, podía escuchar la música que sonaba.

—¿De dónde has sacado todo esto? —preguntó, mientras se metía a mi lado y luego se tiraba sobre la pila de almohadas.

—La tienda y las bolsas de dormir son de Charlotte. Addison me ha prestado las luces.

—¿Addison te ha ayudado con esto?

—Sí.

Metí la mano en el bolsillo y saqué su mapa dibujado a mano. Se lo di y lo sostuvo contra la luz.

—Lo dibujaste hace dos semanas, ¿puedes creer? Parece que fue hace meses.

—Sí, así es —contestó, mientras lo daba vuelta en sus manos.

—Bueno, me parece que debemos comenzar a planearlo. Fiesta de graduación. Graduación. *Road trip*.

—Me gusta cómo suena eso —dijo, mirándome.

—Bien. —Me senté, crucé las piernas y comencé a sacar libros de la pila—. He ido a la biblioteca. Mira. Tenemos *Acampando en el norte de California*. —Lo sostuve en el aire. Luego busqué *Dormir en la playa: una guía de camping en California*.

Luke sonrió.

—Dormir es bueno.

—Y también tengo *Acampando en la costa de California*.

—Suena bien. Sobre todo por lo parecidos que son todos los títulos —bromeó.

—Y mi favorito. —Lo levanté—. *Jorge el curioso se va de campamento*. Supuse que era mejor comenzar por lo básico.

Nos pasamos la hora siguiente mirando los libros, planeando nuestro viaje, parando para besarnos y separándonos para preparar *s'mores*. No estaba segura de que eso lo hiciera sentirse mejor, pero me daba lo que precisaba: tiempo a solas con él y algo que pudiera anhelar. Ya se parecía más a él mismo.

Estábamos acurrucados en el sofá del patio frente a la hoguera, cuando me besó en la cabeza y dijo:

—Hay algo que quiero mostrarte. —Buscó en el bolsillo de sus vaqueros y sacó su teléfono—. Pero tengo miedo de que te enfades.

—¿Qué es?

—Prométeme que no te enfadarás.

Lo último que quería hacer era discutir con él.

—No me enfadaré.

—Es sobre la noche en que me lastimé —dijo como si temiera mi reacción. Suspiré. No quería hablar sobre eso de nuevo. Quería tratar de avanzar hacia el campamento y los *s'mores* y cosas buenas que no tenían nada que ver con casi haberlo perdido—. Mira —dijo, moviendo la cabeza—. Sé lo que estás pensando. Quieres que deje de pensar en lo que me ha ocurrido y créeme, yo también quiero eso. Pero no puedo. Me gustaría apagar mi cerebro y hacer que todo esto se vaya, pero no es tan sencillo. —Se quedó en silencio. Y luego me dio su teléfono. Lo miré de reojo y lo señaló con su barbilla—. Míralo.

Apreté el botón de *PLAY* y Luke apareció en la pantalla. El lugar a su alrededor estaba oscuro y su cara estaba en sombras, pero podía notar que era él.

—Hola, mi nombre es Luke. Para ser honesto, no estoy del todo seguro de por qué estoy haciendo esto. —Miró hacia un lado y luego de nuevo a la cámara—. Morí hace once días. —Lo dijo con naturalidad, como si no fuera la gran cosa—. Estuve muerto durante tres minutos. Tres minutos no parece un largo rato, pero lo es.

Me senté derecha y agarré el teléfono con ambas manos. En ningún momento aparté los ojos de la pantalla. Luke seguía hablando, y de repente se detuvo.

—Pregúntame algo —dijo.

Y luego escuché la voz de una chica.

—¿Qué es lo último que recuerdas?

Hubiese reconocido esa voz en cualquier lugar.

En el vídeo, Luke seguía hablando. La fiesta. Conducir hacia mi casa. Desmayo tras el volante. Traté de escuchar lo que decía, pero no podía superar el hecho de haber escuchado la voz de Hannah.

Luke hablaba del agua tibia y espesa y del cuarto sin paredes y de que había escuchado a Hannah decirle: «No has terminado aquí», y de repente el agua se había ido y él estaba de regreso. Dijo que no quería estar allí. Habló sobre no tener miedo a morir. Y luego la pantalla se fundió a negro.

Lo miré.

—¿Por qué no me has contado nada de esto?

—No sabía cómo hacerlo.

—¿Pero sabías cómo contárselo a Hannah?

Se mantuvo en silencio.

—No lo puedo explicar, Emory. Siento que puedo hablar con ella. Quizás es porque ella fue quien me encontró aquella noche.

—Entonces si yo te hubiera encontrado, ¿me lo habrías contado a mí en vez de a ella? —Esperé a que contestara, pero no tenía que hacerlo, su cara lo decía todo.

—¿Cuándo has hecho este vídeo? ¿El martes pasado?

Reviví los detalles de aquel día en mi mente. Almorzamos juntos. Después del instituto se sentó al fondo del teatro y nos miró ensayar *Our Town*, y luego regresamos a su casa para la noche de Calletti *Spaghetti* y todo se sentía normal, como antes. Luego me quedé allí un largo rato. Hablamos. Nos besamos. Se lo veía un poco distraído, pero no distante. Addison me llevó a casa en el coche. Quería que él se escapara más tarde, subiera la escalera y pasara más tiempo conmigo, pero sabía que no le permitían conducir, así que ni siquiera se lo propuse. Pero se había escapado y había conducido hasta casa, no para verme a mí sino para ver a Hannah.

—Me sentí bien de poder hablar de ello. Sé que quieres que olvide todo y avance, pero necesito recordar. No tienes idea de cómo ha sido vivir con esto en la cabeza. Esta cosa enorme me ocurrió hace dos semanas y te juro que es como esa película *Hechizo del tiempo,* repitiéndose una y otra vez en mi cabeza, todo el día. Pero hablar me ha servido. Lo he sentido ayer. ¡Anoche dormí doce horas! No dormía así desde que ocurrió todo esto.

Quería alegrarme por él. Quería ser comprensiva. Quería olvidarme de todo el asunto con Hannah, pero no podía. Me resultaba imposible aceptarlo. Le había contado todo a ella. A mí no me había contado nada.

—Hay más —dijo.

No quería escuchar más.

—¿Qué más?

—Su padre quiere que hable en eso de la noche de admisiones, la semana que viene.

Sabía todo sobre la noche de admisiones. Hannah y sus padres me habían rogado que fuera cuando comenzábamos el instituto. Y en segundo año. Exhibían a sus mejores estudiantes y hacían ver que ir al instituto era como pasar un día en un parque de atracciones.

—Ni siquiera vas a ese instituto.

Tenía una expresión extraña, como si hubiera pensado lo mismo.

—Supongo que creerá que igual la gente se conectará con mi historia. Soy un chico normal y este, digamos, milagro, me ha ocurrido a mí.

—¿Eso es lo que sucedió? —Puse mis ojos en blanco—. Te está usando, Luke.

Lo *comprendía*. Del todo. Luke era perfecto. Era encantador. Se expresaba bien. Era bien parecido. Un chico bien americano, hablando abiertamente de una experiencia que le había cambiado la vida y de cómo él no creía en el cielo, y ahora sí, o por lo menos pensaba que podía llegar a creer en él.

—No es así. ¿Y qué hay si lo es? Él y Hannah me han salvado la vida. No tengo idea de por qué hablar en esta cosa escolar me ayudaría, pero él parece creer que sí. Y medio que estoy en deuda con él, ¿no lo crees?

No creía que le debía nada al Pastor J., pero no sabía cómo decírselo a Luke sin sonar como si estuviera celosa. Y me daba cuenta de que necesitaba que yo lo apoyara en esto.

Saqué una pelusa de mis vaqueros.

—¿Puedo ir contigo?

Asintió.

—Esperaba que vinieras.

Eso me hizo sentir un poco mejor.

—¿Cuándo es?

—El viernes.

—¿El próximo viernes?

—Sí.

—Es el estreno de *Our Town*.

—Oh, ¿en serio?

—¿*Oh*? —Le quería dar un puñetazo.

—Pero la obra también se hará el sábado por la noche, ¿cierto? —preguntó—. Puedo hacer ambas cosas.

Se sentía como si él me hubiese dado un puñetazo a *mí*. ¿Se perdería el estreno? ¿Por esto?

—Hace cinco meses que trabajo en *Our Town*. Conoces a Hannah y a su familia algo así como desde hace dos segundos.

Me levanté y me fui. Lo escuché llamarme por mi nombre, pero no me detuve. Atravesé el césped, abrí la tienda de campaña, y recogí el mapa y mis libros.

No podía creer que esto estuviera ocurriendo. Y no era solo el hecho de que hubiera confiado en Hannah. Aunque doliera mucho, podía ver por qué había querido hacerlo. Era la otra cosa. La cosa que no le podía contar. La cosa que Hannah sabía y nadie más en el planeta sabía.

—¡Emory! —gritó. Podía escucharlo luchando para levantarse. Guardé mis cosas y volví donde estaba.

—¿Te ha contado por qué nos peleamos? ¿Qué disparó la pelea? ¿Te lo ha dicho?

Negó con la cabeza.

—No. Me repite que te lo pregunte a ti.

Apreté mis libros contra mi pecho.

Se puso de pie, y caminó despacio y con cautela hacia mí. Tomó los libros, los dejó en el sofá y luego agarró mis brazos con ambas manos.

—Dime. Por favor. ¿Por qué os peleasteis? Cuéntamelo.

Quería hacerlo. Realmente quería. Pero decírselo sería como activar el detonador en el primer pedazo de madera en un cuarto lleno de dinamita. Sería algo imparable, y no terminaría bien.

—¿Por qué yo debería contártelo a ti si tú no has podido contármelo a mí? —pregunté, mientras liberaba mis brazos de un tirón.

Eso lo calló. Dejé los libros donde estaban y me dirigí hacia la puerta de cristal. En cuanto entré a la casa vacía, tomé mi teléfono y llamé a Tyler.

Atendió después del tercer tono.

—Habla.

—¿Puedes venir a buscarme?

—Estaré allí enseguida —contestó.

Atravesé la sala, pasé la pared de fotos de los Callettis, luego salí por la puerta principal y fui hasta el acceso de coches. Caminé hasta la esquina y esperé del otro lado de los altos setos que se alineaban a lo largo de la propiedad de Luke, y que no se veían desde la casa. Parada en la oscuridad, pensé en Hannah y en los diez minutos que le había tomado venir a buscarme a mi casa esa noche. Diez minutos. Esos cortos diez minutos habían cambiado todo.

Cuando Tyler finalmente se detuvo con el coche, entré y me puse mi cinturón de seguridad.

—Todos están en la cafetería —me dijo—. ¿Quieres ir allí?

Asentí. Estuvimos en silencio durante las siguientes dos calles. Finalmente habló.

—¿Cuál sería la única pregunta que le harías a un viajero del tiempo sobre el futuro?

Lo pensé más tiempo del que Tyler hubiera permitido en condiciones normales, pero había demasiadas preguntas rondando en mi cabeza como para elegir solo una. Y todas tenían que ver con mi futuro con Luke. Las ignoré y las llevé hacia el sentido al que sabía que Tyler se refería.

—¿Ya estamos viviendo en otros planetas? —pregunté. Dejé caer mi cabeza hacia un lado.

—¿Mc Donald's todavía hace el Shamrock Shake? —preguntó Tyler.

Reír se sentía bien.

Hannah

El lunes, a la hora del almuerzo, Alyssa me estaba esperando en mi taquilla.

—Hola, tú.

—Hola. —Puse mi combinación y comencé a dejar libros allí.

No le había hablado a Alyssa sobre Luke. Si le hubiera contado del vídeo, ella habría querido verlo. Si le hubiera contado de su testimonio, ella habría querido escuchar su ensayo.

—¿Te has enterado? Aaron ha cancelado el ensayo de SonRise de hoy.

—¿Sí? —No era algo típico de él, pero en realidad no teníamos que trabajar en los dos temas que cantaríamos en la noche de admisiones. Y si la capilla iba a estar vacía después del instituto, Luke llegaría aún más temprano.

Mientras cerraba mi taquilla, sonó mi teléfono.

Papá: Necesito verte en mi oficina.

—¡Qué extraño! —Le enseñé el mensaje a Alyssa—. Ven conmigo, seguro que será solo un minuto. —Nos dirigimos a la oficina en lugar de ir hacia el comedor.

Abrí la puerta de cristal. La asistente de mi padre estaba al teléfono, pero cubrió el aparato y dijo:

—Entra, te está esperando.

—¿Qué ocurre? —pregunté, mientras abría la puerta. Y luego se me cayó el alma al suelo. Aaron estaba sentado en una de las sillas del otro lado del escritorio, enfrente de mi padre. Los dos parecían molestos.

No.

Él sabe lo que ha ocurrido con Aaron.

¿Cómo puede saberlo?

—Siéntate —dijo mi padre—. ¿Alyssa, nos perdonas por favor?

Esto está mal, muy, muy mal.

Alyssa salió de su oficina y cerró la puerta detrás de ella.

Aaron va a perder su trabajo. Por mi culpa.

—¿Qué ocurre?

Se miraron el uno al otro. Mi corazón latía tan rápido que podía sentir el golpeteo en el fondo de mi garganta.

—Debemos contarte algo —dijo mi padre—. Planeábamos deciros a Luke y a ti hoy, más tarde, pero ahora no podemos esperar.

¿Luke? ¿Qué tenía que ver él con esto?

—¿Qué ocurre?

Estaba esperando que mi padre respondiera, pero Aaron me interrumpió.

—He mandado nuestros vídeos promocionales a los pastores locales así nos ayudaban a promocionar la noche de admisiones.

Alcé las cejas.

—Lo sé, ¿y?

—Algunos han sido de gran ayuda y han opinado abiertamente del vídeo, como el pastor de Lakeside.

La Iglesia Cristiana de Lakeside estaba a unas pocas ciudades de distancia, y era tres o cuatro veces más grande que la nuestra. Televisaban sus servicios de los domingos, pasaban en vivo los sermones en su sitio web y tenían muchísimos seguidores en YouTube. Mi padre nunca me había dicho qué iglesias invertían en la escuela, pero siempre había asumido que Lakeside era una de ellas.

Aaron miró a mi padre. Él me miró a mí.

—¿Qué ocurre? —pregunté otra vez.

—Le mandé el vídeo de Luke. Le he dicho que no era parte de la campaña... que solo se lo mandaba porque pensaba que le parecería potente e inspirador.

Comenzó a dolerme el estómago.

—No...

—Yo le he dicho que lo hiciera —agregó mi padre rápidamente. Lo miré a él y luego de nuevo a Aaron, intentando decidir a quién de los dos le gritaría primero. En cambio, hice una pregunta estúpida:

—¿Cuándo?

—El sábado —dijo Aaron. Me di cuenta por su expresión de que tenía más para decir—. Él lo ha publicado online.

—¿Él ha hecho qué? —Hundí mi uña en la silla de cuero y lo miré, tratando no gritar.

—Lo siento —dijo Aaron—. Lo siento.

Miré a mi padre, esperando que imitara las palabras de Aaron, pero no lo hizo.

—Ven a ver esto —me dijo, llamándome con la mano. Me levanté y fui hacia su lado del escritorio. El vídeo de Luke estaba abierto en pantalla. Él apretó la tecla de *PLAY*.

—Hola, mi nombre es Luke.

Mi padre señaló la esquina izquierda de abajo de la pantalla y vi un corazón al lado del número 5438. Mientras miraba, subió a 5439. 5440. 5441.

No podía hablar. No me podía mover. Quería gritar y huir despavorida del cuarto y conducir directo al Instituto Foothill y encontrar a Luke para contarle lo que habían hecho. Pero mis pies parecían pegados al suelo, mi boca ya no era capaz de crear palabras.

—Estoy seguro de que creía que le hacía un favor a Covenant al subirlo —dijo mi padre—. Hay un link a nuestro sitio web y detalles sobre Luke y su charla en la noche de admisiones.

Había algo en la forma en que lo decía, como si el hecho de que sirviera para un propósito, de alguna manera lo hiciera correcto. Lo miré fijamente.

—¿Por qué aún no lo han borrado?

Mi padre cruzó sus brazos sobre el pecho.

—Porque funciona. Desde ayer, más de cien personas han bajado formularios de admisión —dijo—. El teléfono no ha parado de sonar. Hemos recibido confirmaciones de asistencia a la noche de admisiones durante toda la tarde.

Miré a uno y otro varias veces.

—Estás bromeando. Habéis compartido el vídeo de Luke sin su permiso, ¿y mencionas los formularios de admisión?

Los números en la pantalla seguían subiendo.

5459

5467

5475

—Luke *confió* en mí. Yo confié en *ti*, Aaron, y vosotros… —No pude terminar mi oración.

—Ha sido un accidente —se defendió Aaron.

Me cubrí la boca.

—No te creo —dije.

Pudo haber sido un error al comienzo, pero ninguno de los dos había hecho nada para detenerlo o arreglarlo. Mi padre aún no se había disculpado por su rol en todo esto.

—Tienes que ver algo —dijo mi padre. Cerró el vídeo y abrió un e-mail. El mensaje estaba dirigido a Luke. La autora se identificó como una mujer de cuarenta y dos años, con cáncer de huesos en la etapa cuatro, y como madre de tres hijos, dos varones y una mujer, todos en el instituto. Ella había visto el vídeo de Luke y había sentido que debía escribirle para darle las gracias, porque sus palabras le habían dado esperanza a ella y a toda su familia, no de que sobreviviría, porque sabían que eso era imposible, pero de que iría a un buen lugar. Dijo que el mensaje de Luke era un regalo de Dios, una plegaria respondida.

—No digo que lo que hicimos haya estado bien —agregó mi padre—. No ha estado bien. Para nada. Pero tenemos mensajes como este de gente de todo el país. Han llegado todo el día. —Puso su dedo en el monitor—. Puede que Luke crea que no está listo para hablar y compartir su historia, pero míralo, Hannah. Mira. —Hizo una pausa. Escuché las palabras de Luke. Miré sus expresiones faciales. Se lo veía seguro y fuerte. Mucho más fuerte de lo que parecía cada vez que venía a mi casa—. Luke está ayudando a toda esta gente. Los está sanando y en paralelo se está sanando a él mismo. Aunque él aún no lo sepa.

—Y están llegando mensajes de pastores de todo el país —agregó Aaron—. Todos quieren que Luke vaya a hablar a sus iglesias y a realizar presentaciones en sus institutos.

Nada de eso tenía sentido para mí.

—¿Qué tiene que ver eso con Covenant? Luke ni siquiera estudia aquí.

—No interesa. Ya sabes lo que dicen: «una marea que sube se lleva todos los botes». —Mi padre se levantó y caminó hacia mí—. Las inscripciones han bajado en institutos como Covenant porque la gente no cree que sus hijos necesitan escuelas basadas en la fe y grupos de juventud y servicios de los domingos. Pero es exactamente lo que los chicos necesitan. Necesitamos que vuelvan a creer. Necesitamos que se interesen en algo más grande que ellos mismos. No es un problema que afecte a nuestro instituto, es un problema que afecta a nuestro país. La gente necesita fe.

—¿Y Luke va a arreglar eso?

—No solo él, pero es un comienzo fantástico.

—Pastor J. —Aaron levantó la vista de su teléfono y se aclaró la garganta—. Acabo de recibir un email de otro medio.

Empecé a sentir que el color se me iba de las mejillas.

—¿Otro medio?

Luke perdería los estribos. Me odiaría.

Me di la vuelta para irme. No tenía idea adónde iría, pero debía irme de aquella oficina y así mandarle un mensaje a Luke y decirle qué había ocurrido. No quería que lo escuchara de boca de ellos y no me podía quedar ahí un segundo más. Pero Aaron estaba de pie en la puerta, bloqueando mi camino.

Lo miré.

—Muévete.

—Lo haré —me contestó—, pero primero déjame decir una cosa.

Me crucé de brazos.

—El apellido de Luke no está en ninguna parte —dijo Aaron—. Lo he comprobado. Nadie tiene idea de quién es, y no lo vamos a decir, salvo que él quiera. No tiene que hablar en público, a menos que quiera hacerlo, ¿vale? Esto solo lo decide él.

No estaba segura de que mi padre estuviera de acuerdo con eso, pero no me di la vuelta para ver su expresión.

—¿Cómo has podido hacerle esto? —pregunté.

—No ha sido solo para Luke, ha sido para ti también. —Aaron miró a mi padre y luego se dio la vuelta de nuevo para mirarme a mí—. Me enteré de lo de Boston.

Recordé el día en que mi padre y yo nos sentamos en el aparcamiento después del doloroso viaje hasta la escuela, cuando me rogó que no estuviera enfadada con él por lo que había hecho.

—Haré lo que sea para solucionarlo, ¿sí? ¿Confías en mí?

Le dije que sí.

—Lo siento mucho —dijo Aaron—. No tenía idea.

Odiaba lo que los dos le habían hecho a Luke. Era aún peor que se convencieran a ellos mismos de que todo estaba bien.

Miré directo a los ojos de Aaron.

—Muévete, ahora.

Emory
Día 297, faltan 140.

El lunes durante el almuerzo, encontré a Luke esperándome fuera del teatro.

—No lo haré, Emory. ¿Eso es lo que quieres que diga?

Desde que me había ido de su casa el domingo a la noche, me había mandado mensajes, rogándome que le hablara. Me había mandado mensajes el domingo a la mañana y cuando no le contesté, vino a verme. Le pedí a mi madre que lo echara.

Lo empujé para quitarlo de mi camino y empecé a marcar mi combinación.

—No, no es eso lo que quiero que digas. No quiero que vengas a mi obra porque te hice sentir culpable por no venir. —Tiré mis libros en el interior y cerré la puerta con fuerza—. No puedo creer que estés haciendo esto.

—Ya he dicho que sí, no tengo opción ahora.

—Por supuesto que tienes opción. Estás optando. Ahora mismo. Nadie te obliga a hacer esto, Luke.

—No le puedo decir que no al Pastor J.

Me sonaba tan conocido. Toda mi vida había escuchado a Hannah decirme que no le podía decir que no a su padre.

—¿Quieres saber por qué nos peleamos Hannah y yo? Por esto. Nunca se enfrenta a su padre, en particular cuanto más importa que lo haga. No lo entiendo. Es solo un hombre. Si no quieres hablar en la noche de admisiones, solo díselo. Dile que no quieres hacerlo.

Luke clavó la mirada en sus zapatos.

Y lo supe.

—¿No tiene que ver con el Pastor J., cierto?

Negó con la cabeza.

—Lo quieres hacer, ¿cierto?

Balanceó su peso de una pierna a la otra. No me miraba.

—Sí. Creo que sí. —Se pasó los dedos por el pelo y finalmente me miró—. No espero que comprendas esto, Emory.

—Bien, porque no lo entiendo.

—¡Hola, Luke! —Los dos nos dimos la vuelta y encontramos a Courtney Schneider de pie detrás de nosotros, rodeada por todos sus amigos. Le puso su teléfono frente a la cara—. ¿Este eres tú?

Su voz llenó el lugar.

—Hola, mi nombre es Luke. Siendo honesto, no estoy del todo seguro de por qué estoy haciendo esto.

Se puso pálido y a pesar de que yo le había gritado apenas unos segundos atrás, lo agarré del brazo.

—¿De dónde has sacado esto? —preguntó.

—Alguien ha subido el enlace en Twitter.

—¿Twitter? —preguntó Luke.

—Solo quería decirte qué increíble ha sido. —Puso su mano en su pecho y miró a Luke con sus grandes ojos de ciervo—. Yo... nosotros... —Miró a sus amigos y todos le dedicaron sonrisas empáticas—. Ninguno tenía idea de lo que te había ocurrido. Eso ha sido simplemente... guau. —Lo abrazó—. Estoy contenta de que estés bien. Si alguna vez quieres hablar... —dijo, sin terminar la frase.

No me dirigió la mirada en ningún momento. Fue como si me hubiera vuelto invisible.

Cuando Courtney se alejó, Luke se dio la vuelta y me miró. Parecía que estaba a punto de vomitar.

—Yo no...

Sentía fuego en todo mi cuerpo y mi cabeza iba a mil por hora. Estaba más allá de furiosa, lista para dar pelea por él.

—Tenías razón —dijo Luke—. No debería haber confiado en ella.

No podía creer que Hannah le hubiera hecho eso, y aun así, de alguna manera y sin ninguna otra prueba, no estaba del todo segura de que lo hubiera hecho.

Luke hundió sus dedos en el cuero cabelludo y caminó en círculos. Luego retrocedió y pateó una taquilla de abajo tan fuerte, que abolló la puerta.

Lo alejé de allí.

—¡Para! Vas a abrirte los puntos internos.

Se liberó de mí, pero luego se acercó de nuevo y me atrajo a sus brazos. Podía sentirlo respirar rápido y pesadamente, y pasé mis brazos alrededor de su cuello y le dije que todo iría bien, y que juntos íbamos a averiguar lo del vídeo.

—¿Tienes tus llaves encima? —pregunté, deslizando la mano por su bolsillo delantero, donde siempre las llevaba. Contesté mi propia pregunta cuando las saqué y las colgué de mi dedo—. Vamos. Yo conduzco.

Hannah

Salí corriendo de la oficina y me topé con Luke. Emory estaba justo detrás. Él no dijo una palabra, solo me miró, y parecía desaliñado y traicionado.

—Yo no he hecho eso —dije—. Lo juro.

Luke no dijo nada. Deseé que dijera algo. O que Emory lo hiciera. Su silencio compartido era peor que cualquier cosa que pudieran haber dicho.

—Tienes que creerme. Acabo de enterarme.

Su expresión se suavizó. Debería haberme sentido aliviada, pero todavía no podía superar la culpa. Aunque no había compartido el vídeo, había sido mi culpa que existiera. Todo el asunto era mi culpa.

—Ella está diciendo la verdad. —Mi padre puso su mano sobre mi hombro, pero me alejé de él—. Ven, te explicaré todo.

Él se inclinó sobre su escritorio y Aaron se sentó en la silla de cuero. Luke y Emory se sentaron uno al lado del otro en el sofá, pero yo tenía demasiada adrenalina como para sentarme. Me quedé en la parte de atrás del cuarto, apoyada sobre la pared con los brazos cruzados sobre mi pecho, intentando no gritar.

Luke estaba furioso.

—¿Por qué una gran cantidad de gente de mi escuela, gente a la que casi no conozco, ha visto un vídeo que he hecho y no he compartido con nadie? —Respiró con fuerza, y podía sentir el temblor en su voz.

—Es por mi culpa —dijo Aaron—. Creí que tu vídeo era increíble. Lo compartí con un pastor local en quien confiaba, pero creo que no fui lo suficientemente claro en el hecho de que no debía ser público. Nunca le he pedido que lo compartiera, te lo prometo. —Levantó una mano en señal de promesa—. Y luego estaba allí, publicado online y… nunca creí que se haría viral tan rápido.

—¡Lo he hecho para mí! —Golpeó el escritorio con la mano—. ¡Era para *mí*!

Nadie dijo nada. Todo lo que podía hacer era quedarme de pie en silencio. Quería tomar la mano de Luke y sacarlo de allí, lejos de mi padre y de Aaron y de la cosa horrible que habían hecho, no solo para protegerlo, sino también para mostrarle a Emory que ya no era la oveja de mi padre; yo había cambiado. Pero quizá no era cierto, porque, de todos modos, me quedé parada, sin saber cómo dar el primer paso.

—Te he dicho que vendría a hablar a tu evento de admisiones como un favor —dijo Luke—. Creí que te debía una. ¿Este era tu plan desde el principio?

Desvié la mirada hacia Emory, pero no me miraba. Estaba muy ocupada observando a mi padre.

—No —dijo él, con voz calma—. Lo juro.

Lo miré. Había algo en la expresión de su cara que me hizo dudar. ¿Le estaría diciendo todo a Luke?

—Ese vídeo no era tuyo, papá. —Mi voz era baja, pero sentí alivio de encontrarla—. Tampoco era de Aaron o mío, era de Luke. —Levanté un poco la voz—. No tenías derecho de enseñarlo. Era la historia de *Luke*. Era *su* decisión compartirlo o no.

—Lo sé. —Mi padre suspiró—. Lo siento, realmente lo siento. —Puso su dedo en el pecho—. Pero mira… Tienes que ver algo.

Se levantó de su silla y le dio la vuelta para que la usara Luke. Señaló la pantalla de su ordenador.

—Abre cualquiera de estos e-mails. Han estado llegando desde ayer. Son todos para ti.

Luke comenzó a leer. Cuando terminó de leer un mensaje lo cerró y abrió otro. Y luego otro.

—Yo sabía que tu experiencia emocionaría a la gente y tenía razón. Hemos recibido llamadas todo el día, de pastores en todo el país. Todos preguntan por ti.

Miré a mi padre, caminando con entusiasmo, y de repente, todo cobró sentido. Los pastores lo estaban llamando. Esta vez ellos querían algo que él tenía. Se sentía importante, lo podía ver en sus ojos. No era solo por la noche de las admisiones. Gracias a Luke, a ellos les importaba mi padre otra vez.

—Quieren conocerte —siguió—, quieren escuchar lo que tienes para decir.

—¿A mí? —gritó Luke, presionando sus dedos a ambos lados de la cabeza—. ¿Por qué? Ya he dicho todo en ese vídeo. ¡No tengo nada más para decir!

—Lo dudo —contestó mi padre—. Mira, lamento que tus amigos del instituto lo vieran. En serio, lo siento. Pero ahora que la gente lo sabe, puedes… sacar el máximo provecho de ello. —Lo dijo como si no fuera importante—. Hay algunos canales locales de televisión que quieren hablar contigo.

Desvié la mirada hacia Emory y la observé mientras miraba a mi padre. Y de repente, estaba escuchando la conversación a través de sus oídos, no de los míos. No sonaba como si mi padre estuviese haciendo eso por Luke. Sonaba como un pastor llevando a un miembro perdido del rebaño hacia donde él necesitaba que fuera.

—Creo que puede hacer un bien —continuó él.

—¿Hacer un bien? —Lo interrumpí—. ¿Para quién? No para Luke.

—Sí, para Luke —dijo mi padre— y para todas esas personas que nos escribieron y los miles de personas que pusieron me gusta en el vídeo y para todos aquellos que aún no lo han escuchado. —Se dio la vuelta hacia Luke—. Puedes hacer las entrevistas aquí o en el campus si quieres.

Era probable que mi padre pensara que eso era suficiente para mantenerme callada, pero no había terminado.

—¿Dónde, papá? —pregunté resoplando—. ¿Frente al letrero del Instituto Cristiano Covenant? Quizás al final debería gritar todos los detalles de la Noche de Admisiones.

Mi padre abrió la boca para decir algo pero no le di tiempo. Me di la vuelta hacia Luke.

—No lo hagas.

Su mirada estaba fija en mi mi padre. Traté de descifrar qué pensaba.

Él continuó.

—También hay una invitación para que aparezcas en uno de los programas locales matutinos de Los Ángeles, el jueves. Pagarían todos tus gastos y te alojarían en un hotel. Faltarías un día al instituto, por supuesto, pero estaría feliz de llamar a tus padres y charlar con ellos sobre todo… Si quieres que lo haga.

Luke se levantó y caminó por el lugar.

—Esto es una locura total. No entiendo nada de esto. ¿Por qué a los canales de televisión les interesa? ¿Por qué querrían hablar *conmigo*?

—Eres inspirador. Eres genuino. Eres un gran atleta, pero también un chico normal que ha experimentado algo extraordinario. Lo que te ha ocurrido le da esperanza a la gente.

—¿Esperanza para qué? —preguntó.

—Para todo.

Emory había estado inusualmente callada, sentada al lado de Luke con los brazos cruzados, mirándonos a mi padre y a mí. Finalmente, habló:

—¿No estás realmente pensando en hacer esto, o sí, Luke?

Luke tomó el picaporte de la puerta, pero eso no detuvo a mi padre.

—Entiendo todo —le dijo—. No te culpo por irte. No me sorprendería si te vas de este cuarto y nunca más nos hablas a ninguno de nosotros.

Luke no se dio la vuelta, pero dejó la mano en la puerta. Estaba escuchando.

Él siguió.

—No tienes obligación de hacer nada por ninguno de nosotros, pero si hay una pequeña parte de ti que disfrutó contar tu historia en cámara la otra noche... si te sentiste mejor cuando terminó, como si te hubieran quitado un peso de encima... Si hay aunque sea una pequeñísima parte de ti que cree que contar tu historia a más gente haría una diferencia en tu vida y en la de ellos, te debes a ti mismo tomar en cuenta todo eso.

—Luke. —Emory tomó su cara en sus manos, forzándolo a que la mirara—. Este no eres tú. Esto no es lo que necesitas.

Apartó las manos de ella.

—¿Cómo sabes lo que necesito?

Emory se echó hacia atrás como si la hubiera abofeteado.

Luke miró de nuevo a mi padre.

—¿Son solo un par de entrevistas?

Mi padre parecía contener una sonrisa.

—Algunas aquí en el campus mañana, más un viaje corto a Los Ángeles el miércoles por la noche. Estarás en *Buenos días LA* temprano el jueves por la mañana y de regreso a casa antes del almuerzo.

Luke apretó los labios.

—¿Y eso es todo?

—Eso es todo.

Luke se cruzó de brazos. El cuarto estaba completamente en silencio. Y luego se dio la vuelta y me miró.

—Necesito a Hannah allí también.

Emory se quedó boquiabierta. Empezó a decir algo, pero cambió de opinión.

En vez de hablar, se levantó y salió corriendo de la habitación.

Corrí detrás de ella y la llamé por su nombre pero no se detuvo.

—No tengo nada que hablar contigo —dijo.

Dobló por el pasillo apurando sus pasos. Finalmente la alcancé cuando llegó al aparcamiento de los profesores.

—Por favor —dije, tomándola por el brazo—. Tienes que creerme, se suponía que nada de esto ocurriría. Lo siento mucho. —Me empujó hacia un lado y siguió caminando hacia el coche de Luke—. Juro que no tuve nada que ver con esto. Luke y yo hicimos ese vídeo para él... para *ti*. Luke lo hizo para poder contar su historia. Lo único que he hecho fue ayudarlo a que la contara. —Se soltó y siguió caminando—. Pienso en aquel día todo el tiempo —grité—. Pienso en ello constantemente. Por la noche, cuando no puedo dormir, lo único que hago es rebobinar esa conversación en mi cabeza. Todas las cosas que mi padre dijo y de las que yo no te defendí. Pero aún quiero ayudarte. Tú me necesitas.

Emory se paró en seco y se dio la vuelta.

—Él prácticamente dijo que había sido mi culpa. Y tú estuviste de acuerdo.

—No quise decir... Lo tomaste mal... —Me asusté. Estaba ocurriendo de nuevo. No tenía tiempo de pensar en lo que quería decir, y mis palabras no se entendían bien. Estaba empeorando todo, y no creí que eso fuera posible.

—No necesito tu ayuda —dijo.

—Por favor. —Traté de acercarme, pero retrocedió—. Deberías contárselo a Luke.

—No —dijo, negando despacio con la cabeza—. No tengo que contarle y si se lo dices, será el fin, Hannah. Nunca podré perdonarte por esto. Nuestra amistad se terminará para siempre.

Se dio media vuelta y caminó hacia el coche. Se subió, puso la llave en el contacto, y salió de su espacio en marcha atrás. Luego bajó la ventanilla.

—Dile a Luke que me mande un mensaje cuando esté listo para irse.

Emory
Día 299, faltan 138.

Para el miércoles, el vídeo de Luke estaba en todas partes. En el instituto todos hablaban de él. Y todos tenían una pregunta para mí: ¿Quién era la chica que lo abrazaba al final?

Dije que Hannah era una amiga nuestra y lo dejé ahí.

Día 300, faltan 137

El jueves por la mañana me senté en el sofá de la sala de estar, encendí el televisor y cambié al canal 106. Mi madre me dio una taza con café negro y se sentó a mi lado con una taza también para ella.

El tema musical de *Buenos días LA* sonó en la pantalla. Los dos periodistas se turnaron para leer las noticias importantes, y luego hubo una toma breve de Luke y de Hannah, quienes, detrás de cámara, sonrieron y saludaron con la mano.

Cortaron para ir a la tanda publicitaria. Cuando el programa regresó al aire, los dos estaban sentados en un sofá. Luke parecía estar bien, llevaba unos vaqueros gris oscuros y una camisa de vestir de color azul brillante, que resaltaba sus ojos. Su pelo se veía particularmente bien. Sus ondas estaban definidas en su punto justo, y me pregunté si alguien las habría peinado con algún producto para el pelo o algo similar antes del programa.

Y luego estaba Hannah. Parecía correcta y puritana en un vestido blanco suelto con pequeños puntos grises, como si ella y Luke se hubieran puesto de acuerdo para combinar los colores de su ropa. Su escote redondo era lo suficientemente bajo como para revelar la cadena con la cruz que siempre llevaba en el pecho.

Se acomodó en el sofá y contó que lo había visto detenerse en frente de su ventana aquella noche.

—Justo estaba despierta, buscando agua.

Contó que había visto su coche andar a tumbos hasta que se había detenido en el cordón.

—Él estaba debajo de la lámpara exterior de mi casa. Corrí hacia allí lo más rápido que pude. No se movía ni respiraba y me di cuenta de que estaba herido, así que corrí hacia adentro para llamar al 911 y buscar a mis padres.

Luego Luke contó su experiencia, su sensación de sentirse flotando en el agua.

—Y luego, de la nada, escuché la voz de Hannah. Ella dijo algo que nunca olvidaré.

Y después, como si lo hubieran ensayado, ella miró directo a cámara y contó:

—Le dije: «No has terminado aquí».

Los presentadores del programa suspiraron en sus micrófonos al mismo tiempo, y eso desató un suspiro colectivo de parte del público. Luke le sonrió a Hannah.

Fingí vomitar. Luke siguió:

—Cuando regresé a casa del hospital, me sentía perdido. Y realmente muy triste. Sentía que no podía hablar con nadie sobre lo que me había pasado, porque en realidad no lo querían escuchar. Todos querían que las cosas regresaran a la normalidad.

Por «todos», Luke se refería a mí.

Pensé en la noche en que había ido a su casa para Calletti *Spaghetti*, cuando me había sentado en su cama y me había mostrado los artículos sobre atletas que habían muerto por esas heridas. Le había dicho que se detuviera. Y cuando había regresado al instituto, estábamos en la sala y lo había convencido de que fuera a la cafetería conmigo. Había propuesto que tomáramos el lugar como una máquina del tiempo. «En el momento en que atravesemos esa puerta y nos sentemos en nuestro box, retrocederemos dos semanas. Nada malo habrá ocurrido, nadie habrá salido herido y nada ocurrirá».

Incluso esa primera mañana en el hospital, cuando la enfermera dijo que casi había muerto y Luke había murmurado «me morí», yo lo había escuchado. Pero jamás le había preguntado qué había querido decir con eso. ¿Si lo hubiese dejado hablar, me habría contado lo que le había contado a Hannah?

Me había pasado las últimas semanas culpando a esos diez minutos por la amistad que había surgido entre ellos, pero quizá era mi culpa, después de todo.

—No podía dormir —siguió Luke—. Tenía mucho miedo de quedarme dormido. Estaba seguro de que si lo hacía, no me despertaría. Y luego Hannah sugirió hacer el vídeo, y en cuanto lo hice fue como si me quitaran un peso de encima. Se suponía que ese vídeo no era para nadie, salvo para mí, pero ahora estoy contento de que haya salido a la luz. Me está ayudando a hablar sobre esto.

Parecía tan seguro. Tan convencido de que había hecho lo correcto al contárselo a Hannah. Al contárselo al mundo. Y eso lo sentía como si un cuchillo hurgara en mi corazón.

A ratos, Hannah miraba a Luke, y maldita sea, al cámara le encantaba cuando hacía eso. Había comenzado con un primer plano de su cara, luego tomó la cara de Luke y luego hizo un plano general cuando ambos se sonreían como enamorados.

—Vosotros sí que hacéis una linda pareja —dijo uno de los presentadores.

—Así es —agregó el otro.

Luke se rio.

—No es así —dijo. Miró a Hannah y sonrió—. Somos amigos. Muy buenos amigos.

Pero cuando la cámara enfocó de nuevo a Hannah, sus mejillas estaban rojas, y yo no estaba segura de que ella se sintiera de la misma manera que él.

Se recuperó rápido.

—Sí, lo somos.

Le sonrió a él. Y él le devolvió la sonrisa con cierta mirada que me decía por qué había confiado en ella y no en mí.

Ella lo había escuchado.

Hannah

Alguien golpeó la puerta de mi habitación en el hotel. La abrí y encontré a Luke de pie con una bolsa de ositos de goma, una barra de Snickers, un Twix y dos botellas de refresco.

—He robado en el minibar. ¿Quieres emborracharte conmigo?

—Por supuesto. —Abrí la puerta del todo, dándole espacio para que entrara.

Después de nuestro paso por *Buenos días LA*, el programa *Mañanas a las seis* también nos invitó a ir. Creí que Luke se negaría cuando mi padre le preguntó si se quería quedar otra noche, pero se lo veía algo entusiasmado con la propuesta.

Se desplomó en la cama de al lado y tiró la bolsa de ositos de goma entre nosotros.

—¿Para quién son esos? —pregunté.

—Para los dos.

Eso me recordó a Emory. Cada vez que venía a casa a dormir, traía las palomitas de maíz para microondas y yo traía los ositos de goma. Una vez, la desafié a comer un puñado de ambos al mismo tiempo. «Es bastante sabroso», dijo mientras masticaba. Luego comenzó a reírse fuerte y se levantó y escupió todo en el cubo de basura.

«Bromeaba. Ajjj. Es un asco». Ambas reímos.

Abrí la bolsa de ositos de goma mientras Luke sostenía las dos barras en ambas manos. Las balanceaba.

—Creo que eres una chica Twix.

—Oh, ¿cómo sabías eso? —Me metí un osito en la boca.

—Todo es parte de ser una bonita pareja. Se supone que sepa estas cosas. —Me dio el Twix—. Tuve suerte de acertar.

Tomé otro osito de goma y lo arrojé a la cabeza de Luke.

—Lástima que no piense en ti de esa manera.

—Oh, pero claramente *pensarías* en mí de esa manera si no estuvieras pensando en alguien *más* de esa manera. —Luke me miró y levantó las cejas.

Sentí que mi cara enrojecía, como había ocurrido en cámara antes.

—No, no estoy pensando en nadie.

Cuando los entrevistadores nos llamaron pareja, solo podía pensar en Aaron y en el día en que me había dicho que estaba celoso de Luke. Y luego nos besamos. Nos besamos durante mucho tiempo aquel día y nadie nos interrumpió. Pensar en eso me hizo ruborizar.

Luke se rio.

—Mientes muy mal. Vamos, dilo, ¿quién es él?

—Nadie. —Traté de mantenerme seria y de que no se me notara en la cara, pero él me lo hacía realmente difícil porque me seguía sonriendo

No podía contárselo. Nadie sabía lo de Aaron. Ni siquiera estaba segura de por qué había reaccionado de esa manera en el plató. No había hablado con él desde aquel día en la oficina de mi padre, aunque me seguía mandando mensajes, donde me pedía disculpas y me rogaba que le contestara. Borré cada uno de ellos al instante que llegaron.

—Dime.

Jugué con un hilo suelto del edredón, retorciéndolo alrededor de mi dedo.

—Es un chico.

—Excelente comienzo. ¿Y?

—Y... es un chico que yo odiaba. Pero lo conocí un poco más y comenzó a gustarme. Pero luego lo fastidió y ahora yo... —Comencé a decir *odia*r de nuevo, pero cambié de parecer. *Odiar* era una palabra demasiado fuerte. No odiaba a Aaron, pero no quería escuchar nada de lo que tenía para decir. No aún.

—Son los ingredientes típicos de una comedia romántica. Me gusta. Sigue.

Me desplomé sobre la cama y di un par de patadas hacia el techo.

—Jamás me debería haber gustado en realidad.

—Oh... tabú también. Ahora sí que estamos hablando. ¿Por qué no te puede gustar?

—No me puede gustar por tantos motivos, que no sabría por dónde comenzar.

—Elige uno —dijo Luke, mientras se estiraba a mi lado. Abrió su barra de Snickers, se apoyó sobre un codo y dio un gran mordisco.

—Bueno, trabaja en la iglesia.

—Que es también tu instituto.

—Sí

—¿Es un conserje sexy?

Me reí.

—No.

Casi podía ver las piezas del rompecabezas encastrando una con otra en su cabeza mientras masticaba.

—¿Un profesor?

—Algo así. —Cerré los párpados con fuerza, esperando que lo descubriera.

—¿Lo conozco? —Me hizo la pregunta de una forma que me hizo creer que ya sabía la respuesta.

—Quizás. —Traté de no reaccionar pero debí haber fallado, porque Luke se estiró y me dio un golpe suave en el brazo.

—Con razón querías que Aaron grabara el vídeo. Ahora todo tiene sentido.

Todavía estaba sonrojada cuando le hablé a Luke sobre mi trabajo con Aaron en los vídeos testimoniales para la noche de admisiones. Le conté que habíamos hablado un día y luego comenzamos a mandarnos mensajes cuando era de madrugada.

—Y justo después de tu accidente, estábamos solos en la cabina de sonido y de pronto lo besé.

Mis manos sudaban y el cuarto se había vuelto más caluroso.

—¿Y?

—Y me devolvió el beso.

—¿Y?

—Y luego mi padre golpeó la puerta, y todo se volvió muy incómodo. Esa noche, Aaron me mandó un mensaje pidiéndome disculpas. Me dijo que se sentía horrible por dejar que pasara, pero yo no me sentía así. Yo quería que pasara de nuevo. Y luego cuando editábamos tu vídeo, de pronto…. nos volvimos a besar.

Luke me sonreía. Me estiré y le di un golpe en el brazo esta vez.

—Deja de mirarme de esa manera.

—¿De qué manera? —preguntó, aún sonriendo.

Le tiré otro osito de goma a la cabeza, pero Luke se tapó justo y voló por encima de él y se estampó en la pared.

—De acuerdo. Pero todavía no entiendo por qué no te puede gustar. Aparte del hecho de que es un mentiroso pedazo de mierda y eres demasiado buena para él.

En mi cabeza, había hecho una lista de todas las razones por las cuales no me podía gustar Aaron, pero por primera vez las dije en voz alta. Demasiado viejo para mí. Casi es como un profesor. Trabaja para mi padre. Alyssa lo vio primero. Tiene una novia, casi esposa.

Mientras las repetía de un tirón, no parecía tan importantes como yo las había sentido en mi cabeza. Hasta que llegué a la última.

Beth.

Él todavía estaba con ella. Nunca había dicho ni una palabra sobre romper con ella. No sabía si planeaba hacerlo. No me imaginaba que él le hubiese contado sobre nosotros. Todo había ocurrido muy rápido. Y no era que Aaron y yo planeáramos un futuro juntos o algo así, pero tenía una novia. Una novia en serio. El estómago se me hizo un nudo.

¿Qué estaba haciendo?

—¿Has hablado con él desde que nos fuimos de la ciudad?

Negué con la cabeza.

—No quiero hablar con él. No todavía.

—Emory tampoco me quiere hablar.

En realidad no podía culparla. Yo no quería venir a Los Ángeles con él, eso lo hacía parecer como que mi padre y Aaron tenían razón. Como si hubieran ganado. Y sabía que al instante en que me subiera al asiento del acompañante de su coche, haría que las cosas entre Emory y yo empeoraran aún más. Pero Luke me pidió que no lo dejara ir solo a la televisión, y después de mucho rogarme, acepté sin estar convencida. Pensé que en realidad yo lo había metido en ese lío y que debía quedarme con él hasta que terminara.

Y estaba ansiosa por que todo terminara.

—La echo de menos —confesó Luke de la nada.

—Mañana ya estarás en tu casa.

—Quiero decir que la echo de menos *a ella*... echo de menos la manera en que éramos antes del accidente. —Observó el dibujo del edredón—. Esa noche recuperé mi vida. Pero perdí a Emory. Nunca quise que eso ocurriera.

Recuerdo la tarjeta que encontré en el coche, después de que lo hubieran llevado en la ambulancia y cuando creía que estaba muerto. Había hecho una lista de las cosas que amaba de ella. Observarla en el escenario. Verla cuando usaba su jersey. La forma en que lo miraba a él como si fuera la persona más importante del lugar.

—¿Le has dicho todo lo que me acabas de contar?

Negó con la cabeza.

Tomé su teléfono de la mesa de luz y se lo di.

—Vamos, hazlo ahora mismo.

—¿Ahora mismo?

—En este mismo instante.

Sonreía, como si ya estuviera pensando sus palabras.

—¿Ahora quién es el pegamento? —preguntó mientras escribía en su teléfono.

Sonreí, recordando aquella noche en el coche, cuando Luke me había dicho que dejara mi voz en el vídeo para que Emory la escuchara. No creía que la analogía del pegamento tuviera el mismo significado, dado que en realidad por mi culpa se habían distanciado, pero no se lo diría.

Emory

Día 300, faltan 137.

—Si pudieras hacer algo peligroso, sabiendo que no habría ningún riesgo, ¿qué harías? —Tyler se detuvo en la luz roja en el cruce que estaba a unas pocas cuadras de mi casa, y nos miró a Charlotte y a mí.

—Haría escalada libre en la cara del Half Dome[3] —dijo Charlotte.

—Saltar de un avión —dije.

—Nadar con grandes tiburones blancos —dijo Tyler—. Si tuvieras cien dólares para regalar, ¿se los darías todos a una persona o diez dólares a diez personas? —preguntó.

—Diez dólares a diez personas —contestó Charlotte.

—Cinco dólares a veinte personas —agregué yo.

—Cien dólares a una persona —dijo Tyler. Sin detenerse un segundo, preguntó—: ¿Muppet favorito?

—La Rana René —dijo Charlotte.

—El cocinero sueco —agregué yo.

---

3. Domo granítico ubicado en el extremo oriental del valle de Yosemite, California, y una de las imágenes más famosas del Parque. La cresta está a 1440 metros por encima de la base del valle.

—Yoda —dijo Tyler—. El original, no el que se hizo con animación por ordenador.

—¡Ja, ja! ¡Canta! —Me senté derecha y le expliqué—. Yoda no es un Muppet.

Tyler me miró.

—Claro que lo es. Tiene piernas, ¡búscalo!

—Aun así, es una marioneta. —Golpeé con la mano el salpicadero, riendo—. ¡Cómo vas a cantar!

—Ey, tranquila con mi Prius.

Habíamos jugado toda la noche con el resto del elenco, en la cafetería. En ese momento, debíamos estar medio mareados.

Agarré mi teléfono e hice una búsqueda rápida.

—¡Sí! Justo aquí. «Creer que Yoda es un Muppet es una equivocación habitual». leí mientras Tyler se detenía en un semáforo. Giré la pantalla para que pudiera ver el artículo—. ¡Estás equivocado!

—¿Entonces? —preguntó.

—Entonces, canta —dije.

—Canta —agregó Charlotte desde al asiento trasero. Levanté mi puño al aire hacia ella y ella lo chocó con el suyo.

Tyler suspiró.

—Está bien —dijo mientras aparcaba en el cruce.

Justo cuando me inclinaba para meter mi teléfono en la mochila, apareció un mensaje en la pantalla.

Luke: Hay cinco cosas que debes saber.

De fondo podía escucha a Tyler rapeando algo de *Hamilton*, pero solo lo escuchaba a medias. Estaba muy ocupada leyendo los mensajes a medida que aparecían en la pantalla.

Luke: 1. Hannah y yo solo somos amigos.
Luke: 2. Soy un idiota total.
Luke: 3. Siento mucho, todo.
Luke: 4. Debería habértelo dicho a ti, no a ella.
Luke: No sé por qué no te lo dije.
Luke: Mirar el número 2.
Luke: 5. Te echo mucho de menos.
Luke: Me siento fatal por no poder ir a tu estreno.
Luke: Te lo compensaré, lo prometo.
Luke: Ok, creo que fueron ocho cosas.
Luke: ¿Estás ahí? Por favor contéstame.
Luke: ¿Em?

Metí el teléfono bajo mi pierna.

Tyler terminó su canción de castigo y regresó derecho al juego.

—¿A qué celebridad dice la gente que te pareces? —preguntó mientras doblaba a la izquierda en mi calle.

—Charlize Theron —contestó Charlotte.

—Emma Stone —dije.

—Chris Pratt —añadió Tyler.

Me reí.

—Eso querrías.

Esperé que hiciera otra pregunta, pero no habló. Finalmente dijo:

—Tu turno, Emory.

Lo miré.

—¿Para qué?

—Sin comentarios. Canta, Kern.

—Oh, mira. Ya llegamos. —Tyler se detuvo frente a mi casa. Intenté abrir la puerta, pero cada vez que lo hacía, él presionaba el interruptor principal y la volvía a cerrar—. ¡Detente!

—No te dejaré bajar de este coche hasta que cantes —contestó.

Miré a Charlotte para que me apoyara, pero podía ver por su expresión que no estaba de mi lado.

—Vamos —dijo—. Tyler lo hizo.

—Está bien. —Me incliné hacia su espacio personal y luego canté la primera canción que surgió en mi cabeza—. *Quinientos veinticinco mil seiscientos minutos. Quinientos veinticinco mil momentos tan apreciados.* —Sonaba desafinada y horrible, pero se notaba que a Tyler no le importaba—. *Quinientos veinticinco mil seiscientos minutos. ¿Cómo mides, mides un año en la vida?*

—¿Me puedo ir ahora? —pregunté.

Charlotte se acercó entre los asientos.

—*En las luces del día, en atardeceres, en medianoches, en tazas de café*—. Ella sonaba aún más desafinada que yo.

—*En pulgadas, en millas, en risas, en luchas* —cantó Tyler. Y para ser sinceros, sonaba bien.

—*Quinientos veinticinco mil seiscientos minuto* —cantaron ambos.

Me limité a mirarlos. ¿Cómo mides un año en la vida?

La letra me recordó a los trescientos días de Luke-ismos que había guardado hasta ahora, y los ciento treinta y siete espacios en blanco que todavía tenía que completar. Si Luke no estaba preparado para parar de contar, yo tampoco.

Continué con la canción. Esta vez canté a viva voz:

—*Mídelo en… amor…*

Luke contestó al primer tono.

—¿Em? —Sonaba sorprendido.

—Hola.

—Hola. Espera, espera. —Lo podía escuchar moviéndose. Se abrió una puerta y luego se cerró—. Estoy regresando a mi habitación.

Quería preguntarle dónde estaba pero me mordí la lengua.

—De acuerdo, estoy solo ahora.

Asumí que eso significaba que había estado con Hannah.

—Recibí tus mensajes —dije.

Suspiró.

—Lo he dicho en serio. Lo siento. Lo siento mucho.

Me mordí el labio con fuerza.

—Yo también lo siento. —Ambos nos quedamos callados durante un largo rato—. Te he visto hoy, has estado bien.

—Gracias.

Pensé en lo que había dicho en la entrevista. Recordé cómo sus palabras habían hecho que algo cambiara en mí. Fue el momento en el que me di cuenta de que ya no estaba enfadada con Hannah por estar ahí, a disposición de él, y conmigo misma por no haber estado.

—Has dicho que sentías que no podías hablar con nadie. Que todos querían que tú regresaras a la normalidad. Claramente estabas hablando de mí, y solo quería que supieras que siento mucho haberte hecho sentir así. —La voz se me quebró.

—Está bien, Em.

—No —murmuré—. No está bien. —Él estaba en silencio, así que continué—. ¿Me lo contarás ahora, por favor? Voy a escuchar. Te lo prometo.

Y luego me mantuve en silencio. No dijo nada durante un largo rato, y luché contra mi deseo de decir algo. Esperé y esperé.

—Estoy obsesionado con la muerte —dijo al final—. La muerte, las experiencias cercanas a la muerte. Todo lo que tenga que ver con la muerte. —Lo escuché contener la respiración—. Me preguntas qué hago en mi habitación solo todo el tiempo… veo videos de personas que han experimentado la muerte. —Una vez que comenzó a hablar, no parecía poder parar. Intenté no respirar muy fuerte por temor a interrumpirlo—. Hay miles de historias allí afuera y te juro que creo que he mirado cada una de ellas. En la semana después del accidente, prácticamente no dormí. Me quedaba despierto toda la noche, leía artículos, miraba videos, y escuchaba a todos esos supuestos expertos hablar de la vida después de la muerte, en mi desesperación por comprender qué me había ocurrido. Por eso hice el vídeo con Hannah. Y sirvió. Hablar de ello, aunque fuese a una cámara, ayudó. No lo borró del todo, pero aquella noche dormí y tuve sueños normales y no desperté pensando que de nuevo me estaba muriendo como me había ocurrido durante las noches anteriores. Y desde entonces, poco a poco va mejorando. No tengo miedo de ir a dormir, no como lo tenía al comienzo.

—Por eso has dicho que sí a la noche de las admisiones.
—Sí.
—Por eso estás haciendo estas entrevistas.
—Creo que es lo único que me mantiene cuerdo ahora.

Me contuve de decirle que creía que tenía estrés postraumático, que estaba bien y era totalmente entendible si eso le estaba sucediendo, y que lo ayudaría a encontrar a alguien con quien pudiera hablar, a un doctor verdadero, no al padre de Hannah.

—Y hablar de eso, sirve.
—Por alguna razón, ayuda.

Lo hizo sonar como si supusiera que yo saldría corriendo una vez que había admitido todo, pero nada de eso cambiaba lo que sentía por él. Ni un poquito.

—He perdido la cuenta de las veces que he visto el vídeo que hiciste —dije—. He grabado todas las entrevistas que hiciste esta semana, y miré cada una, varias veces. Y te digo una cosa de la que estoy segura: estoy tan enamorada de ese hombre como lo estaba del mediocampista estelar del Instituto Foothill. Nada ha cambiado.

Aunque no podía verle la cara, podía darme cuenta de que estaba sonriendo.

—Se dice mediocampista, ¿cierto? —pregunté.

—Sí. —Se rio.
—Bien.
—Debería habértelo contado antes —dijo.
—Yo debería habértelo permitido.

Hannah

Cuando salí del hotel aún estaba oscuro, y el centro de Los Ángeles estaba inusualmente silencioso y tranquilo. Levanté un pie hacia mi cadera y estiré, y luego cambié de pierna para aflojar la otra. Sacudí las manos, moví la cabeza de un lado a otro, y luego comencé a correr.

La música sonaba fuerte en mis oídos y sincronicé mis pisadas con la melodía. Me sentía bien al pasar a toda velocidad por edificios que me eran desconocidos, y recorrer calles nuevas. No tenía idea de hacia dónde iba y no me importaba. Estaba feliz de estar afuera y sola, y me concentré en mis pisadas sobre el cemento, en darles potencia a mis brazos y en aumentar mi ritmo.

Todavía no había alcanzado la marca de los 4,8 kilómetros cuando descubrí un pequeño parque. Doblé rápidamente a la izquierda y seguí el camino alrededor de una cancha de béisbol, buscando una roca que pudiera reemplazar la que tenía en casa. No vi ninguna.

Di vueltas hasta llegar a un tobogán alto de madera cercano a la entrada del parque. Cuando lo alcancé, me coloqué allí, mirando hacia arriba, y sintiendo el sudor en la nunca. Parecía tranquilo en la parte más alta, así que subí por la escalera y miré alrededor. Estaba sola y me sentía segura, escondida por los listones de madera, así que me senté y crucé las piernas enfrente de mí.

Apagué la música, me quité los auriculares y puse la alarma del teléfono en diez minutos. Apoyé mi barbilla sobe el pecho. Cerré los ojos y dejé que los gorjeos de los pájaros y los coches que pasaban, entraran y salieran de mi mente.

Una hora después, cuando lo encontré en la entrada del hotel, Luke parecía confundido.

—¿Supongo que Emory y tú habéis hablado? —pregunté.

—Hasta las tres de la mañana. —Soltó un suspiro lleno de energía nerviosa e hizo señas hacia el café—. Compremos un café mientras esperamos al taxi.

Me reí.

—Tú *no* necesitas uno.

—Lo que digas. —Se alejó mientras hablaba y fui detrás, intentando seguir el ritmo de sus palabras y de sus pasos—. Hablamos de todo, de lo que me ocurrió a mí y de lo que estoy sintiendo. Me hizo preguntas y me dejó explayarme y le dije cosas que no le había dicho a nadie. Cosas que en realidad ni siquiera me había admitido a mí mismo.

—Eso es fantástico —le dije. Me hacía sentir un poco triste pensar que había cosas que no me había dicho, pero bien adentro sabía que eso era injusto.

—No veo la hora de hacer esta entrevista, volver a casa y regresar a la vida real.

No estaba muy segura de cómo sería ahora la vida real. No había hablado con Aaron en dos días. Mantuve todas las respuestas a los mensajes de Alyssa lo más cortas posibles. Solo le respondía a mi padre cuando me mandaba mensajes sobre temas logísticos. Y no tenía idea de qué pensaba mi madre de todo eso, porque directamente no respondí a ninguna de sus llamadas.

—Está angustiada porque me pierdo su obra esta noche —dijo Luke—. Y está molesta porque tú te la pierdes también.

Quizá no se suponía que yo pensara que eso eran buenas noticias, pero así lo sentí. Después de todo lo que habíamos pasado, no creí que le importara que yo estuviera allí o no. El hecho de que sí le importara me daba esperanzas.

Luke se acercó al mostrador. Estudió el menú que estaba escrito en la pizarra en la parte de atrás, pero siguió hablándome.

—Y está enfadada porque David va a estar allí. Dios, odia a ese hombre. No lo entiendo. Siempre ha sido simpático conmigo.

Sentí una piedra en el estómago. Luke no entendía por qué ella lo odiaba tanto, pero yo sí lo comprendía. Yo lo entendía completamente. Me imaginé a Emory de pie en el escenario, vestida con la ropa de su personaje, mirando hacia la primera fila y viéndolo a él sentado allí.

—¿Quieres algo? —preguntó Luke, señalando el menú. Creo que dije que no con la cabeza. Debí haberlo hecho, porque escuché la voz de Luke pidiendo un café y un bagel. Tan solo escuchar hablar de comida me revolvía el estómago.

Ella debía actuar delante de él. No tenía idea de cómo lo lograría. Y luego me di cuenta de que había estado actuando delante de él y delante de su madre, cada segundo de cada día, desde diciembre. Había estado actuando mientras ella y su madre compraban vestidos y planeaban en qué asiento iría cada invitado, y decidían sobre los arreglos florales y les ponían las direcciones a las invitaciones. Debía estar preparada para actuar, cada mañana, mientras entraba a la cocina, por las dudas de que él se hubiera quedado a pasar la noche. Actuaba durante cada comida con él. No tenía idea de cómo lo había hecho. Pero así había sido.

Debía parar.

Yo tenía que pararlo.

Yo era la única que podía hacerlo.

—¿Hannah? —Luke me estaba mirando, con un café en la mano y una pequeña bolsa en la otra—. ¿Ey, ¿estás bien?

No estaba bien. Estaba lejos de estar bien.

—Debes ir a su obra esta noche —solté, sin pensarlo.

—Sí. —Luke me miró de reojo—. Estaba pensando lo mismo.

Mi estómago se retorció en un nudo aún más fuerte.

Si se lo dices, será el fin, Hannah. Jamás te podré perdonar por ello. Nuestra amistad se habrá terminado para siempre.

—Debo decirte algo. —Sentí como si mi cabeza se hubiera separado de mi cuerpo, como si yo no estuviera del todo presente en ese café. Deseaba no haber dicho esas palabras, quería retractarme, pero bien en el fondo, sabía que estaba haciendo lo correcto.

Luke me dirigió hacia una mesa cercana y nos sentamos uno frente al otro.

—¿Qué ocurre?

Me temblaban las manos y la barbilla, y no tenía ni idea de cómo sobreviviría durante los próximos minutos. No había planeado nada de eso.

—Emory ha estado presente en cada momento importante de mi vida. Literalmente, está en la foto en la que yo estoy dando mis primeros pasos, afuera, en el césped que separa nuestras casas. —No había pensado en las palabras antes de decirlas. Solo abrí la boca y dejé que los pensamientos salieran de la manera en que quisieran—. Ha estado en mi bautismo y en cada competición importante de Son-Rise y cuando hice la prueba para obtener la licencia de conducir. Cuando mi abuela murió, Emory no se movió de mi lado, durante una semana entera. Me traía golosinas y se metía en la cama a mi lado para ver películas a mitad del día, y me dejaba llorar hasta que no me quedaban más lágrimas.

Luke tenía el ceño fruncido, como si estuviera tratando de entender adónde quería llegar con todo eso, pero no me interrumpió.

—Las dos nos alejamos un poco cuando comenzamos a ir a distintos institutos —continué—. Nos separamos un poquito más cuando empezó a salir contigo, porque estaba muy entusiasmada. Pero aún seguíamos siendo *nosotras*. ¿Puedes siquiera imaginarte cómo es crecer con alguien que ha sido parte de casi cada uno de tus recuerdos?

—Eh, sí. Tengo una hermana melliza.

Por un momento me había olvidado de eso.

—Emory es lo más cercano a tener una hermana melliza. Somos distintas. —Pensar en todas las cosas en las que éramos distintas me hizo sonreír a mí misma—. No podríamos ser más distintas, pero eso jamás ha importado.

Luke asintió.

—¿Por qué me estás contando todo esto, Hannah?

Sentía las gotas de sudor en la frente y debajo de los brazos. Me moví en el sitio, mientras pensaba en cómo pasaría por todo eso.

Jamás te podré perdonar por ello.

—He guardado un secreto por ella. —No sabía cómo sacar todo eso afuera.

—Dime —me pidió Luke.

Nuestra amistad se terminará para siempre.

—No puedo. —Puse mi mano en el estómago. Sentía que vomitaría.

—Debes hacerlo.

Miré con atención todo el café para asegurarme de que nadie podría escuchar. Y luego coloqué los codos sobre la mesa y me acerqué más.

Con la voz baja, le conté toda la historia, comenzando por el momento en que regresé a casa desde la iglesia aquel día y encontré a Emory esperando en mi habitación, pálida y desaliñada, asustada y en shock. Le conté que había ido a buscar a mi madre, pero había encontrado a mi padre. Le conté lo que él había dicho sobre Emory. Y lo que yo había contestado. Y lo que no había dicho aquel día, y lo que no había hecho.

Luke se echó hacia atrás, sus ojos llenos de ira.

—¿Cuándo ha ocurrido esto?

Escupí la palabra como si fuera tóxica.

—Diciembre.

—¿Sabes eso desde hace más de tres meses? —preguntó y asentí despacio—. ¿Y te lo has guardado para ti?

—Ella me rogó que fuera así.

—¿Qué mierda importa eso? —gritó, mientras golpeaba su mano contra la mesa. Todos los que estaban detrás del mostrador del café se dieron la vuelta para mirarnos. Luke no se dio cuenta. O quizá no le importaba.

—Lo siento.

Se cubrió la boca y miró por detrás de mí.

Luego tomó su teléfono del bolsillo trasero y comenzó a escribir. Me estiré por encima de la mesa y se lo quité de las manos.

—No le puedes decir que lo sabes... No antes de que salga a escena esta noche. No le puedes hacer eso.

Me miró fijo.

—¿Quieres que pase todo el día sin decirle que lo sé? De ninguna manera.

—He pasado tres meses sin decirle a nadie.

Luke se rio.

—Trata de no sonar tan orgullosa de ti misma.

—No lo estoy. —La voz se me quebró en la última palabra. Abrí la boca para decirle lo mal que me sentía, lo duro que había sido, pero las palabras sonaban tontas, incluso en mi cabeza. No estaba orgullosa. Estaba avergonzada de lo que había hecho. La expresión en la cara de Luke me decía que estaba bien que me sintiera así.

Mi teléfono sonó y me estiré para alcanzarlo, mis manos temblaban mientras chequeaba la pantalla.

—Debemos irnos. Son diez minutos de paseo hasta llegar al estudio.

Luke se levantó.

—Te veo allí —dijo. Tiró su bagel sin probar y su vaso lleno de café en el cesto más cercano, y salió furioso hacia la calle.

No traté de alcanzarlo.

Luke debía haberle dado su nombre a la persona que estaba en la recepción, porque cuando yo llegué al estudio, nuestro contacto ya estaba allí, esperando para llevarnos a maquillaje.

Nos sentamos en silencio, uno al lado del otro, mientras una chica llamada April arreglaba mi cabello y ponía polvo compacto en mi cara. Me venía conteniendo las lágrimas desde el café y ahora, por más que luchara con todas mis fuerzas para contenerlas, no pude evitar que cayeran por las mejillas.

April me agarró de los hombros y se agachó.

—¿Estás bien, cariño? —susurró, mientras me daba un pañuelito desechable—. Tienes que parar de llorar o no podré maquillarte.

No me importaba. No importaba. No podía parar.

—Entras en tres minutos —dijo una voz detrás de mí.

Luke no lo dudó.

—Lo haré solo.

Se levantó y salió del cuarto, y no lo vi de nuevo hasta que apareció en el monitor, sentado en el sofá al lado de un entrevistador de pelo negro llamado Adam.

Los dos tomaron sus lugares, Adam en una silla, y Luke en el sofá, frente a él. Luke ni siquiera miró el sitio vacío a su lado, donde yo debería haberme sentado. Gesticulaba con las manos más de lo que solía hacerlo, pero aparte de eso, contó su historia exactamente de la misma manera en que lo había hecho los últimos días. Hasta que Adam le hizo la última pregunta.

—Entonces, Luke —dijo, acercándose a él—, dime, crees ¿en el paraíso ahora?

Y lo miró haciéndole un gesto de complicidad.

Luke se rio.

—Diablos, no lo sé —contestó—. ¿Quién lo sabe? Tú no lo sabes. Yo no lo sé. Solo estoy feliz por estar vivo. Siempre fui de la idea de que hay que vivir el momento, pero ahora lo soy aún más. El mundo parece distinto. Los colores son más brillantes, la comida es más rica y el aire huele más limpio, incluso en Los Ángeles. —Hablaba más rápido, como si hubiera terminado ese café y comido una barrita de chocolate y luego tomado un Red Bull—. Estoy enamorado de una chica increíble que se llama Emory, y solo nos quedan cuatro meses más juntos, hasta que nos vayamos a distintas universidades, así que esta noche llegaré a casa y despertaré mañana y voy a disfrutar cada segundo que tengo con ella. Si algo me ha enseñado esta experiencia es a aprovechar cada segundo de cada día, porque nunca sabes cuándo se terminará. No tengo miedo de lo que ocurrirá después. Sinceramente, no me importa. Solo estoy muy contento de estar aquí.

Adam levantó su mano y Luke chocó los cinco con él.

El viaje de regreso a casa fue horrible. Luke casi no pronunció palabra. Cuando se detuvo enfrente de Covenant, aparcó el coche pero ni se molestó en mirarme. Mantuvo la mirada fija en el parabrisas.

—Dile a tu padre que no vendré esta noche —dijo—. Ya he hecho suficiente para ayudarlo.

Emory
Día 301, faltan 136.

Con la vestimenta puesta, maquillada y parada en la marca en el escenario y debajo de las luces, me sentía una persona completamente nueva. *Era* una persona completamente nueva. Era Emily Webb y lo estaba haciendo fantástico.

Cuando el telón se levantó para el segundo acto, el reflector iluminó a Charlotte. Se colocó, segura, en el centro del escenario, y dijo sus líneas.

—George y Emily os van a mostrar la conversación que tuvieron cuando se enteraron de que, como dice el dicho, estaban hechos el uno para el otro. Pero antes de hacerlo, quiero que tratéis de recordar cómo era ser joven. En particular en aquellos días en que os enamorasteis por primera vez, cuando actuabais como sonámbulos. Estabais un poquito locos. ¿Podéis acordaros de eso?

Cuando las luces del escenario se atenuaron al comienzo de la obra, pude ver quiénes estaban sentados en el público. Descubrí a mi madre en el asiento del pasillo en la primera fila, saludándome con la mano sin disimulo. El imbécil estaba junto a ella, leyendo su programa. El señor y la señora Calletti estaban sentados a un lado, y Addison estaba al otro. Luego lo vi a Luke y fijé mi vista en él.

—Hola —murmuré.

—Hola —murmuró en respuesta.

El escenario se oscureció y se encendieron los reflectores, haciéndonos brillar y dándonos calor a Tyler y a mí, y regresé al trabajo.

—¿Emily, por qué estás enojada conmigo? —preguntó Tyler.

—No estoy enojada contigo —contesté.

—Me has tratado de una manera muy extraña últimamente.

Las líneas salían con facilidad, y mis pies parecían llevarse solos a las marcas del escenario sin siquiera pensarlo. Para cuando llegamos a la escena final, me sentí preparada y segura.

Alguien me pasó un pañuelito desechable para que me pudiera sacar el sudor de mi cara. Alguien más me pasó mi botella con agua y la bebí de un sorbo. Respiraba despacio, a través de mi nariz, cuando la señora Martin tomó mis manos y se agachó cerca de mí.

—Este es el momento. Recuerda, estás despidiéndote de las cosas que más te importan del mundo. Le estás diciendo a este salón lleno de personas que piensen en las cosas que más les importan a *ellos*. Cierra los ojos —lo hice—. Piensa en las tres cosas que escribiste aquel día. ¿A qué querías decirle adiós?

Pensé en Hannah y en mi porción de césped. Y en el sonido de la voz de mi madre. Y en ese escenario.

—¿Lista? —preguntó. Le di mi vaso vacío mientras asentía—. Ve…

Se fue detrás del escenario y el telón se levantó.

Miré a través del escenario y cuando escuché mi señal, me levanté y caminé despacio hasta la marca del escenario.

—Adiós. —Arrugué mi frente, preparada para producir lágrimas falsas—. Adiós, mundo. Adiós Grover's Corners… Mamá y papá. Adiós al *tic tac* de los relojes… y a los girasoles. Y a la comida y al café. Y a los vestidos recién planchados y a los baños de inmersión… y a dormir y a despertar.

Mientras pronunciaba las palabras, todo comenzó a cobrar sentido a gran velocidad. Y de repente comprendí la obra completa.

Tyler había tratado de decírmelo aquel día en la plataforma, pero no lo *entendía*, no realmente. Ahora sí.

No necesitaba saber qué ocurriría cuando nuestro tiempo en la tierra se terminara. Solo quería estar ahí, absorbiendo y sacándole el jugo a cada gota de mi vida. Valorando las pequeñas cosas, como la tarta de queso con virutas de chocolate y los adornos navideños y el césped y los mejores amigos. Dormir y despertarse.

Cerré los ojos, y sentí el calor del reflector en mi cara.

Una lágrima se deslizó por la mejilla y era real, no forzada.

Abrí los ojos y miré hacia el público.

—Oh, tierra... ¡eres demasiado maravillosa para que nadie lo adivine!

Sentí otra lágrima y otra, pero no me las limpié. Y luego fijé mis ojos en los ojos de Luke y dije mi línea final, solo para él.

—¿Algún ser humano se da cuenta de la importancia de la vida, cuando la viven, cada, *cada* minuto?

Hannah

En la capilla reinaba el caos controlado que esperaba encontrar. Mi padre estaba en el escenario, encargando tareas de esa manera bien calmada, y el lugar estaba lleno de gente trabajando, repartiendo programas en los asientos, cubriendo la mesa de ofrendas al frente del salón, y preparando los refrescos. El equipo técnico estaba probando las luces y el sistema de proyección.

Alyssa, Logan y Jack estaban juntos en el escenario, colocándose el micrófono de solapa unos a otros.

—¿Cómo me queda? —preguntó Alyssa, mirando hacia la cabina de sonido. Aaron debió haber contestado en su oído, porque le dedicó una gran sonrisa y puso los pulgares para arriba. Luego me vio. Bajó las escaleras volando y me rodeó los hombros con sus brazos—. Estoy muy contenta de que estés en casa. Regresa al cuarto de música, necesitamos hacer un ensayo corto.

—Primero debo hablar con mi padre. —Pasé mi brazo entre los de ellas y la llevé conmigo para que me protegiera y me diera apoyo moral. Mi padre me vio venir y me encontró a mitad de camino.

—Luke no estará aquí esta noche —informé.

No estoy segura de cómo se habría tomado la noticia si hubiésemos estado solos, pero como había tanta gente alrededor escuchando sus palabras, se lo tomó con calma.

—Está bien. Eso nos da alrededor de cinco minutos para buscar un reemplazo, pero algo se nos ocurrirá —dijo, alegremente, mientras miraba la sala. Logan y Jack estaban justo detrás de mí, y Alyssa estaba a mi lado. Vernos a los cuatro juntos debe haberle dado la solución que buscaba.

—Hagamos una segunda canción de SonRise. Vosotros podéis comenzar el programa y cerrarlo.

No estaba segura de cómo llevar adelante una canción, así que menos dos canciones. No quería estar allí. Quería estar en la primera fila en la secundaria Foothill mirando *Our Town*, apoyando a Emory. No quería estar en ningún otro lugar y, sin duda, no quería estar en la capilla de mi padre más tiempo del que tenía que estar. Si no hubiera sido por SonRise, habría cancelado todo.

Mi padre chasqueó los dedos.

—¿Qué os parece *Dare You*? Es una de mis favoritas. Y la última frase es tan perfecta. *Te desafío a estar aquí ahora*. Ese es el tipo de mensaje con el que queremos terminar.

—Es perfecto —dijo Jack.

—La cantaremos sin percusión —agregó Logan—. Solo armonía directa, como hicimos en Northern Lights.

—Bien —dije, mientras me alejaba. No me importaba qué cantaríamos. No me importaba la Universidad de Boston ni quiénes irían a la noche de las admisiones. Ni siquiera me importaba lo que mi padre y Aaron le habían hecho a Luke. Ya quería que la noche se terminara así podía regresar a mi habitación, colocarme frente a mi ventana, y esperar que Emory volviera a su casa.

A las 07:00 p. m. todos los asientos del salón estaban ocupados y había personas de pie contra la pared del fondo. Esperaba que algunos se fueran cuando mi padre anunciara que Luke no estaría allí en persona, pero nadie se ha ido.

SonRise tomó el escenario y comenzamos con *Brighter Than Sunshine*, como lo habíamos planeado. Me esforzaba en cruzar miradas con la gente del público, no solo porque sabía que era parte de mi trabajo, sino también porque me ayudaba a no mirar a Aaron. Cuando terminamos, nos colocamos en nuestros asientos al costado del escenario y miramos las siguientes actuaciones.

Mi padre habló del instituto, presentó a los grupos de arte dramático y de baile, habló del programa de música y presentó al grupo. Estábamos llegando al final del programa y todo estaba saliendo bien. Mi padre estaba entusiasmado, encantador y gracioso. Se conectó con los chicos de allí, como solía hacerlo. Presentó a SonRise y los cuatro nos ubicamos en nuestros lugares en el centro del escenario.

Mi padre me había dicho que nuestra música era tan importante como sus sermones, y que debíamos elegirla de la misma manera. «Pensad en la gente para la cual vais a cantar», había dicho. «Vosotros sabéis la letra de atrás para adelante, pero la gente la escucha por primera vez y presta atención a cada palabra. Pensad qué necesita escuchar la gente de la congregación».

Sonreímos al público, tratando de conectarnos con algunas personas a través de la mirada, incluso antes de comenzar. Aaron se colocó al pie de la escalera, con los brazos extendidos, listo para dirigirnos.

Alyssa tomó aire y contó:

—Cuatro, tres, dos, uno...

Logan comenzó:

—*Somos un millón de personas solitarias, todos juntos en esta aguja en el cielo, con miedo a las alturas.*

Alyssa tenía la próxima estrofa, y yo tenía la que seguía. Luego Jack cantaría las dos primeras líneas del estribillo, y todos lo seguiríamos.

—*Te desafío a amar, te desafío a llorar.*

—*Te desafío a sentir, te desafío a estar aquí, ahora.*

Mi padre había elegido esa canción porque había creído que haría que la gente se sintiera conectada a nosotros y al lugar, para darles ese sentimiento de pertenencia que hacía tan especial a nuestro instituto. Pero mientras cantaba, no escuchaba las palabras de la misma manera en que las había escuchado él.

La canción no tenía nada que ver con estar en un cuarto que te hiciera sentir como si pertenecieras. Era más personal que eso. Tenía que ver con ser valiente y arriesgarse, con caerse y fallar y con sentir todo, amor, tristeza, dolor y alegría, simplemente porque todo era parte de la experiencia humana. Todo era muy zen. Como en la meditación, todo se basaba en estar presente en el momento y en valorar todo sobre eso, lo bueno, lo malo, el *todo*. Era sobre encontrar tu propia verdad y dejar a los demás encontrar la suya. Era sobre estar en el mundo sin odiar ni juzgar, solo *siendo* y dejando a todos los demás *ser* también.

Mientras escuchaba a Logan cantar *Deja que tu corazón sea tu religión, déjalo sacarte de esa prisión en la que convertirte,* sentí la letra en lo profundo de mi alma, como si me hablara directamente a mí.

Recordé las palabras que Emory me había dicho aquel día hacía tres meses, sobre seguir ciegamente mi fe y nunca cuestionarme nada. Y pensé en lo que Luke había dicho esa mañana en la televisión, sobre vivir el momento y disfrutar cada segundo de vida.

Cuando llegamos a la última línea, la cantamos en una armonía a cuatro voces.

—*Te desafío a estar aquí, ahora.*

Ellos tres echaron la cabeza hacia atrás, mirando al cielo, pero yo dejé la mano en el pecho y dejé que mi cabeza cayera hacia adelante. *Desafío aceptado*, pensé.

Emory
Día 301, faltan 136.

La señora Martin asomó la cabeza en el camerino para decirme que había alguien preguntando por mí en la puerta de atrás del escenario. Ni siquiera había tenido tiempo de quitarme la ropa de mi personaje.

Abrí la puerta y vi a Luke parado allí. Usaba la misma camisa gris y pantalones negros que llevaba en la televisión esa mañana. Arrojé mis brazos alrededor de él.

—Has venido.

Todos estaban aún dando vueltas entre bambalinas, pero al otro lado de la puerta había silencio. Fuimos al pasillo, donde podíamos estar solos.

—No podía perderme esto. —Me besó—. Has estado increíble allí arriba.

Me acomodé el vestido blanco con volantes.

—No es mi estilo, lo sé. He tratado de que la señora Martin me dejara reformarlo un poco, pero tú sabes... es el año 1901. —Sonreí.

Luke me devolvió la sonrisa.

—No lo habías notado —dije.

—No. —Me clavó la mirada y me di cuenta de que había algo que me quería decir.

—¿Qué ocurre?

Sacudió la cabeza y se mordió el labio con fuerza. Me di cuenta de que estaba enfadado por algo, pero no parecía que lo estuviera conmigo. Más como que estaba enojado *por* mí. Lo miré, pero no contestó mi pregunta. Y tampoco tenía que hacerlo. Yo ya sabía la respuesta.

—Ella te lo ha contado.

Mi corazón empezó a latir rápido y el pecho se me cerró. Parecía que las paredes del auditorio empezaban a cerrarse sobre mí.

—Em, ¿por qué no me lo has dicho?

Quería darle un golpe a algo pero en vez de eso, me obligué a tranquilizarme.

—Porque no es importante. Pasó. Se terminó.

—Es importante —susurró—. Es realmente importante.

Me acomodé el pelo arriba de la cabeza, para tener algo que hacer con las manos. Lo sabía. Sabía que se rendiría. Sabía que debería haberme esforzado más para mantenerlos separados.

—Hannah no tenía derecho a contártelo.

No quería mantener esa conversación. No ahí. No en ese momento. Ni jamás.

—No le he dado alternativa —dijo—. Sabía que algo no estaba bien cuando cortamos el teléfono anoche, y cuando se lo mencioné a Hannah, su cara la ha delatado. No te enfades con ella.

—¿Que no me enfade? —Mis puños se cerraron a ambos lados de mi cuerpo, mientras me alejaba de él—. ¿Cómo puedes decir eso?

—Está tratando de ayudar y yo también. —Dio un paso hacia adelante. Yo di un paso hacia atrás—. Emory, debes decírselo a tu madre.

Dio otro paso hacia adelante. Esta vez me alejé más rápido de él.

—No —le contesté, sacudiendo mi cabeza—. Ese es el motivo por el cual nunca te lo he contado. Porque sabía que dirías eso, y no lo entiendes. *No se lo puedo decir*. Jamás.

Abrí el picaporte, ansiosa por regresar con él, pero se había cerrado detrás de mí. Me asusté, y sentí que tenía dos alternativas: pelear o huir. Elegí huir.

Comencé a correr por el pasillo, fuera del teatro y hacia el aparcamiento, entre filas de coches que se iban después de la obra. Me di cuenta de que llevaba mis zapatos de charol blancos y pensé cuán ridícula debía verme, corriendo por el campus en mi disfraz de Emily Webb. Pero no me importaba. Me apuré, pasé por las canchas de tenis y la piscina a toda velocidad, hasta que llegué cerca de las aulas, lejos de los vehículos y las multitudes.

—¡Emory! —Luke estaba justo detrás, pisándome los talones—. Por favor, para y habla conmigo.

Llegué a los baños y abrí la puerta con fuerza, esperando que estuviera sin cerrojo, pero estaba cerrada. Luke me alcanzó.

Me crucé de brazos sobre el pecho.

—No voy a hablar contigo sobre esto.

—¿Vas a ignorar completamente el tema y harás como que nunca ha ocurrido?

—Sí. —Me apoyé en las taquillas—. Es lo que vengo haciendo desde hace meses. Hasta hoy, ha funcionado perfectamente.

—Emory... —Luke no se daba por vencido—. Dime qué ha ocurrido.

—¡Tú ya lo sabes! —grité.

—Conozco la versión de Hannah. Quiero escuchar la tuya.

Lo observé. Estaba solo a tres calles de casa. Podía correr y llegar allí antes de que pudiera entrar a su coche y alcanzarme. Si yo quería, esa conversación, esa noche entera podía terminar en ese momento. Pero no quería irme corriendo. Quería contárselo. Necesitaba a alguien más, aparte de Hannah, que me escuchara decirlo. Me apoyé sobre la taquilla que se sentía fría.

—No sé por dónde comenzar —susurré.

Sentía que el suelo se movía debajo de mis pies. Traté de aquietar la respiración como hacía en el escenario cuando estaba nerviosa, pero no podía evitar el temblor en mi barbilla.

Luke estaba apoyado sobre la taquilla, frente a mí.

—Comienza con algo sencillo. ¿Qué día de la semana era? —preguntó. Eso lo ha tomado de Hannah. Así era como ella lograba que yo le contara mis secretos.

—Era un domingo por la mañana. —Escuché cómo las palabras salían de mi boca, pero no sonaba como mi voz. Cerré los ojos y me trasladé a mi cuarto. Abro la puerta. Salgo al pasillo.

—El partido de fútbol sonaba por toda la casa. —Para mantener ocupadas las manos, retorcí mi vestido alrededor de los dedos—. Fui a la cocina, y hacia la cafetera. El imbécil estaba frente a la vitrocerámica preparando el desayuno y le pregunté dónde estaba mi madre. Me dijo que se acababa de ir al gimnasio. Dijo que hubiese querido ir con ella, pero tenía cosas más importantes que hacer... y luego señaló el televisor con la espátula. —Inhalé, pero mi pecho estaba tirante, como si se hubiera encogido y no hubiese espacio para el aire—. Había correo en la mesa de la cocina. Charlotte y yo nos habíamos postulado para una admisión temprana, en la universidad de Tisch. Ella acababa de recibir su carta de aceptación y yo esperaba recibirla también. Así que levanté la pila y comencé a mirar todos los sobres, a ver si me había llegado uno. Y... y... —Tartamudeé—. No lo escuché venir por detrás.

El recuerdo me hizo apretar los párpados.

Me acordé de la manera en que había puesto las palmas en la mesa de la cocina a ambos lados de mis caderas y había presionado el pecho sobre mi espalda.

—Se reclinó sobre mí y sentí su respiración en la nuca. Me besó allí. —Le mostré un punto detrás de mi oreja derecha—. Luego deslizó las manos sobre mis pechos y dijo: «No deberías andar por aquí usando esta clase de ropa. Sabes que no puedo controlarme... No puedo hacerme cargo de lo que te haré». —Levanté la mirada hacia Luke—. Dijo que yo andaba vestida así a propósito, para provocarlo.

—Negué con la cabeza—. Quería decirle que eso era una puta mentira pero no lo hice. —Exhalé—. No dije nada. —Luke parecía furioso. Jamás lo había visto tan enojado—. Me tenía atrapada contra la mesa de la cocina. No me podía mover. O, no sé, quizá me podría haber movido. Lo repasé en mi mente un millón de veces, pero... Yo... no me moví. Ni siquiera *intenté* moverme.

Luke tomó mis manos en las suyas.

—No has hecho nada malo —dijo.

Negué con la cabeza porque no era cierto.

Debería haberme movido en ese momento. Era la cosa más sencilla de hacer y en vez de hacerlo, me quedé ahí, paralizada. Siempre me había visto como alguien que daría codazos, puñetazos y rodillazos, pero no lo hice. Me quedé parada ahí.

—No lo *comprendí* —continué—. Estaba usando una camiseta sin mangas y shorts deportivos. Era lo que había usado para *dormir*. Tú habías venido la noche anterior. Te habías ido por la ventana y cuando ya no estabas, me cambié por algo que seguro tenía tirado por el suelo antes de meterme en la cama. Mi camiseta quizá era un poco transparente... ni se me había ocurrido pensar en eso. —Sentí una lágrima caer por la mejilla, luego otra. Me las quite rápidamente—. Él era el novio de mi madre. Sería mi padrastro. Me agradaba. Estaba contenta por ellos.

Luke me dio un beso en la frente y me hizo sentir segura. Lo suficientemente segura como pasa seguir hablando.

—David aún estaba detrás de mí con las manos en la mesa, y lo podía sentir apretado contra mí. Es raro... recuerdo haber mirado su reloj, como si necesitara distraerme con algo mientras en realidad pensaba cómo salir de allí. Luego apartó sus manos y el reloj de repente desapareció, y yo estaba muy aliviada, porque creí que todo había terminado. Pero antes de que me pudiera mover, me rodeó la cintura con su brazo y me atrajo hacia él. Me fui hacia atrás y perdí el equilibrio y medio que me caí encima de él, y supongo que él creyó que yo quería hacerlo, porque... —Mi voz temblaba tanto, que no estaba segura de poder terminar la oración—. Comenzó a besarme el cuello y sentí su mano en mi estómago, llevándome hacia él de nuevo, y sentí sus dedos entre mis piernas y...

—Para. —Luke cerró los ojos con fuerza, como si de ese modo pudiera parar la sucesión de hechos.

—Está bien —dije—. Eso fue todo. Me retorcí y él me dejó ir. No me retuvo. —Tomé un mechón de pelo y lo enrollé en el dedo—. Esa es la parte que he rebobinado una y otra vez en mi cabeza. Me dejó ir.

Traté de contener las lágrimas, pero no pude. Eran calientes y grandes y caían por mi cara, y no las podía controlar por más que lo intentara.

—No sé por qué no me alejé antes. Me quedé allí. Le permití...

Luke tomó mi cara entre sus manos.

—No le permitiste. No has hecho nada malo, ¿de acuerdo? No importaba qué llevabas puesto. Ni que te llevara algunos minutos darte cuenta de lo que estaba ocurriendo. Él hizo eso. Tú no has hecho *nada* malo, ¿entiendes?

Asentí. No podía evitar que cayeran esas malditas lágrimas y por alguna razón, no podía parar de hablar.

—Comencé a retroceder por el pasillo, sin quitarle los ojos de encima. Esperaba que viniera detrás de mí o dijera algo, pero no lo hizo. Fui a mi habitación, cerré con llave, y me senté en el suelo durante mucho tiempo, intentando pensar qué hacer. Y cómo decírselo a mi madre. Y luego me di cuenta de que no le podía decir. Jamás. Tenía que salir de allí y lo único que quería hacer era hablar con Hannah, pero ella todavía estaba en la iglesia, así que usé nuestra escalera para bajar desde la ventana de mi habitación, y corrí a través del césped. Utilicé la llave que su madre tiene debajo de la maceta al lado de la puerta trasera, y me metí en su casa.

Recordé aquella mañana. Me pasé los primeros quince minutos caminando por la casa de Hannah, asegurándome de que cada puerta y cada ventana estuvieran cerradas. Fui a su cuarto y trabé la puerta con la silla, por las dudas. Luego me paré al lado de su ventana, espiando entre las cortinas, mirando mi casa, y por primera vez en mi vida sentí que ya no me pertenecía. Jamás me había sentido tan insegura en esa casa. Ni una sola vez. De todas las cosas que el imbécil me ha robado aquel día, esa era la que más me había dolido.

—Cuando Hannah finalmente llegó a su casa, le conté lo que él había hecho, se puso como loca, como supuse que ocurriría. Me dijo que iría a buscar a su madre, e intenté detenerla, pero en el fondo quería que lo hiciera. —Hice una pausa para respirar—. Pero luego escuché la voz de su padre en el pasillo. Hannah siempre ha sido muy cercana a él, así que quizá creyó que era lo mismo que estuviera él o ella, pero a mí no me daba lo mismo. Me escondí en su armario. Escuché todo… —Me detuve.

Luke me abrazó con fuerza.

—Ella no me defendió —le dije, sobre su cuello.

—Debería haberte defendido.

Después de eso, no dijimos nada más. Yo ya no tenía nada más para decir, así que ambos nos quedamos allí, mirando las taquillas. Después de un rato caminamos hacia su Jetta. Abrió la puerta del acompañante y la cerró detrás de mí y apoyé mi cabeza sobre la ventana. Sentía el cristal frío contra mi mejilla.

Mientras el coche arrancaba, cerré los ojos, y salimos en marcha atrás del estacionamiento. No sabía hacia dónde íbamos, pero no me importaba.

Mi teléfono sonó y miré la pantalla.

—Mi madre me sigue mandando mensajes.

—Dile que hoy no regresarás a casa —agregó Luke, sin dudarlo.

Anduvimos por la colina de su vecindario, entre los árboles, pasando las luces, y nos detuvimos junto al coche de su madre. La casa estaba oscura y silenciosa.

—¿Dónde están todos? —pregunté, mientras subíamos las escaleras.

—Están cenando con tu madre y... él. —Me hizo sonreír. Me gustó que se negara a decir el nombre del imbécil, como si fuera Voldemort, o algo parecido.

Abrió la puerta de su cuarto y la cerró detrás de nosotros. Y fue derecho a su vestidor. Sacó un par de pantalones deportivos y un jersey de lacrosse y me los dio. En cuanto me quité mi disfraz, me sentí mucho más cómoda.

Fuimos hacia su cama y acomodó las sábanas, y me hizo señas para que entrara. Cuando lo hice, estiró el edredón hasta mi barbilla, caminó hacia el otro lado de la cama y se acomodó junto a mí, con sus ropas puestas. Me acurruqué a su lado, descansé mi cabeza sobre su hombro y metí las piernas entre las suyas.

Durante un largo rato estuvimos en silencio. Sentía mis párpados pesados y todo mi cuerpo débil. Estaba agotada por el drama de la noche, en el escenario y fuera de él.

—¿Puedo preguntarte algo?

—Aja —murmuré.

—¿Por qué fuiste a la casa de Hannah aquel día? ¿Por qué no me llamaste? ¿O a Tyler o a Charlotte? Cualquiera de nosotros habría estado allí en diez minutos o menos. ¿Por qué Hannah?

—Necesitaba salir de allí. Su casa es la más cercana.

Luke me dio un beso en la cabeza.

—No te creo.

Me acomodé sobre el codo, preparada para discutir con él, pero luego me detuve. Sentí el pecho duro y un gran nudo en la garganta. No se lo había admitido a nadie, ni a mí misma, pero sabía por qué había ido allí esa mañana.

—Suelo actuar sin pensar. Siempre lo he hecho. Pero Hannah nunca lo hace. Piensa todo, a veces hasta puede ser un defecto. Yo soy impulsiva, pero ella es racional. Es inteligente. Ella solía decir siempre que yo la hacía valiente, pero ella me hace inteligente.

Me acarició el pelo.

—Solíamos bromear sobre esta especie de *yin/yang* que tenemos, pero es verdad. Nos complementamos la una a la otra de maneras en las que la gente no lo comprende. Ella siempre es sincera conmigo. No me deja salirme con la mía y a veces eso se puede volver molesto, pero es bueno, ¿entiendes? Porque me desafía. Me hace querer ser una persona mejor. Y conoce mis defectos y me quiere, no a pesar de ellos, sino por ellos. Y yo la quiero del mismo modo.

Luke jugaba con un mechón de mi pelo en su dedo y en ningún momento dejaba de mirarme.

—No fui a verte ese día porque necesitaba a Hannah. Sabía que me diría qué hacer. Haría que todo estuviera bien. En el fondo, yo seguía preguntándome si había hecho algo mal y sabía que ella me diría que no. Se enojaría por mí y me protegería...

—... pero no lo hizo —dijo Luke, completando mi oración.

Descansé mi cabeza en su pecho y cerré los ojos.

—No sabía qué hacer después de eso. Me sentía insegura y... durante un tiempo me sentí rota y no quería que tú me vieras así. Se supone que yo debo ser la divertida, ¿cierto? Se supone que debo sorprenderte. Nunca quiero mostrarte mis defectos, pero no me importa mostrárselos a Hannah. Ella ha visto cada uno de ellos. Y me quiere pase lo que pase.

—Yo te quiero pase lo que pase.

—No como ella —sacudí lentamente la cabeza—. Nadie me quiere como ella.

Eso fue lo último que recuerdo antes de caer en un sueño profundo.

Hannah

Luego de que mi padre guiara a todos en la oración final, se suponía que yo debía regresar donde estaba el público y hablar con ellos, como lo hacía todos los años, presentándome, orgullosa, como la hija del Pastor J. Se suponía que debía hablar con los padres y potenciales estudiantes, vendiéndoles Covenant. Eso era lo que Aaron y el resto de SonRise estaban haciendo. Pero no tenía ganas. Me sentía cansada por la presentación y solo necesitaba estar sola, lejos de todo eso, donde podía concentrarme en lo que realmente importaba: Emory.

Me escapé por la puerta del escenario y me escondí en el cuarto de almacenamiento del departamento de música. Estaba oscuro y no había sillas, así que me senté en el suelo y me apoyé sobre la estantería metálica.

Solo llevaba allí uno o dos minutos cuando escuché un golpe suave en la puerta. Creí que era Alyssa, así que grité:

—Entra.

Mi corazón comenzó a latir apresuradamente cuando miré hacia arriba y me di cuenta de que era Aaron. No estaba lista para verlo, ni para hablar con él. Tampoco para escuchar sus disculpas y explicaciones, ni para pensar en lo que le había hecho a Luke. Y a mí. Ya tenía demasiadas cosas en mi cabeza y no quería hacerle lugar a más.

—¿Por qué estás sentada en la oscuridad? —preguntó, cuando la puerta se cerró detrás suyo con un suave *clic*.

—Estoy pensando.

—¿Quieres que encienda la luz?

—No. —Yo sabía dónde estaba el interruptor. Si hubiera querido la luz, la hubiera encendido. Otra vez estaba enfadada con él—. ¿Qué quieres Aaron?

Al decir su nombre sentí mariposas en el estómago, así que dejé mi mano allí y me imaginé que todas eran eliminadas por un exterminador de insectos.

Atravesó el cuarto. Tomó mis manos. Traté de no pensar en lo bien que me hacían sentir.

—¿Podemos hablar?

Aparté mis manos de las suyas.

—No ahora. Tengo cosas más importantes en la cabeza.

No las volvió a agarrar.

—¿Más importantes que nosotros?

Me reí en su cara.

—Sí, Aaron. Mucho más importantes que *nosotros*.

Emory era más importante que cualquiera.

Se fue hacia atrás, dándome espacio.

—Está bien... lo entiendo. Te dejaré sola. Solo quería decirte cuánto lo lamento. Es en lo único en lo que he podido pensar, y lamento mucho, mucho, lo que hice. He traicionado tu confianza. Y la confianza de Luke. Lo que he hecho es imperdonable.

Hizo una pausa. Y me pregunté si estaría esperando que lo interrumpiera y le dijera que lo perdonaba y que estaba todo bien. No lo hice. Siguió.

—Luego de que tu padre me dijera lo de tu fondo para la universidad, no sentí que tuviera otra opción. Sabía que el vídeo de Luke llamaría la atención y traería chicos a conocernos, y que una vez que los tuviéramos aquí y vieran a tu padre en acción, recibiríamos todas las inscripciones que necesitábamos.

Eso no era lo que me había dicho antes. No era lo que le había dicho a Luke.

—Entonces, ¿has mandado el vídeo a propósito? ¿Le has pedido a alguien que lo pusiera online y lo hiciera público?

Aaron se quedó boquiabierto. Tomé eso como un sí.

—El método ha estado mal —dijo, mirándome— pero ha funcionado. Ya teníamos lista de espera antes de esta noche. Estamos mejor. Tú irás a la Universidad de Boston. Y tengo una pila de peticiones de chicos que quieren hacer una prueba para ver si se suman a SonRise, así Jack, Logan y yo podemos mantener esto vivo, cuando Alyssa y tú os hayáis ido.

Eran buenas noticias pero escucharlo decirlas me hizo de nuevo zumbar el estómago. Ya no eran mariposas, esas se habían ido hacía mucho. Ahora solo me sentía vacía. No era la forma en que quería que ocurrieran las cosas.

—¿Le has pedido disculpas a Luke? —pregunté.

Negó con la cabeza.

—No todavía, pero lo haré, lo prometo. —Se acercó e intentó agarrar mis manos de nuevo—. Necesito que me perdones. Por favor, te echo de menos.

Mientras lo miraba, me di cuenta de que no podía decirle lo mismo. Había pensado en él. Mucho. Pero no lo había echado de menos.

De pronto, solo podía pensar en aquella tarjeta que Luke le había escrito a Emory. Y en cómo había hablado de ella en el cuarto del hotel. En cómo se había expuesto en la televisión esa mañana, poniéndose completamente en contra de mi padre, para que todos supieran qué sentía por ella. Luke nunca habría hecho lo que Aaron me había hecho a mí. Y lo sentí como una bofetada. Luke nunca le hubiera hecho a Emory lo que Aaron le hacía a Beth.

Parecía que se estaba acercando para besarme, pero no le di la oportunidad. Puse ambas manos sobre sus hombros y lo empujé con todo la fuerza que pude.

—¿Qué pasa con tu novia, Aaron? ¿Le has pedido disculpas a ella?

Se pasó los dedos por el pelo. Silencio.

—Mira —dijo finalmente—. Una vez me preguntaste si la amaba y he sido honesto contigo. La amo. La he amado durante mucho tiempo. Pero no somos así. —Hizo un gesto de ida y vuelta en el espacio vacío entre nosotros dos—. No pienso en ella *todo* el tiempo, como sí pienso en ti. No la deseo del modo en que te deseo a ti. No me importaba si las cosas entre Beth y yo estaban algo tibias, pero ahora que comprendo cómo se *supone* que debe sentirse, no puedo pretender que no importa. Importa. Mucho. Y ahora no puedo retroceder. No puedo conformarme con menos que esto.

Emory y Luke, eso es lo que yo quería. Eso es lo que yo merecía. Era una vara alta y tampoco me quería conformar.

Mi teléfono sonó. Lo saqué de mi bolsillo y miré la pantalla.

Mamá: Estamos listos para salir. ¿Dónde estás?

—Debo irme. —Lo empujé para salir.

—¿Te puedo llamar más tarde?

Ni siquiera me di la vuelta.

—No lo sé —contesté, mientras agarraba el picaporte de la puerta.

Lo único que me importaba era regresar a casa, para ver si Emory estaba allí. Si estaba, ni siquiera le mandaría un mensaje antes, correría a través del césped y golpearía con la mano el costado de la casa hasta que abriera la ventana y me permitiera entrar así hablábamos. Las disculpas de Aaron no importaban. Solo me importaba llegar a ella. Y después, si comprendía y aceptaba mis disculpas, nunca más la soltaría.

En el camino mi padre trató de hablarme, pero le dije que no estaba lista. Me pidió disculpas al menos cuatro veces. Me dijo que eran impresionantes todas las entrevistas. Varias veces. Hasta que mi madre le puso la mano en el hombro, diciéndole en silencio que parara un poco.

Después de que detuvo el motor en el garaje me fui a mi habitación, sin decir una palabra. Sentía todo mi cuerpo muy pesado y mi cabeza estaba agotada, pero no me podía ir a dormir hasta que no viera a Emory.

Miré a través de la ventana. A la medianoche, su madre y el imbécil finalmente habían llegado a la casa. Pero Emory no había regresado.

Le escribí al menos diez mensajes, pero no los mandé. Me obligué a no hacerlo. Alrededor de la 01:00 a. m., finalmente me rendí y le mandé uno a Luke.

Hannah: ¿Ella está bien?

Por favor contesta, rogué mientras presionaba ENVIAR, *por favor*.

Algunos minutos más tarde, mi teléfono sonó.

Luke: Ella está aquí.
Hannah: ¿Sabe todo?
Luke: Sí.
Hannah: ¿Y está bien?
Luke: Lo estará.

Pensé en lo estúpida que había sido en el viaje de regreso desde Los Ángeles a casa. Me había sentado en silencio durante una hora, torturándome a mí misma por lo que había pasado, cuando debería haber usado ese tiempo en pensar una estrategia con Luke. ¿Cómo pude haber sido tan egoísta cuando Emory nos necesitaba?

> **Hannah:** Hay tantas cosas que necesito decirte, pero las guardaré para más tarde. Por ahora, por favor dile a Emory que la quiero.
> **Hannah:** Y que lo siento mucho.
> **Hannah:** La decepcioné y jamás me perdonaré por lo que sucedió aquel día.
> **Hannah:** Y sé que ella me odia por decirte lo que ocurrió, pero no lamento eso, estoy contenta de haberlo hecho.

Hubo una larga pausa, pero después, los tres puntos aparecieron en la pantalla y supe que estaba escribiendo.

> **Luke:** Ahora suenas como su mejor amiga.

Emory

Día 302, faltan 135.

Al día siguiente me desperté y me sorprendió encontrarme vestida con la ropa de Luke y en su cama. El sol se asomaba por el hueco de la cortina. Supe que era temprano.

Me di la vuelta sobre la almohada. Él seguía durmiendo, así que dormité un poco más también. Cuando abrí los ojos de nuevo, comenzaba a moverse. Parpadeó y al verme, me dedico una sonrisa semidormido.

—Buenos días. —Pasó su pulgar por mi mejilla.
—Esperé mucho tiempo para escucharte decir eso.
—Esto no es exactamente lo que teníamos en mente, ¿cierto?
—No tanto.

Me dio un beso y yo no quería que terminara, porque sabía que cuando lo hiciera, debería salir de la cama y regresar al mundo al que no quería enfrentarme.

—Mi madre sabe que estás aquí. Le avisé anoche, no le dije por qué o lo que había ocurrido, pero sabe que necesitas estar aquí y lo entiende. Pero creo que deberías hablar con ella.

Cerré los ojos con fuerza. No estaba lista para eso. No todavía.

—Piénsalo, por favor. —Me besó suavemente y luego susurró—: Quédate aquí. Regresaré enseguida.

Cuando nos levantamos, vi que todavía estaba usando la ropa de la noche anterior. Salió de entre las sábanas, cruzó la habitación y abrió la gaveta de su escritorio. Sacó un sobre de color azul brillante y me lo dio.

—Escribí esto la noche del accidente. He tratado de dártelo, pero... parece que nunca encuentro el momento justo. —Se volvió a subir a la cama y deslizó su brazo debajo de mi cuello, mientras yo intentaba abrir el sobre.

Lo abrí y lo leí para mí. Sonreí al leer la frase «Amo la manera en la que juegas con tu pelo cuando estás nerviosa», y me derretí cuando leí «y la manera en que me miras como si fuera lo más importante del lugar». Me reí un poco al leer: «P. D.: Perdón. Sé que es un poco largo para el día 280. Siéntete libre de citarme».

—Me encantan todas esas cosas de ti —dijo—. Antes del accidente, me imaginé dándote esta tarjeta y escuchándote decirme todas las cosas que tú amas de *mí*. Pero luego todo cambió. No me puedo imaginar qué dirás.

—Luke...

—Anoche me dijiste que no querías que viera tus defectos... tus piezas rotas. Bueno, yo tampoco quería que vieras las mías. Mi cabeza es un desastre. Todo mi estómago es una cicatriz enorme y espantosa. Tengo pesadillas horribles. Todo el tiempo me despierto sudando y temblando, y me siento como si estuviera muriendo de nuevo. Y sé que quieres que sea temporal, pero no lo es. Lo que ha ocurrido me ha cambiado.

—Está bien —dije.

—¿Cómo puede estar bien? —Cerró sus ojos con fuerza—. Ya no sé quién soy.

—Aún eres tú.

Me rodeó con sus brazos y enterré la cara en su cuello, mientras entrelazaba mis piernas a las suyas. Nos mantuvimos en esa posición durante un largo rato. Cuando colocó su boca sobre la mía, ninguno de los dos había cerrado los ojos. Sentía que podía ver dentro de él, hasta su alma, y amaba lo que veía.

—Te he echado de menos —dijo, y luego nos besamos de nuevo, cerré los ojos y presté atención a las pequeñas cosas: su sabor en mi lengua y sus manos en mi cabello y su aliento entrando y saliendo con el mío. Solo podía pensar en cuánto lo amaba. Al viejo Luke. Al nuevo Luke. No me importaba.

Despacio, me subí encima de él y con cuidado me acomodé sobre sus caderas. Me cercioré de que no lo estaba lastimando. Me aseguró que no. Me quité el jersey y sentí sus manos deslizarse alrededor de mi cintura. Comencé a desabotonarle la camisa.

Podía ver su cicatriz. Comenzaba después del cuarto botón, justo debajo de su tórax, y la besé. Y luego desabroché otro botón, y lo volví a besar. Continué y cuando llegué al último botón, dejé la camisa abierta. Le di un beso suave en la cicatriz y lo besé por todo el camino hacia arriba hasta el mentón.

—Me encanta besarte —dije—. Me encanta que me hagas reír sin siquiera intentarlo. Me encanta cuando me dices Em. Me encanta tu sabor a menta. Me encanta usar tu jersey. Me encanta hablarte cerca, así. —Eso lo hizo reír—. Me encanta cómo funciona tu cerebro. Me encanta que lo que te pasó aquella noche te importó y que quieras hablar de ello y entenderlo y compartirlo con otras personas, porque podría darles esperanza sobre algo que no pueden ver. —Acerqué mi boca a la suya—. Te quiero más ahora que hace dos semanas atrás y eso es decir mucho.

Desabotoné sus vaqueros, los deslicé y los arrojé al suelo. Me ayudó a quitarme los pantalones de gimnasia y los agregó a la pila al lado de su cama. Me desabroché el sujetador y lo dejé caer y nos reímos mientras luchábamos con sus calcetines y nuestra ropa interior, enredados en las sábanas, tratando de quitarnos todo.

Finalmente, nos metimos dentro de las mantas tibias, con el sol colándose por la ventana, piel contra piel. Lo deseaba tanto que casi no lo podía soportar, pero me obligué a ir despacio, porque no quería olvidarme de esa mañana, así como no quería olvidarme de ninguna de las noches en las que habíamos estado juntos. Se dio la vuelta levemente y buscó protección mientras yo deslizaba las manos por su piel, disfrutando cómo sentía su cuerpo bajo mis dedos.

Colocó su mano en mi nuca, acercándome más a él. Rocé con mis labios su cuello, su mejilla y sus labios, y sentí sus dedos deslizarse por mi columna vertebral, y descansar en mis caderas. Nos movimos juntos durante un largo tiempo, besándonos y tocándonos y excitándonos, hasta que ninguno pudo soportar ni un segundo más. Y cuando estaba dentro de mí, le dije otra vez que lo quería, aunque ya lo había dicho tantas veces que había perdido la cuenta. Tenía miedo de lagrimear al decirlo, porque lo sentía de una manera que le resultaba dolorosa a mi corazón. No podía soportar la idea de nosotros sin ser *nosotros* algún día. Pero ahí estábamos. Solos en su habitación. Despertándonos juntos. Exponiendo todos nuestros secretos y defectos el uno al otro.

Cerré los ojos y me perdí en él, y fingí que estaríamos así para siempre.

Luego no se me ocurría qué escribir. Tenía demasiadas opciones. Así que lo hice sencillo.

Día 302: «Buenos días».

Hannah

Me quedé en la cama todo el sábado. Dormité e hice maratón de películas en mi portátil. Cada tanto me levantaba y miraba por la ventana. El coche de David estaba allí, pero luego ya no estaba. La camioneta de *catering* de la madre de Emory estaba allí, pero en algún momento también desapareció.

Todavía no había visto ninguna señal de Emory.

Poco después de las 02:00 p. m. finalmente vi el coche de Luke detenerse frente a la casa. Lo vi darle un beso a Emory y luego ella se bajó, y Luke se alejó en su coche. Ella puso la llave en la puerta principal, entró y la cerró detrás.

Esperé.

Y esperé.

Esperé hasta que no pude soportar un segundo más y busqué mi teléfono.

Comencé a escribir la palabra, pero apareció en mi pantalla antes de que pudiera enviarla.

Emory: ¿CÉSPED?

Su sombra desapareció y de pronto estaba de pie allí, mirándome.

Levanté la mano y la saludé.

Me devolvió el saludo.

Mientras caminaba por el pasillo, la imaginaba caminando por el suyo a la misma velocidad que yo.

Bajé del porche trasero y ella bajó del suyo al mismo tiempo. Mis piernas temblaban y mi corazón latía muy fuerte, pero era una buena sensación. Sin decir una palabra, caminamos hacia el centro del césped y nos abrazamos. La sujeté tan fuerte como pude y me agarró como si no quisiera soltarse.

—Si pudiera regresar a aquel día, haría todo distinto.

Emory largó un suspiro.

—Yo también.

—Te hubiese defendido frente a mi padre.

—Yo no debería haberte llamado una maldita cobarde.

La abracé más fuerte.

—La verdad es que soy una maldita cobarde.

—No lo eres. —Dio un paso atrás y sus manos encontraron las mías. Entrelazamos nuestros dedos—. Crees en algo grande e importante, y lo crees con todo tu corazón. Me encanta eso de ti. Siempre me ha encantado eso de ti.

Puse los ojos en blanco.

—Ya no estoy más segura de mis creencias.

Le conté cómo las palabras que ella me había dicho aquel día me habían hecho pensar. Primero de una manera en la que no estaba segura de cómo manejarlo y luego de un modo que había cambiado mi vida. Le conté que al final había comenzado a sentirme mejor sobre cuestionar mi fe, hasta que había aparecido Luke y me había hecho cuestionarme todo de nuevo.

—¿Y ahora? —preguntó.

Apreté los labios y lo pensé. Recordé la canción que habíamos cantado en la noche de admisiones, y el desafío que había aceptado.

—Ahora, solo estoy... aquí.

Sonrió.

—Me alegro.

—Yo también. —Le devolví la sonrisa y verla allí casi me hizo llorar. Había pensado que quizás no volveríamos a estar así de cerca, y ahora que lo estábamos, quería decirle lo que más había deseado decirle durante los últimos tres meses.

—Ey —dije.

—Sí.

—No ha sido tu culpa. Lo sabes, ¿cierto? —Emory frunció el ceño como si no estuviera segura, así que lo dije de nuevo—. De ninguna manera ha sido tu culpa. Y yo nunca creí que lo fuera. No te defendí y debería haberlo hecho, pero ese fue un problema entre mi padre y yo. No era sobre ti. De todos modos, debería haber dado la cara por ti aquel día. Nunca podré decirte cuánto lo siento. Y cuánto siento todo lo que ocurrió luego. —Tragué con fuerza—. Lo siento mucho.

—Está bien.

Nos quedamos calladas un largo rato. Y luego habló.

—¿Qué voy a hacer, Hannah?

Me aparté y la miré.

—¿Qué quieres hacer?

—Mudarme a Londres. —Mientras pensaba en una respuesta verdadera, se mordía el labio de abajo—. En serio, deberías verla, Hannah. Su negocio marcha genial, y está tan contenta por la boda. Es de lo único que habla. Y UCLA no es Londres, pero de todos modos, me mudo en unos meses.

—Pero ella merece saberlo.

Asintió.

—Entonces... supongamos que se lo cuento. Y lo abandona. Y luego deja de cocinar y deja de ver a su terapeuta y se olvida de tomar sus medicamentos y deja de hacer gimnasia. Y regresamos donde estábamos, solo que esta vez, estoy a más de una hora de distancia y no puedo ocuparme de ella como lo he hecho antes.

—¿O? —pregunté.

Emory se estiró y agarró un poco de césped.

—O... se lo digo. Y nada de eso ocurre. Lo defiende. O él le miente y ella le cree. O me cree, pero de todas formas se casa con él.

—Estás dejando afuera el escenario más factible —contesté—. Se lo dices, te cree, cancela la boda y está con el corazón roto durante semanas, incluso meses. Pero se levanta. Regresa a sus clientes y al trabajo que quiere.

Arrancó otro poco de césped y luego dijo sorprendentemente:

—El imbécil se va a Nueva York el martes. Se me ha ocurrido que ese podría ser un buen momento para contárselo.

—¿Quieres que esté allí? —pregunté.

Negó con la cabeza.

—Solo quédate a treinta y seis pasos de distancia, ¿podrás?

Emory
Día 305, faltan 132.

El martes, cuando regresé a casa del instituto, entré a WeekdayGourmet.com y miré las recetas de mi madre. Todas eran familiares. Pimentones rellenos aptos para niños. Costillas de cerdo marinadas. *Coq Au Vin* de día de semana. Me recordaban a las noches en que mi padre y yo nos atábamos el delantal el uno al otro, y la ayudábamos a cortar las verduras, mientras esperábamos que la casa se llenara de aromas deliciosos. Mi madre estaba orgullosa de su pollo a la parmesana, y mi padre y yo estábamos de acuerdo en que era nuestro favorito.

Me alegré de encontrar su receta en el sitio y seguí las instrucciones al detalle. Giré el pollo en la sartén y esperé que las presas se doraran, y luego las puse en el horno y las rocié con su mezcla de quesos.

Cuando escuché que se abría la puerta, se me hizo un nudo el estómago.

—¿Estás preparando la cena?

—Pollo a la parmesana. Tu receta.

—Pero los martes cenas en la casa de Luke. ¿Está todo bien entre vosotros?

—Sí, estamos genial —contesté.

Me besó en la mejilla. Y luego inhaló con fuerza.

—Huele fantástico aquí. Voy a disfrutar cada bocado y ni siquiera pensaré en las calorías de esta receta. Y si en mi próxima prueba no puedo entrar en mi vestido de boda, diré que es por tu culpa.

Mi corazón empezó a latir a toda velocidad. Lo ignoré.

—¿David está fuera de la ciudad? —pregunté. Dije mi línea, exactamente como la había ensayado y con el tono perfecto.

Había decidido que sería más fácil pensar en todo ese intercambio con mi madre como si fuera una obra, completa, con las marcas en el escenario y un guion ensayado. Así que cuando llegué a casa, caminé desde la cocina hasta la mesa y luego de regreso, imaginando que había unas equis pintadas en la alfombra, mientras decía las palabras en voz alta, y escuchaba cómo sonaban. Pulí y volví a pulir mis palabras con mucho cuidado.

Era un buen ejercicio. Me ayudaba a distanciarme del hecho de que esa conversación estaba ocurriendo en la vida real y de que cuando terminara, mi madre y yo nunca seríamos las mismas.

—Está en Nueva York hasta el viernes —dijo, mientras agarraba una botella de vino de la repisa y sacaba un sacacorchos del cajón. Se concentró en quitar el corcho, mientras yo daba los toques finales al pollo y comenzaba a enjuagar las espinacas. Se inclinó hacia el mostrador y movió su vino dentro de la copa—. Ey, mientras cocinas, repasemos la lista.

—¿Podemos no hacerlo?

—Oh, solo llevará un minuto. Has estado muy ocupada con la obra y muy preocupada con todo lo que le ha ocurrido a Luke. Pero de ahora en adelante, todo será sobre fiestas de graduación y de bodas. Nada que no sea feliz, ¿te parece?

Sonaba genial. Me hubiera gustado que fuera así.

Salió del cuarto y regresó con su enorme carpeta. La colocó sobre la mesa, abrió los tres anillos y sacó la hoja de arriba.

—Ok, según *The Knot* estamos bien. Las invitaciones ya fueron enviadas y ya tenemos programadas las dos últimas pruebas de mi vestido. Además, ya están haciendo los arreglos necesarios a tu vestido. —Siguió cotejando la lista, leyendo en voz alta y marcando casilleros, mientras yo trataba de bloquear su voz—. Ya le hemos pagado al servicio de catering, y encargamos la tarta. Ah, Emory... olvidé contarte algo. ¿Recuerdas que David dice que la música será una sorpresa?

Escucharla decir su nombre hizo que la espátula comenzara a temblar en mis manos.

—Bueno... creo que sé qué está tramando. —Se inclinó hacia mí—. Hay un grupo que tocó en la fiesta de navidad de su empresa el año pasado y era tan buena que bailamos *toda* la noche. Él me sigue hablando de esa noche y de cuánto le gustó ese grupo.

Mantén la calma. Limítate al guion.

—Sospecho que quizá ha usado algún contacto para que toquen en la boda...

—Sí, quizás.

—Apuesto a que les pagará una fortuna. —Tomó un sorbo de su vino y largó un suspiro—. Es el más dulce de todos los hombres.

Mis manos estaban húmedas, y podía sentir cómo el sudor formaba gotitas en mi frente. No lo podía tolerar. No podía escucharla decir una palabra más del imbécil o de la boda o de los grupos o de las invitaciones.

—No, no lo es —susurré, pero no me escuchó.

—¿Qué? —preguntó.

—¡No, no lo es! —grité. Arrojé la espátula dentro de la sartén y la salsa voló por todas partes, ensuciando la mesa y la pared.

Mi madre dejó su copa y puso sus manos sobre las caderas.

—¿Qué quieres decir con eso?

No podía decir nada. No podía recordar la primera palabra en mi guion. Me senté allí, inmóvil y frustrada, intentando recordar dónde se suponía que debía comenzar. Ella me miraba, se la veía confundida y quizá un poco irritada, y yo también la miraba, y rogaba que pudiera leer mi mente así no tenía que decir las palabras en voz alta.

Poco a poco, su expresión cambió y juro que vi un rastro de pánico en sus ojos, como si ya lo supiera.

—¿Estás bien? —me preguntó con cautela.

Asentí.

—Estoy bien.

Era cierto. Estaba bien. Siempre había estado bien. Lo que había ocurrido con David había sido raro e incómodo y estaba *terminado*. Yo. Estaba. Bien. ¿Para qué estaba teniendo esa conversación con ella?

Pero mi madre no lo dejó pasar. Se acercó, me agarró de los brazos para que siguiera hablando con ella.

Recordé la primera línea de mi guion. Estaba totalmente fuera de contexto, pero me sentí aliviada de recordarla, así que solté las palabras.

—Estaba mirando las cartas que habían llegado.

—¿Las cartas? ¿De qué hablas?

—Tú estabas en el gimnasio. En la televisión ponían el partido y yo estaba mirando la correspondencia. Ni siguiera lo escuché venir por detrás.

Hacía apenas un minuto que había comenzado y ya quería terminar. No sabía qué estaba diciendo o qué diría a continuación. Las palabras empezaron a brotar de mi boca.

—Él es tu novio. Yo pensaba en él como tu novio. Y mi futuro padrastro. Y jamás creí que me veía de otra manera que no fuera tu hija.

Mi madre se puso pálida.

—¿Qué ha hecho?

Quería soltarme de su apretón, y correr hacia la puerta. Hannah me había prometido que estaría en su casa. Luke estaba solo a un mensaje de texto de distancia.

—¿Qué ha hecho, Emory? —repitió, sujetando mi brazo con más fuerza.

Señalé la mesa de la cocina.

—Fue el año pasado... justo antes de navidad. Tú no estabas en casa. Él vino por detrás... y me presionó sobre la mesa y él... —Mi voz temblaba demasiado para poder continuar la frase.

Me obligué a parar y a respirar, como cuando me ponía nerviosa en el escenario.

—Me dijo que yo no debía vestirme de esa manera cuando él estuviera cerca. Me dijo que no podía hacerse responsable de lo que me haría.

Mi madre se cubrió la boca, y sus ojos se llenaron de lágrimas que empezaron a caer por las mejillas.

—Trató de besarme y...

—¿Te tocó? —me interrumpió ella. Ahora su voz también temblaba. Me alegré de que lo preguntara así yo no tendría que decirlo primero.

—Sí.

—¿Dónde?

—¿Dónde crees?

Caminó hacia el otro lado de la cocina, agarrándose con fuerza la cabeza, y luego regresó a mí.

—¿Qué ocurrió después?

—Nada, regresé a mi cuarto y ahí se terminó. No me siguió. Desde entonces no ha hecho nada. No tiene importancia.

—¿No es importante? —Mi madre tenía máscara de pestañas por la cara.

—En serio. Ni siquiera iba a contártelo. Pasó y estoy bien, y se terminó. —La tomé de los brazos—. Estás muy feliz ahora y no quiero que estés triste otra vez...

Su cara perdió completamente el color.

—Olvídalo mamá, por favor.

Se fue hacia el baño. La podía escuchar vomitando, tirando de la cadena, abriendo el grifo.

Se fue durante mucho tiempo y cuando finalmente regresó, sus ojos estaban rojos e hinchados y se había echado el pelo hacia atrás con un clip. Estaba horrible y yo me sentía aún peor.

—Perdóname por no llevar esto demasiado bien —dijo.

—Lo estás llevando bien. Mira, ni siquiera te lo quería decir, pero creí que debías saberlo. Y ahora lo sabes. Así que todo esto puede terminar. Me mudaré cuando comience el instituto en agosto y tú puedes mudarte al loft de David como habías planeado, y podemos olvidar que esto alguna vez ha ocurrido, ¿sí? Nunca más hablaremos de ello. Solo creí que debías saberlo. Eso es todo.

Mi madre me atrajo hacia ella y respiré ese olor que era tan de ella y siempre me hacía sentir segura. Cuando se distanció un poco, tomó mi cara en sus manos.

—Te quiero más que a nada en este mundo, ¿sabes eso, cierto?

Asentí.

—Más que a nada en este mundo. —Lo repitió con más énfasis.

Se quedó allí durante un largo rato, como si estuviera decidiendo qué decir luego. Su labio inferior comenzó a temblar y lo mordió con fuerza.

—Te agradezco que me lo hayas contado.

Asentí de nuevo.

—Has hecho lo correcto.

—¿Tú crees? —pregunté, porque no se sentía así.

—Sí —dijo, pero parecía como si apenas pudiera mantener la calma—. Necesito estar sola. ¿Está bien?

No sabía qué más hacer, así que asentí otra vez.

Y mi madre se fue a su cuarto y cerró la puerta.

Hannah

Estaba afuera en el porche trasero, sentada en el escalón de arriba. Había estado allí por lo menos durante media hora. Me hacía sentir más cerca de Emory. Pero había estado todo muy silencioso en su lado del césped y empecé a preguntarme si habría cambiado de idea sobre contárselo a su madre.

Escuché la puerta mosquitera abrirse y cerrarse detrás de mí. No me moví.

—Hola, ¿qué haces aquí afuera? —preguntó mi padre.

—Pienso.

—¿En qué? —Se sentó al lado mío.

—En todo —contesté—. Más que nada en ti.

—Qué casualidad —dijo él—. Yo estaba adentro rezando. Más que nada por ti.

Lo miré.

—¿Por mí? ¿Por qué? —No necesitaba sus rezos. Emory los necesitaba. Por supuesto que él no tenía forma de saber eso.

Giró hacia el costado. Se apoyó en el poste, justo frente a mí, y dobló su rodilla.

—Bueno —comenzó—. He rezado para recibir ayuda. He rezado para que Dios me muestre las palabras adecuadas para decírtelas a ti. He rezado para que las escuches y las comprendas, y quizás hasta me perdones por lo que he hecho. Y he rezado para que tú también encuentres las palabras que necesitas decirme. Y para que sepas lo importante que es decirlas, sean las que sean.

Le sonreí.

—Son demasiadas cosas para un solo rezo.

Me sonrió.

—Me gusta ser eficiente. Tú sabes, resolver todo de una sola vez. —Golpeó el aire con su puño.

Con todo lo que había hecho, una gran parte de mí luchaba por seguir enojada con él. Pero ya no quería estar enojada. Todavía lo quería mucho, a pesar de que sus defectos se habían vuelto evidentes.

—Tengo mucho para decirte —dijo.

—Yo también tengo mucho para decirte a ti.

—¿Puedo comenzar? —preguntó, y asentí, agradecida de tener más tiempo para ordenar mis ideas.

Se movió en el sitio y miró a su alrededor, como si él también precisara un poco más de tiempo para ordenarse.

—He cometido un error —confesó, soltando un gran suspiro—. En realidad, he cometido una serie de errores. Comenzando con el fondo para pagar tu facultad. Lo fastidié. Y luego traté de arreglarlo. Creí que lo estaba haciendo por ti. —Hizo una pausa y miró alrededor de nuevo, como si buscara las palabras en los árboles y en los maceteros—. No sé a qué se debe Hannah, pero cuando se trata de ti, no siempre veo el panorama completo. Solo me concentro en tratar de hacer las cosas bien para ti, sin medir las consecuencias.

Me recordó lo que Emory me había dicho el día que nos habíamos peleado, que yo tenía debilidad por mi padre. No se me había ocurrido que él también tenía una cierta debilidad cuando se trataba de mí.

—Trataba de hacerte feliz —continuó— pero lo empeoraba. Y luego no sabía cómo desatar todos los nudos que había hecho a lo largo del camino. Estuve mal al compartir el vídeo de Luke. Me he dicho a mí mismo que lo estaba ayudando, ayudándote a ti y ayudando al instituto, todo al mismo tiempo. Pero no ha sido justo para él... él no quería nada de todo eso.

—No, no quería eso. —Recordé aquel día en la sala, cuando Luke se detuvo frente a la chimenea a mirar nuestra foto familiar—. Creo que solo te quería conocer. Si de algo sirve, creo que todavía quiere.

Mi padre volvió a apoyar la cabeza contra el poste y cerró los ojos, como si estuviera asimilando todo.

—Le debo una disculpa. Y te debo una a ti también. —Abrió los ojos y me miró—. Lo siento.

Me mordí el labio.

—Está bien.

Mi padre no desvió la mirada.

—Sé que tienes más que eso para decirme.

Era cierto. Tenía mucho más para decir. Pero no sabía por dónde comenzar. Le podía decir que en realidad había estado mucho peor por el fondo para la facultad de lo que había mostrado. O que al compartir el vídeo de Luke él me había decepcionado de una forma en la que jamás había pensado que podía decepcionarme. O le podía hablar de cómo había estado cuestionando todo lo que siempre había creído, y cómo durante las últimas semanas había meditado mucho, pero no había rezado ni una vez.

Podría haber comenzado con cualquiera de esas cosas. Pero ninguna era más importante que la que había desatado todo. Mi padre dijo que había cometido una serie de errores, comenzando con el fondo para pagar mi facultad, pero no había comenzado allí. Ni siquiera sabía cuál había sido su primer error.

—Tengo que contarte por qué Emory y yo nos hemos peleado. —Señalé su casa y mi padre miró hacia allí—. Ella ahora está allí, contándole a su madre.

—¿Contándole *el qué*? —Se lo notaba confundido—. ¿Qué tiene que ver Emory con todo esto?

—Todo —le contesté. Mi corazón latía a mil y mis manos comenzaron a sudar. Respiré con fuerza y lo solté poco a poco—. ¿Recuerdas el día que te dije que ella estaba en mi habitación y necesitaba hablar contigo, pero cuando llegamos se había ido?

—Lo recuerdo.

—Bueno, no se había ido. Estaba escondida en mi armario. Escuchó todo lo que dijimos.

Se lo veía aún más confundido.

—Eso fue hace meses. Creo que nunca me has dicho de qué me quería hablar. ¿Y nosotros, de qué hablamos?

Me refregué las manos y miré hacia el jardín.

—Comencé a contarte que estaba angustiada por un chico. Pero me interrumpiste. Empezaste a hablar sobre cuánto había cambiado Emory con el correr de los años. Que nuestra amistad quizá ya no me convenía.

—¿Y ella me escuchó? —A mi padre le temblaba la voz, como si recordara haber dicho esas palabras, pero sonaban aún peor al escucharlas de mi boca—. Tú sabes que no quise decir eso.

Asentí. Lo sabía. Pero no importaba. No era el punto si lo había pensado o no.

—Eso no fue lo que la angustió.

Me sentí mal al acordarme de nosotros dos sentados en el borde de mi cama, en mi cuarto, hablando sobre Emory, sin saber que estaba detrás de una fina puerta del armario.

—Yo estuve de acuerdo contigo. No la defendí. Y cuando te fuiste y abrió la puerta del armario, empeoré aún más las cosas. Le dije que quizá tenías razón, que quizá no debíamos ser más amigas.

Mi padre asintió despacio, como si pudiera ver las piezas del rompecabezas de nuestra pelea encastrando una con otra, y creando una imagen de los últimos meses que explicaba todo.

Pero todavía no sabía la peor parte.

Y la peor parte era mucho peor.

Me senté más derecha, preparándome para lo que tenía que decir.

—Papá —comencé, pero hasta ahí llegué. Mi corazón latía rápido, las piernas y la cara me temblaban, y aún no había dicho nada.

—¿Qué?

Suéltalo, me dije.

—Ese día Emory no estaba mal por un hombre. Quiero decir... estaba mal... pero era... —tartamudeé intentando nombrarlo con todas mis fuerzas—. No era *cualquier* hombre. —Mi padre me miró de reojo. No había parecido preocupado por lo que trataba de decirle, pero de pronto lo estaba—. Era David. —Arrojé su nombre al aire como si fuera tóxico y luego cerré los ojos, como si eso pudiera ayudarme a bloquear la imagen de lo que le había hecho a Emory—. Él... Él la arrinconó. No la dejaba ir. —Las lágrimas empezaron a rodar por mis mejillas y tuve que luchar para poder seguir—. Y cuando ella se soltó, salió corriendo. Corrió hacia... aquí.

—Me quebré en la última palabra, pero me sentía aliviada de haber contado todo.

Lloré más fuerte. Esperaba sentir que me apoyaba, con su mano sobre mi espalda, pero cuando miré hacia arriba, mi padre me observaba con los ojos y la boca muy abiertos, y con los dedos se apretaba la cabeza. Y luego se levantó y bajó los escalones, hacia el césped, como si precisara alejarse de mí y de lo que acaba de decirle. Se detuvo cuando llegó a la cerca trasera y luego se paró allí, debajo del árbol, mirando hacia el suelo.

Lo seguí.

—Vino a pedirme ayuda —dije entre sollozos— y yo no la ayudé. —Odiaba admitirlo en voz alta. Sonaba aún peor. Me senté durante lo que pareció un minuto entero, llevando aire con fuerza hacia los pulmones y tratando de tranquilizarme—. Acabas de decir que cuando se trata de mí no siempre ves el panorama completo. Bueno, suelo hacer lo mismo contigo, sigo tu liderazgo instintivamente. Ni siquiera me doy cuenta cuando lo hago. Cuando tú opinas algo, pierdo de vista lo que *yo* pienso, lo que *yo* sé que me conviene. Tomo tus opiniones como si fueran las mías. Lo que le ocurrió a Emory aquel día era lo más importante y en vez de verlo, me quedé enredada en tu opinión sobre ella. Y no es tu culpa, es mi culpa.

No me miraba.

—Lo sien... —empecé pero se dio vuelta y comenzó a gritar antes de que yo pudiera terminar.

—¿Por qué no me dijiste lo que le había ocurrido? ¡Debías contarme eso!

—Emory cambió de idea. Me hizo prometerle que no te contaría a ti ni a mamá.

—Esa no es una promesa que puedas mantener, Hannah. ¡No era un detalle que pudieras dejar afuera!

—Lo sé, cometí un error. Pero tú también, papá. Sabías que Emory necesitaba hablar contigo, ¡y te molestó, porque se me ocurrió mencionar que era sobre un chico! —Ahora yo estaba a pocos centímetros de su cara, gritándole—. Eres muy rápido para juzgarla. ¿Y si hubiera sido Alyssa? ¿Habrías dicho eso? ¿O *pensado* eso? Si alguien en el instituto hubiera dicho que necesitaba hablar contigo, habrías dejado todo y estado allí, y habrías ayudado y escuchado. Si Emory hubiese ido a la iglesia, ¿habría sido diferente? ¿Si te hubiera hablado bajo tus términos, en tu *territorio*, como lo hizo Luke esa primera vez, la habrías tomado en serio? ¿O la habrías despachado porque había cambiado y nuestra amistad no era conveniente?

Observé cómo le caían mis palabras. Cuando dimensionó lo que le había dicho, mi padre parecía no saber qué hacer. Sus ojos habían estado fijos en los míos, pero finalmente, al darme la espalda, cortó el contacto. Comenzó a caminar por el césped, mientras se pasaba los dedos por el pelo y miraba hacia el cielo.

Seguí hablando.

—No sabía qué hacer, entonces no hice nada. Y por mí, mi mejor amiga ha tenido que vivir en esa casa durante meses, mirando por encima de su hombro, cerrando con llave su habitación y, mientras todo eso ocurría, ayudaba a su madre a planear su *boda*.

Luego escuchamos un *clic* y nuestras cabezas giraron hacia la casa de Emory. La puerta se abrió, ella salió y caminó hacia el borde del porche. Agarró la barandilla y la vi llorar. Luego levantó la vista y nos vio a mi padre y a mí.

Se limpió la nariz con el dorso de la mano y corrió por las escaleras, hacia nosotros. Fui a encontrarla a mitad de camino y me rodeó con los brazos, sujetándome fuerte y llorando aún más fuerte.

Sentí la mano de mi padre en mi hombro.

—Lo siento, Emory —susurró. Por la forma en que su voz temblaba me di cuenta de que él también estaba llorando—. Lamento lo que he dicho y lamento no haber hablado contigo aquel día. Lo siento mucho. —Emory me apretó aún más fuerte y supe que mi padre había dicho lo que ella necesitaba escuchar.

Después de un largo rato, me soltó. Respiró profundo y se secó la cara con la manga de su camisa.

—¿Tu madre está bien? —preguntó él.

Emory asintió.

—Quiere estar sola.

—¿Tú quieres eso? —preguntó.

Ella negó con la cabeza.

—Bien —susurró—. Ven adentro. Dinos qué necesitas de nosotros.

La rodeó con su brazo y la dirigió a casa.

Emory
Día 306, faltan 131

Cuando me desperté, el sol entraba por la ventana de la habitación de mi madre. Parpadeé un par de veces y la miré. Seguía durmiendo.

—Mamá —dije. Cuando no se movió, me incorporé y la sacudí—. Es hora de levantarse. Tienes que ir a trabajar.

La sacudí otra vez.

—Mamá, hora de ir a trabajar.

Esta vez se dio la vuelta y me miró. Acomodó la almohada, pero no abrió los ojos.

—Está bien —murmuró—. Cancelé a todos mis clientes hoy.

La observé acomodarse de nuevo sobre su almohada y quería arrancársela de debajo de su cabeza. De ninguna manera ocurriría de nuevo. En vez de sacársela, le acaricié el pelo suavemente y le dije:

—Por favor mamá, tienes que levantarte e ir a trabajar.

Luego comencé a decirle todas las cosas que su psicóloga me sugería que le dijera cuando se deprimía.

—Te encanta tu trabajo. Eres buena en tu trabajo. Cocinar para tus clientes te hace feliz.

Esta vez abrió los ojos y me miró.

—Ya sé todo eso, Emory.

—¿Quieres que llame a la Doctora Wilson?

—No, estoy bien, te lo prometo. Solo necesito el día para ordenar mis pensamientos, ¿sí? Por favor.

Sonaba coherente, así que salí de su cama, me duché y me preparé para ir al instituto. Le mandé un mensaje a Hannah con las novedades y dijo que su madre buscaría un pretexto para ir y ver cómo estaba la mía.

En el instituto, la llamé tres veces: después de la primera hora, después de la tercera hora y de nuevo durante el almuerzo. Nunca contestó.

Mientras miraba el teléfono y deseaba que contestara, me sentí atrapada entre dos sensaciones distintas: enfado y miedo. Estaba enojada con mi madre por hacer que todo girara en torno a ella y por dejarme de lado cuando más la necesitaba. Y al mismo tiempo, tenía pánico de que desapareciera dentro de su mente, como ya había hecho, y que pasaran meses o años hasta que la volviera a ver. Todo me resultaba demasiado familiar.

Durante el almuerzo no tenía energía para estar con los amigos de Luke, así que tomé mi sándwich y seguí a Charlotte al teatro. Tyler ya estaba allí.

Our Town había terminado y los fondos y la utilería ya no estaban, y por primera vez desde que conocía el teatro, estaba en el más absoluto silencio durante el almuerzo. Ninguno sabía qué hacer. No había letra para repasar. No había marcas en el suelo para memorizar. No había nadie allí salvo nosotros tres.

Nos sentamos en el borde del escenario, con los pies colgando a los costados, mirando hacia el auditorio vacío, y hacia las filas de sillas cubiertas de terciopelo rojo.

—¿Cuánto vamos a echar de menos este lugar? —preguntó Tyler.

Interpreté que se refería al lugar y a la gente de allí. En base a nuestras respuestas, todos interpretamos lo mismo.

—Cada día vamos a echarlo de menos —contestó Charlotte.
—Todo el tiempo —agregué.
—Ni siquiera puedo pensar en ello —cerró Tyler.

Hannah

Echaba de menos a mi roca.

El miércoles, cuando llegué del instituto, fui directo a mi habitación, me quité la ropa y me puse mis prendas deportivas. Me recogí el pelo en una cola de caballo y me senté al borde de la cama, para atarme los cordones.

Mi música sonaba fuerte mientras corría por la acera hasta la esquina. La luz del semáforo ya estaba en verde, así que atravesé la calle y fui derecho a Foothill Drive. Cuando llegué al sendero, me dirigí hacia el letrero de madera.

Arriba, doblé hacia la derecha y seguí corriendo por los giros y las curvas del camino angosto, hasta que, casi cinco kilómetros más tarde, llegué a mi roca. Aminoré el paso y sacudí los brazos, aflojándome y recuperando el aliento.

Estaba silencioso. Crucé las piernas, tomé aire con fuerza y dejé que mis ojos se cerraran. Solo escuché.

Podía escuchar los pájaros cantando desde sus nidos en los árboles cercanos, y el sonido lejano del tránsito en la base de la colina. Sentía la fragancia de las flores abriéndose debajo de mí y los bordes puntiagudos de las hebras de césped nuevo. Podía sentir el aire fresco y temprano de abril, y mientras lo respiraba, me lo imaginaba viajando por mi cuerpo —abajo, hacia los dedos de los pies y luego, hasta las yemas de los dedos de mis manos y a través de cada mechón de pelo de mi cabeza. Me senté allí durante mucho tiempo.

Estaba mejorando en la meditación. Podía ver los pensamientos pasar por mi mente, los reconocía y los dejaba salir enseguida. Cada vez parecía menos trabajo. Me costaba menos esfuerzo lograr la calma y el silencio, y quedarme así.

No estoy segura de cuánto tiempo pasó, ¿diez minutos, veinte, treinta? No importaba. Estaba en mi pequeño y pacífico mundo, cuando sonó mi teléfono.

Abrí los ojos y leí el mensaje.

Luke: Te echo de menos.

Sonreí a la pantalla y escribí.

Hannah: Te echo de menos, también.
Luke: ¿Podemos hablar?
Hannah: Cuando quieras.
Luke: ¿Ahora puedes?
Luke: Estoy sentado aquí con Emory. Tenemos un plan para mañana, pero necesitamos tu ayuda para lograrlo. ¿Quieres sumarte?

Mi cuerpo parecía no saber si sonreír o llorar. E hice ambas cosas mientras escribía mi respuesta.

Hannah: ¿Dónde estáis?
Luke: Cafetería.

Me levanté y comencé a bajar de la roca. Cuando llegué a la base, escribí: *En camino.*

Emory
Día 308, faltan 129

El viernes después de la escuela, Luke y yo nos fuimos directo a casa y encontramos a mi madre dando vueltas por allí. Dijo que había ido al gimnasio y cuando le pregunté por el trabajo, contestó que atendería a sus clientes del *catering* la semana siguiente.

Había limpiado la casa de arriba a abajo. Parecían faltar piezas clave del último año de nuestras vidas, o por lo menos estar escondidas. Su organizador de bodas no estaba en la mesa en la que solía estar. No había rastros de la caja que habíamos usado para guardar las invitaciones extra y todas las tarjetas de asistencia que habían llegado. La foto de ella junto a David el día de la falsa proposición ya no estaba en la repisa de la chimenea. Ella no llevaba su anillo de compromiso.

—Qué bueno que estéis aquí. Podréis ayudarme con algunas cosas. —Hablaba con tono profesional—. Tengo dos cajas de almacenamiento llenas de cosas de David en mi cuarto y otra caja que necesito que me ayudéis a poner en el garaje.

—Luke no puede cargar nada. Aún se tiene que cuidar por los puntos.

—Puedo cargar algunas cosas —dijo Luke, haciendo una mueca de falso enfado.

—No —dijo mi madre—. Toma asiento. Nosotras nos encargaremos.

—Está bien —dijo Luke tirándose en el sofá—. Me quedaré aquí, sintiéndome un inútil. —Sacó su teléfono del bolsillo, para mantenerse ocupado.

Durante todo el día me había preocupado mucho, pero ver a mi madre levantada y haciendo cosas me hacía sentir mejor. La seguí hasta su habitación y entre las dos cargamos todo hasta el garaje. No le pregunté qué había en las cajas, pero creía saberlo.

—¿Ya has hablado con él? —pregunté preparando la escalera de pared.

Me dio la caja.

—No, lo quiero hacer en persona. Vendrá directo desde el aeropuerto y debería estar aquí en una hora. Luke y tú no debéis estar, ¿de acuerdo?

No. Luke y yo ya habíamos hablado de esto.

—Nos quedaremos en mi habitación, fuera de su vista.

—¿Por qué? —preguntó.

—Creo que no deberías estar sola cuando le digas.

Soltó un suspiro de impaciencia

—Ey, no seas tan dramática. Vendrá, le diré que se cancela la boda y por qué. Le diré que tiene suerte de que no lo denuncie. Luego le daré sus cosas y lo dirigiré hacia su coche. —Me sostuvo la escalera mientras yo bajaba por ella—. Y cuando se haya ido, entraré en una crisis de nervios que planeo que comience hoy y termine el domingo, así que por favor no te asustes. Después de eso será el final de la cuestión. Estaré bien.

—Aún creo que yo debería estar aquí —dije, cuando mis pies tocaron el suelo.

Colocó las manos sobre sus caderas.

—No quiero que estés aquí. No quiero que lo veas hoy. No quiero que lo veas nunca más.

Parecía calmada y con la cabeza despejada. Pero recordé las veces que la había visto recular frente a él de una manera que contrastaba con su forma de ser, y no podía evitar pensar que una pequeña parte de ella le tenía miedo.

—¿Estás segura? —pregunté.

—Sí. —Tomó mis manos en las suyas—. ¿Estás segura de que no quieres que lo denuncie?

Había pensado en eso. Mucho. No necesitaba denunciarlo para sentirme mejor sobre lo que había ocurrido. Solo lo quería fuera de nuestras vidas.

—Creo que perderte será castigo suficiente para él. —Sonreí—. Y estoy bien. En serio.

—Está bien. Entonces debéis iros. Salid de aquí antes de que aparezca.

Acepté, pero era mentira. Me quedaría en mi cuarto todo el tiempo, porque esa era una parte de mi plan con Luke y Hannah. Debía estar allí para protegerla, por si me necesitaba. Y debía escuchar lo que él le decía cuando ella le hablara.

Me abrazó.

—Te mando un mensaje cuando se haya ido, así tú y Luke podéis regresar y ver una película o algo.

Se soltó y me miró a los ojos.

—Pero no es necesario. Es viernes por la noche. Salid a divertiros. Estaré bien.

Cuando se fue a la cocina, desaparecí dentro mi habitación. Me moví rápido para que no sospechara. Busqué en el fondo de mi armario y saqué la escalera metálica. La llevé hasta la ventana, la bajé y regresé a la sala.

—¿Todo listo? —susurró Luke y le hice la señal de los pulgares para arriba.

Le dijimos adiós a mi madre y nos fuimos por la puerta principal. Subimos al coche, Luke condujo y después de dar vuelta la esquina, aparcó frente a la ventana de la cocina de Hannah. Nos aseguramos de que la calle estuviera libre, nos escondimos y corrimos a toda velocidad por los escalones principales de su casa.

Hannah ya estaba allí, esperándonos y mirando a través de la hendija en la puerta. La abrió un poco más para que pudiéramos entrar.

La seguimos a la sala. El Pastor J. estaba de pie en la ventana, mirando a través de la cortina blanca de lino. Cuando escuchó mi voz, miró por encima de su hombro y me sonrió.

Le sonreí.

—¿Cómo estaba? —preguntó la madre de Hannah.

—Bien, supongo. Él está en camino. —Me pareció que no debía llamarlo imbécil frente a los padres de Hannah, pero tampoco lo llamaría David.

El Pastor J. me hizo señas para que me acercara a la ventana, así podía mirar desde allí, a su lado.

—¿Estás bien? —me preguntó, y asentí, mientras trataba de ignorar el sudor en mis manos y el enorme nudo que sentía en la boca del estómago.

Había perdido la cuenta de cuántas veces el padre de Hannah me había pedido disculpas durante los últimos dos días. Y ahora trataba de compensarme, diciendo todas las cosas correctas como si yo siempre hubiese sido parte de la familia.

La madre de Hannah me dio un golpecito de apoyo en la espalda.

—Me gustaría que nos dejara ir a todos allí contigo. Lo podríamos enfrentar juntos. Tu madre no estaría sola.

Era cierto, pero sabía que no era lo que ella deseaba. Lo quería confrontar sola. Y yo estaba de acuerdo con que lo hiciera, mientras tuviera respaldo.

—Lo tiene bajo control. —Iba a decir algo más, pero solo dije—: Él está aquí.

Cuando vi el coche de David deteniéndose frente a casa empecé a sentir adrenalina. Todos nos pusimos frente a la ventana, miramos cómo se bajaba, agarraba una bolsa de lona del maletero y caminaba hacia la puerta de entrada. Llevaba su bolsa de una manera que hacía que su brazo pareciera grande y poderoso, aun a esa distancia.

No golpeó, solo abrió la puerta delantera y desapareció adentro.

Esa era nuestra señal.

Luke ya estaba en la sala de estar de Hannah, esperándome. Salimos por la puerta trasera, corrimos por el césped, trepamos por la escalera y nos metimos en mi habitación.

Abrí una hendija de la puerta y asomamos la cabeza al pasillo. Podía oír la voz de mi madre, pero no lograba comprender qué decía. Ella y David intercambiaban palabras, pero no entendíamos bien. Hasta que lo escuché, fuerte y claro.

—Ella es una mentirosa, Jennifer.

Me quedé helada, esperando que ella respondiera. Luke me agarró del brazo con fuerza, y me di la vuelta para mirarlo. Su cara estaba roja, su ceño fruncido, y creo que si hubiese estado cerca del imbécil, le habría dado un puñetazo. Lo quería por eso.

—¿En serio tratas de decirme que ella inventó esto? —Mi madre también estaba gritando—. Basta, David. Ella nunca haría eso.

La quería abrazar.

—¡Por supuesto que lo haría! Nunca le he caído bien a Emory. Te miente y le crees. ¡Esa chica hace lo que quiere contigo y ni siquiera te das cuenta!

Negué con la cabeza. Él estaba mintiendo. Jamás había tenido motivos para manipular a mi madre. ¿Por qué querría hacerlo?

Hubo demasiado silencio durante demasiado tiempo.

—Vete —dijo ella, con calma—. Llévate tus cosas y sal de mi casa.

—¿Estás de su lado?

—Por supuesto que estoy de su lado.

—Jennifer, por favor. Escúchame.

—Vete. Ahora.

—No me voy.

Sentí a Luke comenzar a moverse para ir a ayudarla, y me di la vuelta y lo miré, en silencio, pidiéndole que se quedara quieto. Señalé su costado, recordándole que aún tenía puntos. Su herida había sido el motivo por el cual lo había dejado convencerme de que involucráramos a la familia de Hannah. Ahora no dejaría que él se hiciera cargo.

—Ella ha malinterpretado las cosas —dijo David, cambiando la estrategia—. Cuando regrese a casa, podemos sentarnos y hablar sobre el tema. Le explicaré. Le pediré disculpas. —Se dio cuenta de lo que había dicho, o quizá mi madre le lanzó una mirada, porque editó sus palabras en tiempo real—. Le pediré disculpas, aunque no haya hecho *nada* malo.

Sonaba convincente, incluso desde donde yo estaba. No podía ver su cara, pero mi madre sí, y no tenía idea de qué estaría pensando. Se mantuvo callada durante mucho tiempo.

—En serio, no creerás que soy capaz de hacer algo así, ¿cierto?

—No me toques. —Su voz temblaba.

—Jennifer.

—¡Detente! —gritó mi madre—. Quítame tus manos de encima.

Eso era todo lo que precisaba escuchar. Apreté el botón ENVIAR.

Y corrí hacia la sala de estar. David estaba pegado a la cara de mi madre y la sujetaba de los brazos. Lo agarré de la camisa y tiré lo más fuerte que pude.

—¡Suéltala! —grité, y se dio la vuelta, en shock por verme allí.

Puso sus manos en el aire, como si yo fuera un policía y él estuviera probando que no tenía un arma. Retrocedí, pero caminó hacia mí.

—Esto ha sido un gran malentendido. No quise molestarte. —Intentó agarrar mi muñeca, pero di un gran paso atrás—. Me has malinterpretado, eso es todo.

Y Luke estaba justo a mi lado.

Podía ver el pánico en los ojos de David. En su condición Luke no era una gran amenaza, David tenía más fuerza que nosotros dos juntos, pero pareció darse cuenta de que éramos dos contra uno.

Y seríamos seis contra uno. Hannah y sus padres llegarían en cualquier momento, pero el tiempo parecía moverse dolorosamente en cámara lenta.

Mi madre apareció detrás de él.

—Vete —dijo. Su voz sonaba firme. Fuerte. Valiente—. No te lo diré otra vez.

Ni siquiera se dio la vuelta para mirarla. Sus ojos se habían puesto angostos como dos hendijas y estaban fijos en los míos, mirándome como si yo fuera el diablo.

—Vete —dijo, de nuevo. Esta vez sonó distinta. Aún más feroz.

Parecía que estaba a punto de hacer lo que le decía, pero luego se dio cuenta de que yo estaba bloqueando el paso hacia la puerta. Ni siquiera tuve tiempo de registrar su expresión, solo lo sentí empujarme lejos de su camino.

Intenté frenar mis pies, pero mi cuerpo llevaba demasiado impulso. No logré hacer equilibrio. Puse mis manos para tratar de evitar la caída, pero no sirvió. Y cuando aterricé, fuerte, lo hice justo en la punta de la mesa de café.

Traté de pararme pero la pierna me dolía y apenas lo intenté, ya estaba de nuevo en el piso. En segundos, David estaba agachado a mi lado.

—Lo siento —dijo. Estaba justo en mi cara, con su mano en mi brazo trataba de ayudarme a levantarme, murmurando más disculpas.

Quité su brazo de un golpe. Estuviera arrepentido o no, no lo quería cerca.

Cuando levanté la vista, vi al Pastor J. parado detrás de él.

—No la toques —dijo.

David se dio la vuelta, paralizado al escuchar otra voz allí, y se puso de pie. Me fui rápido para atrás, lejos de él, de la mesa y de todos. Hasta que sentí la pared y la usé para sostenerme.

David parecía sorprendido mientras observaba el cuarto, y nos veía a todos allí. La señora J. estaba al lado de mi madre, con un brazo protector sobre su hombro. El Pastor J. estaba a centímetros de él, con los puños y la mandíbula en tensión, como si estuviera listo para lo que fuera a ocurrir. Luke estaba junto a mí, ayudándome a mantenerme en pie. Y Hannah estaba en la entrada con su teléfono al oído, dándole la dirección de mi casa a una persona que claramente era un operador del 911.

Mi madre señaló hacia la puerta.

—Ahora es una orden de alejamiento, porque eso es lo que quiere Emory. Pero si aún estás aquí cuando la policía llegue, presentaré cargos. Por *todo*.

Miró a mi madre. Al principio creí que caminaría hacia ella. La señora J. debió haber pensado lo mismo, porque se colocó delante y puso los brazos a los costados, dando a entender que si quería hacerlo primero tendría que pasar por encima de ella. Pero él se dio la vuelta y caminó hacia Hannah, que se movió y lo dejó pasar. Escuché la puerta abrirse y cerrarse. Estábamos todos en silencio cuando el coche se puso en marcha y luego se alejó.

En cuestión de segundos, mi madre estaba a mi lado. Me tomó entre sus brazos, me dijo que me amaba y me prometió que jamás tendría que ver a David otra vez.

—Has sido fuerte —le dije, mientras me soltaba. Pude ver por la manera en la que sonreía, que no sería como aquella vez con mi padre. Esta vez, ella estaría bien.

—Tú también —me dijo, mientras me besaba en la frente.

Hannah

Me las arreglé para evitar a Aaron durante toda una semana. No fue difícil. Ahora que los ensayos de SonRise habían terminado, no tenía ningún motivo para ir al santuario aparte del Servicio de los lunes. Y por mucho que echara de menos esconderme en la cabina de sonido después del instituto, había encontrado un lugar en la arboleda solo para mí, para pasar mi tiempo mientras esperaba a mi padre. Era una mesa rodeada de árboles en la que podía estudiar o meditar o solo ser. Me gustaba. Me hacía sentir especialmente sola, pero de una buena manera.

El viernes, Alyssa tuvo que quedarse en el instituto a preparar un examen, pero me prometió que luego me llevaría a casa.

Yo estaba sentada en la mesa de picnic, trabajando en una redacción para mi clase de idiomas, cuando levanté la vista y vi a Aaron.

—Hola —dijo. Estaba guapo. Llevaba vaqueros y una camiseta sencilla de color blanca. Como siempre, tenía puesta su gorra de béisbol—. ¿Puedo hablar contigo un minuto?

Sabía que no podía evitar esa discusión por siempre.

—Claro —dije y señalé con mi barbilla el sitio frente a mí. Se sentó.

Esperaba estar enfadada cuando lo volviera a ver, pero no lo estaba. Ya no.

—Tu padre me dijo que podía encontrarte aquí. Sé que estás estudiando, y no quiero molestarte para nada. —Se movió nerviosamente—. Solo quería decirte algo. En realidad, algunas cosas.

Cerré mi libreta y apoyé el bolígrafo en la mesa.

—Primero, lo siento.

No estaba segura de por qué lo estaba diciendo. Ya me había pedido disculpas y también a Luke.

—No necesitas disculparte otra vez.

Negó con la cabeza.

—No es por eso. Es por… el resto de las cosas. Por besarte. Por besarte cuando estaba con Beth. No debería haber hecho eso. Y… —Ladeó la cabeza hacia atrás, con los ojos fijos en el horizonte, como si le doliera mirarme—. Porque eres una estudiante. Y eso fue muy estúpido de mi parte.

—Yo te besé primero —dije, sin vueltas.

—Quizás. —Puso el codo sobre la mesa y se cubrió la cara con la mano—. Pero de todas formas, lo siento. No debería haber permitido que ocurriera.

Quería decirle que yo no lamentaba nada de eso, pero me parecía que él sí, así que me guardé esa parte para mí.

—Está bien.

Se acercó, como si me contara un secreto.

—También te quiero decir que he terminado con Beth esta semana.

No esperaba eso.

—¿En serio?

—No podía seguir con ella después de darme cuenta… —Hizo una pausa tratando de decidir cómo terminar su frase—. Ella no es lo que yo busco.

Creo que esperaba que me sintiera mal por él, pero me sentí mal por ella.

—¿Ella está bien? —pregunté.

—¿Beth? —preguntó. Cuando asentí, dijo—: Sí. Fue más duro de lo que había imaginado, pero... ella es fuerte. Estará bien.

Parecía no saber qué decir después de eso. Miró los árboles alrededor, el suelo, la mesa. Finalmente me miró.

—Además, te quería decir que... realmente me gustó hablar contigo, Hannah. Y yo... —Se calló y comenzó a tamborilear los dedos nerviosamente sobre la mesa. No lo dejé continuar la oración.

—A mí también me gustó hablarte.

—Bien. ¿Entonces, podemos seguir hablando? Como amigos. —Me sonrió y me extendió la mano.

Se la estreché y le sonreí.

—Sí, amigos.

En lo profundo de mi corazón, quería ser más y me dolía que él no quisiera eso también. Pero mi corazón ya no me controlaba, ahora mi cerebro estaba guiando con firmeza el volante.

Me levanté y comencé a recoger mis cosas.

—Será mejor que me vaya, Alyssa me espera en el aparcamiento.

Mi instinto era abrazarlo, pero parecía extraño dado todo lo que había ocurrido entre nosotros. Y si era honesta, tenía un poco de miedo de qué pasaría si me permitía estar tan cerca de él. Mi corazón podía fácilmente agarrar el volante, tirar mi cerebro al asiento trasero y tomar el control.

—Sal de esa cueva de hombres que tienes allí —dije, mirando por encima de mi hombro mientras me alejaba—. Haz más amigos. Algunos que no se muden a la costa este en los próximos meses.

Alyssa me esperaba cerca de su coche.

—¿Dónde has estado? —Dio un par de saltitos, y me di cuenta de que estaba entusiasmada por algún motivo.

—¡Me estaba muriendo aquí!

Comprobé la hora en el teléfono.

—Relájate, he llegado solo como dos minutos tarde.

—¡Lo que digas! —Saltó en el lugar de nuevo—. ¡Tengo novedades!

¿Cómo puede ya saber que Aaron ha cortado con Beth? Había dado por sentado que él me lo diría primero a mí, pero aparentemente no había sido así.

—Las noticias vuelan por aquí —dije.

Alyssa me miró.

—¿De qué hablas?

Quizá no lo sabía aún.

—De nada —contesté—. ¿Cuál es tu noticia?

Sacudió los hombros para atrás y para adelante.

—Kevin Anderson me acaba de invitar a la fiesta de graduación.

—¿En serio? Ni siquiera sabía que os conocíais.

—En realidad, no. Pero me lo he encontrado en la entrada el otro día y le he dicho cuánto me había gustado lo que había dicho en su testimonio en el vídeo. Parece que le ha gustado el halago y nos hemos puesto a hablar y… creo que le he causado una buena impresión.

—Por supuesto que sí.

Se rio mientras abría la puerta del coche. Me senté a su lado. Giró la llave, salió en marcha atrás y manejó por la ruta estrecha y alineada con rosales y arbustos de lavanda. Subió el volumen de la música y bajé la ventanilla, saqué la cabeza y cerré los ojos mientras inhalaba el aroma a flores y sentía la brisa cálida en la cara.

Había planeado hablarle sobre Aaron camino a casa. Pero bajo las circunstancias, cambié de opinión. No me pareció que necesitara saberlo.

Quizás algún día se lo diría. Por el momento, estaba bien que Aaron y yo fuéramos los únicos en el instituto en saber qué había ocurrido en esa cabina de sonido.

Emory
Día 315.

Mi madre estaba dormida. Crucé la habitación y me senté al borde de su cama.

—Ya he llegado.

Ya habían pasado cinco días desde su crisis de nervios programada, pero aún encontraba algunos pañuelos desechables en su cama. El televisor estaba a todo volumen, así que levanté el mando y la apagué.

—Mamá —dije, y ella abrió un ojo—. Toma, te he traído algo de agua.

Se sentó.

—Gracias. —Bebió algunos sorbos y luego dejó el vaso en su mesa de noche. Se volvió a acomodar sobre sus almohadas—. ¿Cómo ha estado el juego?

—Bien. Hemos ganado.

Se estiró y tomó la manga de mi jersey-vestido entre su pulgar y su índice, y estudió mi cara.

—Charlotte ha hecho un gran trabajo en tu pelo. Estás preciosa.

Antes de que pudiera decir algo, puso su mano en mi rodilla.

—Tu pierna aún se ve muy mal.

—Está bien. Ya no me duele. —Durante la última semana el magullón se había vuelto negro, luego violeta y finalmente, una mezcla de color amarillo y verde. Yo esperaba que desapareciera por completo, así mi madre y yo podíamos disfrutar que teníamos una orden de alejamiento contra el imbécil, y de que todo rastro de él ya no estaba en nuestras vidas. Pero el hematoma seguía allí, como un recordatorio constante de que él todavía existía.

—Ey —dije—. Luke está aquí. ¿Está bien?

Ella asintió.

—Sí, está bien.

Era parte de nuestro nuevo pacto. No más secretos. No más a escondidas.

—Le han contestado de Denver, hoy. Irá allí, como había planeado.

—¿Oh, en serio? ¡Eso es maravilloso! —Luego vio mi cara—. Eso es maravilloso, ¿no?

Forcé una sonrisa.

—Sí, en realidad lo es.

Puso su mano en mi espalda.

—¿Estás bien?

Estaba bien. Y no lo estaba. Era como tener frío y calor al mismo tiempo.

—¿Qué puedo hacer? Es la forma en la que se supone debe terminar.

—El amor apesta, ¿no te parece? —preguntó.

—Sí. —Suspiré—. Y no.

—Exactamente. —Sonaba impresionada, como si hubiera dicho algo inteligente por encima de mi edad. Me dio una palmadita en la mano. Y le sonreí. Me daba cuenta de que luchaba por mantener los ojos abiertos.

Estiré la colcha debajo de su barbilla, y le di un beso en la frente.

—Duerme un poco. Mañana iremos al cine. Y no a ver una película de amor. Te llevaré a ver algo con zombis o piratas o sobre la destrucción total del mundo.

—Suena perfecto —contestó. Cerró los ojos—. Te quiero.

—Te quiero, mamá. —Cerré la puerta de su habitación detrás de mí y fui por el pasillo hasta mi cuarto.

Luke estaba sentado en mi cama. Se había quitado la chaqueta de los Halcones de Foothill y la había puesto sobre la silla. Pasé el cerrojo, crucé el cuarto y me coloqué entre sus piernas.

—Hola, tú. —Apoyé los brazos sobre sus hombros y jugueteé con sus rizos entre mis dedos. Me acerqué más para besarlo, pero algo faltaba. No me retribuía el beso, no como normalmente hubiera hecho—. ¿Qué ocurre? —pregunté.

—Esto es raro. No puedo hacerlo mientras tu madre está en la habitación de al lado.

—Siempre está en la habitación de al lado.

—Sí, pero… ahora sabe que estoy aquí.

—¿Y? —Me incliné y lo volví a besar, y esta vez se soltó. Su boca estaba tibia, sus labios eran suaves y por millonésima vez pensé cuánto me gustaba besarlo. Ahora que todo había llegado a una nueva normalidad, decidí que ese era el nuevo plan: pasar los próximos ciento veintidós días besándonos todo lo humanamente posible.

Enganché los pulgares por debajo de su camiseta y comencé a quitársela, pero la agarró del dobladillo y la puso de nuevo en su lugar.

—Está bien —dije en un susurro—. Ya está dormida otra vez, te lo prometo.

Me rodeó la cintura con sus brazos y descansó su frente en mi estómago.

—No es eso. Yo… yo tengo que hablarte de algo.

—Está bien. —Pasé la punta de mi dedo por su nuca. —¿Qué ocurre?

Se deslizó rápido hacia el colchón y se sentó con la espalda apoyada en la pared. Subí a la cama y me uní a él. Y luego el silencio invadió la habitación.

Finalmente, habló.

—He ido a ver al padre de Hannah. Dos veces esta semana.

—¿En serio? —No podía evitar sentirme un poco traicionada. Habíamos pasado juntos la semana entera, hablando en detalle sobre otras personas a quienes podía acudir por ayuda, y no había mencionado al Pastor J. ni una vez.

—Creí que ibas a hablar con un psicólogo.

El martes pasado, durante la noche de Calletti *Spaghetti*, finalmente les había hablado a los padres sobre su insomnio y sobre cómo había pasado esas horas en las que debía estar durmiendo mirando videos de YouTube e investigando sobre experiencias cercanas a la muerte. Su médico lo había referido a alguien que podría ayudarlo.

—Sí, voy a ver a un psicólogo. Mi madre me ha pedido un turno para la semana que viene. Y sé que no entiendes del todo esto, pero también necesito hablar con el Pastor J. Él me ayuda a ordenar mis pensamientos sobre todo este asunto. Hablar con él me hace sentir mejor sobre lo que ha ocurrido.

Quería decía que *sí* lo entendía, pero no lo entendía. No del todo.

—Esta semana le pedí al Pastor J. que me mandara los correos que había recibido por mi vídeo. Empecé a contestarlos. Siguen llegando y no estoy seguro de que pueda responder a todos, pero es un comienzo. Estoy durmiendo mejor. Mi apetito ha regresado. Y cuando cierro los ojos, las imágenes en mi cabeza no son tan reales, ¿entiendes? —Tamborileó su dedo en la frente—. Ya no hay tanto ruido aquí.

Tomé su mano y entrelacé mis dedos con los suyos.

Siguió hablando.

—No sé qué estoy buscando, Em. No sé si alguna vez comprenderé qué me ha ocurrido o si importa. Y no sé si alguna vez volveré a ser el mismo, pero sé que preciso seguir hablando de ello, porque me mantiene cuerdo.

—Está bien. Habla con él. Habla con un psicólogo también. Habla conmigo. Todo sirve, ¿de acuerdo? —No contestó, y me di cuenta de que necesitaba decir algo más—. ¿Qué? —pregunté, aunque no sabía si quería saberlo.

Movió su cabeza hacia atrás y hacia adelante.

—He decidido irme durante el verano.

Me senté y me coloqué frente a él.

—¿Adónde?

—A Guatemala, en una misión solidaria con la madre de Hannah.

Lo miré con fijeza, mientras asimilaba sus palabras, pero no tenía ni idea de cómo responder. Me tomó desprevenida por completo.

—Necesitan a alguien que lleve adelante el programa a tiempo completo, y dije que yo lo haría. Trabajaré con chicos, como hicisteis Hannah y tú. Y ayudaré a reconstruir viviendas, reparar bibliotecas e iglesias. Me integraré a una comunidad que me necesita.

Yo quería decirle: *Pero yo te necesito.*

—He pensado mucho en esto. Lo hablé con mis padres. Y decidí que debo ir. No tengo que estar en Denver hasta el veinte de agosto, y mientras tanto, tengo que hacer algo que me distraiga de… todo.

Se quedó callado después de eso. Por un momento, creí que me invitaría a ir con él. Si lo hubiera hecho, no sé qué habría respondido. Quería pasar mi verano con Luke, pero no quería pasarlo en un país extranjero en una misión de tres meses. Quería conducir por la costa con su Jetta, para acampar, hacer *trekking* hacia arroyos cálidos, jugar al Skee-Ball, dormir bajo las estrellas y despertarnos con el sol. Ya no me importaban los insectos. Quería pasar mi verano a solas con Luke, como habíamos planeado.

Pero él no me invitó.

—¿Estás terminando conmigo?

Negó con la cabeza.

—Todavía tenemos el resto del año, la fiesta de graduación, la ceremonia de graduación…

—Pero no el *road trip*. —Miré hacia la cartelera en la que había clavado el envoltorio de Mentos que tenía su mapa dibujado a mano.

El reloj en mi cabeza se aceleró. La aguja de los minutos se desplazaba más y más rápido por el cuadrante.

—Por favor, ¿me puedes decir que una pequeña parte de ti lo entiende? —preguntó.

Quería entenderlo, por él. Y una pequeña parte de mí lo entendía. Había visto a Luke en los noticieros y en los programas matutinos hablando de lo que le había ocurrido de una forma que seguro hacía llorar a la gente que no lo conocía. Era bueno allí. Y aparentemente, lo necesitaba. Hubiera querido que no lo necesitara. Hubiera querido ser todo lo que necesitaba.

—Una parte de mí lo entiende —dije—. Pero todas mis partes odian esto.

Pasó su brazo por mi hombro y me atrajo hacia él. Dejé caer mi frente en su pecho.

—Cada parte de mí también odia esto.

Nos quedamos así sentados durante un largo tiempo, ninguno de los dos quería ser el primero en soltarse.

Pensé en el día que nos habíamos conocido en la cafetería, trescientos quince días atrás, e intenté recordar cada día desde ese primer día, en orden, pero era imposible. Deseé haber guardado más que sus palabras. Me hubiese gustado, de alguna manera, haber capturado mentalmente cada segundo que habíamos pasado juntos y almacenarlo en un lugar en el que no se perdiera y pudiera sacarlo en cualquier momento de mi vida, cada vez que lo necesitara. Recordé aquella noche en la que casi había terminado con él, y me dijo que era una ridícula, que lo nuestro valía la pena aunque terminara, y que jamás se arrepentiría de un segundo pasado junto a mí.

Tomó mi cara en sus manos y apoyó su frente en la mía. Tenía algo para decir pero no sabía cómo decirlo. Se lo hice fácil.

—¿Te tengo que soltar, verdad? —No hablaba del viaje. Aunque se iría dentro de cuarenta y nueve días, debía dejarlo ir en ese momento, no en junio. Ya no podría contar más los días hasta el final de nosotros, no si él ya no los veía de la manera en que yo los veía, tan valiosos y dignos de aferrarse a ellos.

De todos modos, creí que trataría de convencerme como ya lo había hecho la noche en que me había dibujado el mapa.

—Sí. —Casi se largó a llorar al decirlo. Estaba claro por la expresión en su cara, que él tampoco hablaba del viaje solidario.

Y luego se acercó más y me besó, pero pareció un acto desesperado, como si lo hubiera hecho para callarnos a ambos. Y estuvo bien que lo hiciera, porque las palabras dichas ya dolían demasiado.

Tenía un nudo en la garganta y era todo lo que podía hacer para evitar las lágrimas.

El beso siguió, pero en algún punto cambió. Se hizo más suave. Dulce. Y pareció como un adiós.

Luke apoyó su frente en la mía otra vez.

—No puedo imaginarme cómo habría sido mi último año sin ti —dijo.

Sus palabras se sintieron como un adiós, pero hice de cuenta que no.

—Yo sí puedo —dije, forzando una sonrisa—. Hubiera sido aburrido. Habrías detestado cada minuto.

Me volvió a besar.

—No tengo dudas.

Esperé que se fuera para desmoronarme.

Todavía llevaba puesto el jersey de Luke. Pasé mi dedo por el número treinta y cuatro, y recordé que al principio yo no quería usarlo. Ahora no me lo quería quitar. Acerqué las rodillas hacia el pecho y las rodeé con los brazos. Y luego puse la lista de reproducción que él me había preparado y me senté allí en la oscuridad, llorando mucho por horas, hasta que liquidé una caja entera de pañuelos descartables, mi almohada estaba empapada, la garganta me dolía y tenía los ojos tan hinchados, que casi no podía ver.

Pero no había terminado. Abrí mi aplicación de Notas y fui hasta abajo, leyendo cada cosa que había escrito durante los últimos trescientos quince días. Leí, por lo menos cuatro veces, todas las palabras que me había dicho, y volví a llorar otra vez.

En algún momento alrededor de las 4 de la mañana, estaba tan exhausta que ya no podía mantener los ojos abiertos y mi cuerpo estaba tan vacío que ya no podía producir una sola lágrima más, aunque lo hubiese querido. Tomé aire tan profundamente como pude, y lo sostuve el mayor tiempo posible. Y luego lo dejé salir.

Y me dije a mí misma que había terminado.

Regresé a mi aplicación de Notas, bajé hasta el Día 315, y agregué una nueva entrada.

«No puedo imaginarme cómo habría sido mi último año sin ti».

Era una buena última línea. No estaba segura de que él hubiese podido superarla.

Borré todas las líneas vacías y la dejé como línea final.

Hannah

El sábado por la mañana abrí las cortinas metálicas. Estaba a punto de abrir la ventana también, pero me quedé helada. Emory estaba sentada con las piernas cruzadas en el césped, justo en medio de nuestras casas.

Estiró la mano y saludó. Y luego llevó su dedo hacia el pecho e hizo como si le diera una palmadita al espacio vacío enfrente de ella.

Hacía más calor del que había hecho en mucho tiempo, así que fui directo a la puerta trasera sin agarrar un jersey y ni siquiera me puse los zapatos. Bajé por el porche de atrás y dejé que el césped me hiciera cosquillas en los pies.

Me senté al lado de ella. Y lo supe enseguida.

—¿Te ha hablado sobre el viaje solidario? —pregunté.

Emory asintió.

—¿Hace cuánto lo sabías?

—Desde anoche. Mi madre me contó que él lo estaba pensando, pero no parecía como algo decidido.

Respiré.

—Ahora ya lo ha decidido.

—¿Estás bien?

Arrancó una brizna de césped y lo enrolló en su dedo meñique.

—No. Yo... —Hizo una pausa para buscar la expresión adecuada y se decidió por «tengo el corazón roto».

La abracé. Cuando me devolvió el abrazo me apretó más fuerte que de costumbre.

Luego se soltó y buscó algo en el bolsillo. Me dio un pedazo de papel.

—¿Por qué me das un envoltorio de Mentos?

—Dale la vuelta.

En un lado había un mapa dibujado a mano de la costa de California, comenzando en el condado de Orange y terminando en San Francisco.

—Luke dibujó esto una noche. Era nuestro plan para el verano.

Apoyó el mentón sobre mi hombro y comenzó a señalar cada punto.

—Íbamos a acampar en Santa Bárbara, Santa Cruz y Big Sur. Planeábamos ir hacia arriba, hacia la costa, parando por el camino cada vez que tuviéramos ganas de hacerlo, hasta llegar a San Francisco. Pensábamos que nuestro *road trip* nos llevaría dos semanas, quizá más, y si no era suficiente, seguiríamos subiendo a Oregón o Washington. —Señaló el envoltorio de Mentos—. En fin, estaba limpiando mi cuarto para calmar mi ansiedad y se me ocurrió una idea loca. Luke hizo otros planes para el verano, pero este —dijo, dándole un golpecito al mapa—, este era *mi* plan. Esto es lo que me siguió motivando cuando estaba preocupada por mi madre o cuando te echaba de menos o cuando miraba a Luke luchando con lo que le había ocurrido. Me aferraba a esto. Y puede que tenga que soltar a Luke, pero no estoy lista para abandonar este viaje también. Todavía necesito este viaje.

—Deberías ir.

—Sí, ¿cierto? —Me sonrió—. Y deberías venir conmigo.

Me reí en su cara.

—¡Eso es ridículo! No puedo ir a San Francisco.

—¿Por qué no? ¿Qué te retiene aquí?

Nada, me di cuenta. Nada me retenía. Aaron y yo habíamos terminado. Alyssa pasaría el verano en un programa de música en Nueva York. Mi madre estaría yendo en viajes solidarios, y mi padre estaría en la iglesia todos los días, como siempre.

—Mira —siguió Emory—. Te vas a Boston y yo me iré a Los Ángeles. Hemos pasado toda nuestra vida a treinta y seis pasos de distancia y en unos pocos meses, vamos a vivir a ciento treinta y cinco kilómetros de distancia.

—¿Sabes el número exacto?

—Lo he buscado en Google.

—No lo sé... —comencé a decir, pero me interrumpió.

—Mira, necesito irme de aquí. Necesito respirar el aire del océano y sentir arena entre los dedos de mis pies. Tú también, ¿no crees?

No dije nada.

—Crearemos una lista de reproducción épica. La escucharemos a todo volumen y la cantaremos lo más fuerte que nos den los pulmones, y no importará que yo no sea afinada, porque tú serás la única que podrá escucharme. Conduciremos por caminos sinuosos, y sacaremos los brazos por las ventanas y los moveremos como si fueran alas.

La idea me gustaba. Cuando Emory sonrió, sus ojos parecían brillantes y me daba cuenta por la expresión en su cara, que sabía que me estaba convenciendo.

—Está bien, entonces... un par de cosas —dije.

—Dime.

—No tenemos equipo para acampar.

Emory marcó un casillero en el aire con su dedo.

—Charlotte ha dicho que puede prestarme el equipo de su familia.

—No tenemos coche.

Tenía una expresión rara en la cara.

—Luke quiere que nos llevemos el suyo.
—¿Ya se lo has contado? —le pregunté.
—Sip.
—¿Y te ha ofrecido su coche así sin más?
—Ha dicho que no lo necesitaba. Ha insistido. —Frunció la nariz—. Ha dicho algo sobre ser nuestro pegamento.

Mi cara se encendió.

Emory esperaba una respuesta.

—¿Cuándo? —pregunté.

—Justo después de la graduación. El día después o dos días después, no me importa, tú decides. —Ella sabía que me tenía justo donde ella quería. Se acercó más a mi oído—. No lo pienses, Hannah, solo di sí.

Quería contestarle al día siguiente, o por lo menos salir a correr y evaluarlo desde arriba de mi roca, pero en vez de eso, actué por impulso.

—Sí —solté.

—¿Sí? ¿Sí, sí? —Emory se acercó de rodillas y puso los brazos alrededor de mi cuello, casi ahogándome con su abrazo—. No te arrepentirás, te lo prometo.

Pero no tenía que decirme eso. Yo ya sabía que no me arrepentiría.

—¿Cuántos pasos has dicho que había entre nuestras ventanas? —pregunté.

Parecía ofendida, como si esa fuera información que yo debería haber guardado en mi memoria.

—Treinta y seis.

—Eso fue hace más de dos años. —Levanté el pie y lo moví en el aire—. Hemos crecido.

Emory se puso de pie de un salto y me extendió la mano para ayudarme a hacerlo. Caminamos hacia mi casa y nos deslizamos entre los rosales y los arbustos floridos, mientras enganchaba mi brazo al de ella.

Caminamos hacia adelante al mismo tiempo. Y luego cada una golpeó los talones con las puntas, y caminamos hacia adelante otra vez. Contamos en voz alta.

—Diecinueve. Veinte. Veintiuno.

Y luego Emory se tropezó y cayó hacia un lado, así que caminamos de regreso a casa y volvimos a comenzar. Esta vez dimos los pasos más despacio y con más cuidado. Nos tambaleamos algunas veces, pero no perdimos la cuenta.

—Veintitrés. Veinticuatro. Veinticinco.

Pero Emory me hizo cosquillas y perdí el equilibrio, y tuvimos que volver a empezar. Cuando recomenzamos por tercera vez, nos reíamos tanto, que casi llorábamos.

Lo hicimos mejor. Cuando estábamos llegando a la ventana de Emory estábamos tan concentradas en nuestro objetivo, que no dijimos una sola palabra. Yo estaba contando en mi cabeza.

Treinta. Treinta y uno. Treinta y dos.

Me agarró más fuerte del brazo y gritó:

—Treinta y tres.

Dimos un paso más y exactamente en el mismo momento, cada una de nosotras dio una palmada a su casa.

—Treinta y cuatro —gritamos al unísono.

Sentía una sonrisa formándose en las comisuras de mis labios.

Toda mi vida había creído que todo pasaba por alguna razón. Que todo era parte del plan de Dios. Un rompecabezas que Él había creado y que estaba hecho de las tragedias y las alegrías y todo lo del medio, cada suceso encajando en su lugar exactamente de la manera en que se suponía debía hacerlo.

Me parecía que ya no creía más en eso. Cada elección, buena o mala, se ramificaba y creaba un nuevo camino y así sucesivamente, se iban juntando las piezas a lo largo del trayecto, sin ninguna visión real de cómo sería el resultado final. Dios no tenía el control. En realidad ninguno de nosotros lo tenía tampoco.

Pero luego me acordé de Luke deteniéndose frente a mi casa aquella noche y de mí buscando un vaso con agua en el momento exacto en el que él se detenía. Pensé en él diciendo que quizá eso *había* ocurrido por alguna razón.

—Es raro —dijo Emory, frunciendo la nariz—. El número del jersey de Luke es treinta y cuatro, ¿no es raro?

—Sí —dije—. Raro.

Quizás era completamente aleatorio.

Quizás estaba destinado a ser.

Nunca lo sabría.

Nota de la autora

Si bien esta es una obra de ficción, las historias de Hannah y de Emory me resultan muy cercanas.

Como Hannah, cuando era joven, me embarqué en una búsqueda similar para entender mejor mi fe. Quería hacerme grandes preguntas, aprender tanto como pudiera sobre las religiones que eran distintas a la mía, y descubrir en qué creía en el contexto de todo lo que me habían enseñado mientras crecía.

La experiencia ha abierto mi mente y me ha cambiado para siempre. Y cuando comencé a escribir esta novela en 2014, me pareció importante compartirla. Hoy, en un ambiente más concentrado en dividirnos por ser quienes somos y por nuestras creencias, en vez de en unirnos como seres humanos, me parece aún más importante.

Aunque algunos detalles del abuso hacia Emory han sido contados desde la ficción, las palabras que ella escucha son las mismas, una por una, a las que me ha dicho a mí un hombre mayor y con poder y en quien confiaba completamente, cuando yo era una mujer joven. Me ha costado muchísimo escribir esas palabras, no solo porque me obligaban a revivir un momento que me aterraba, sino también porque eran dolorosos ejemplos del problema mayor que desde entonces (afortunadamente) ha salido a la luz a través del movimiento #metoo. «No puedo responsabilizarme de lo que te haré», dijo aquel hombre. En otras palabras, esto está ocurriendo, no puedes hacer nada al respecto, y es por tu culpa, no la mía. No he olvidado esas palabras en más de veinticinco años, y he necesitado mucho tiempo para encontrar el coraje para contar esta historia. A toda la gente que ha vivido con ese secreto, y a aquella que todavía lo hace, quiero decirle que no está sola. Que no ha hecho nada malo. Que la estamos viendo y le creemos. #metoo

Agradecimientos

Agradezco a las cinco mujeres brillantes, pacientes y buenas compañeras que han creído en esta historia desde el comienzo y me han ayudado a sacármela de la cabeza y a volcarla en el papel: Emily Meehan, Hannah Allaman, Julie Rosenberg, Caryn Wiseman y Lorin Oberweger. Esta novela no existiría sin ellas. Un enorme agradecimiento a todos los que trabajan en Hyperion, en particular a Holly Nagel, a Cassie McGinty, a Seale Ballenger y a Dina Sherman. Un reconocimiento especial a Marci Senders y a Sabeena Karnik, por la maravillosa portada.

Cuatro personas inspiradoras me han permitido entrelazar piezas de sus historias en las páginas de esta historia. Estaré por siempre agradecida a mis dos padres, que han tenido experiencias cercanas a la muerte que relataron con claridad absoluta y que los han hecho cambiar para siempre. James Stone y Bill Ireland, gracias por compartir todos los detalles conmigo. Ha sido un honor escuchar vuestros relatos y nunca los olvidaré. Y a mis dos madres, personas profundamente espirituales, cada una con creencias distintas pero ambas con mentes abiertas y respetuosas del camino que cada quien elige. Susan Cline Harper y Rebecca Stone, gracias por poner el amor por encima de todo, siempre.

Esta es una historia sobre amigos que realmente comprenden al otro; soy afortunada de haberme casado con un amigo así. Mike, hay tantas frases en este libro que son solo para ti. Sé que sonreirás cuando las encuentres.

TAMARA IRELAND STONE escribe novelas Young Adult y Middle Grade. Su novela *best seller* del *New York Times*, *Hasta la última palabra,* ha ganado el premio Cybils para ficción Young Adult y el Georgia Pitch Book Award y ha sido elegida entre las Diez Mejores para adolescentes por Yalsa (Asociación de Servicios de Bibliotecas para Adultos Jóvenes). También es autora de *El tiempo entre nosotros*, que ha sido publicada en más de veinte países, de su secuela, *Una y otra vez* y de *Click'D*, el primer libro en su nueva saga Middle Grade.

Antes de comenzar a escribir ficción a tiempo completo, Tamara ha pasado veinte años en la industria de la tecnología. Cofundó una empresa de estrategias de marketing y comunicación, cuyas dueñas eran mujeres. Allí ha trabajado con pequeñas *startups* así como con algunas de las compañías más grandes de software a nivel mundial. Cuando no escribe, le gusta esquiar, ir a recitales, ver películas y pasar tiempo con su marido y sus dos hijos. Vive en el Área de la Bahía de San Francisco. Visítala en: www.TamaraIrelandStone.com

¿TE GUSTÓ ESTE LIBRO?

Escríbenos a

puck@edicionesurano.com

y cuéntanos tu opinión.

ESPAÑA /MundoPuck /Puck_Ed /Puck.Ed

LATINOAMÉRICA /PuckLatam

/PuckEditorial

¡Gracias por vivir otra
#EXPERIENCIAPUCK!

PUCK